U0896534

万榕

传播新知 优美表达

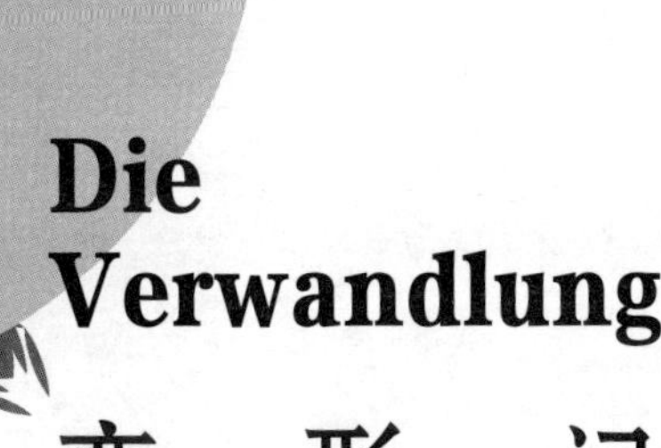

Die Verwandlung

变 形 记

[奥] 弗兰兹·卡夫卡—著

高中甫—编选 李文俊 等—译

上海文艺出版社

图书在版编目（CIP）数据

变形记 / (奥) 弗兰兹 · 卡夫卡著 ; 高中甫编选 ;李文俊等译. -- 上海 : 上海文艺出版社, 2022

ISBN 978-7-5321-8214-5

Ⅰ.①变… Ⅱ.①弗… ②高… ③李… Ⅲ.①中篇小说 – 小说集 – 奥地利 – 现代 ②短篇小说 – 小说集 – 奥地利 – 现代 Ⅳ.①I521.45

中国版本图书馆CIP数据核字(2022)第021713号

发 行 人：毕　胜
策　　划：王会鹏
出版统筹：杨　婷
责任编辑：汪冬梅
装帧设计：任展志

书　　名：变形记
作　　者：[奥] 弗兰兹 · 卡夫卡
编　　选：高中甫
译　　者：李文俊 等
出　　版：上海世纪出版集团　上海文艺出版社
地　　址：上海市闵行区号景路159弄A座2楼 201101
发　　行：上海文艺出版社发行中心
　　　　　上海市闵行区号景路159弄A座2楼206室 201101 www.ewen.co
印　　刷：天津创先河普业印刷有限公司
开　　本：880×1230 1/32
印　　张：8.5
字　　数：195,000
印　　次：2022年6月第1版 2022年6月第1次印刷
I S B N：978-7-5321-8214-5/I.6488
定　　价：42.00元
告 读 者：如发现本书有质量问题请与印刷厂质量科联系　T: 022-22458681

译者序

卡夫卡，其人不可作寻常看。

弗朗茨·卡夫卡，这位世界现代文学的开拓者和奠基者之一的伟大作家，就其本人生活经历而言，也许除了三次订婚和三次解除婚约、终生未婚之外，可谓再平常不过了。

1883年，卡夫卡生于奥匈帝国的布拉格，是一个犹太商人之子；小学毕业后升入布拉格德语文科中学；1901年进入布拉格大学德语部，攻读法律，选修德语文学和艺术史；1906年被授予法学博士学位；翌年在一家保险公司任职：自1908年起供职于一家半官方的工人工伤事故保险公司；1917年患肺病，1922年因病离职；1924年病逝，终年只有41岁。在这短暂的生涯中，富于戏剧性和令人惊愕的是他的三次订婚和三次解除婚约：1914年6月他与菲莉斯·鲍威尔订婚，但7月就宣布解除婚约；1917年，又是6月，他再度与菲莉斯·鲍威尔订婚，但这一年的12月又宣布婚约告吹；1919年5月，他与尤丽叶·沃里泽克订婚，教会还宣布了他们的结婚预告，卡夫卡甚至为结婚找到了一套房子，然而就在临结婚前两天，当他发现这套房子已被租给别人时，就中止结婚，随之，婚约也在 1920 年夏天解除了。卡夫卡一生既没有做出过什么惊心动魄的英雄业绩，也没有什么惊世骇俗的举动；既非春风得意，亦非穷困潦倒；既非一帆风顺，亦非颠沛流离；既非功成名就，亦非默默无闻。从形而下来看就是一个常人。然而从精神层面来进行观察，得出的结论却迥然不同：这是一个充满矛盾和冲突、痛苦和磨难、孤独和愤懑的内心世界；这是一个憎恶现实而又显得无奈、痛恨社会而又心存恐惧的人生。他在给一度炽烈爱过的女友密伦娜的信中用这样的字句概括了他的一生：“我走过的三十八载旅程，饱含着辛酸，充满着坎坷。”这辛酸是思想的辛酸，这坎坷是精神的坎坷。

卡夫卡是一个犹太人，他不属于基督教世界，而他作为一个犹太人却又与犹太教保持距离；作为一个用德语进行写作的人，他不完全是捷克人；作为一个捷克人，他又是奥匈帝国的臣民；作为一个资产者的儿子，他不属于资产阶级；作为一个白领，他又不属于劳动者；作为一个公务员，他认为自己是一个作家；可作为一个作家，他却无法完全从事写作，也不珍惜自己的作品。正如他是一个二元帝国的臣民一样，他的内心是一个二元世界，这也就决定了卡夫卡性格上的矛盾性和两重性。无归属感、陌生感、孤独感、恐惧感便成为这样一种性格的衍化物。

他是犹太人，生于布拉格，受的是德意志教育，是奥匈帝国的臣民；犹太民族、斯拉夫民族、德意志民族的成分都混杂于一身，都在他的精神上自觉不自觉地起着作用。这就使他成了一个“具有多重身份”的无归属感的人，成了一个永远流浪的犹太人，成了一个没有祖国的人。他在致密伦娜的信中称，自己莫名其妙地在一个莫名其妙的、肮脏的世界上流浪。在另一封同样是在致密伦娜的信中，他沉痛地写道："……可是他（指卡夫卡自己）没有祖国，因此他什么也不能抛弃，而必须想着如何去寻找一个祖国，或者创作一个祖国。"

在这个他认为莫名其妙的世界里，在他诞生的布拉格，在他的家里，他都把自己看成一个陌生人。他在敞露心扉的日记（1913 年 8 月 21 日）里写道："现在，我在自己家里，在那些最亲近、最充满爱意的人们中间，比一个陌生人还要陌生。"他在学校里，虽然友爱和善，但始终以某种方式与同学、伙伴保持疏远和陌生。这种人生体验和生活感受，不仅表现在他的待人处世中，也流露在他的书信、日记里，更见之于他的作品:《失踪的人》中的主人公罗斯曼之在美国,《诉讼》中的主人公本德曼之对父亲，《变形记》中的主人公萨姆沙之在家庭，莫不如是。在这些艺术形象身上，陌生感得到了艺术上的充分展示和表达，并且，这些主人公身上都在某种程度上有着卡夫卡本人的影子。

当陌生感成为一个人精神上的主宰时，他便不得不从他生活的世界返回自己的世界，这样孤独感便成为一个必然的产物。表现在卡夫卡身上，便是把自己关闭在一个只属于自己的世界，不仅是在生活中、在人际关系上，更重要的是在精神领域。他的一个中学同学对此做了这样形象的表述："……我们大家都喜欢他，尊敬他，可是完全不可能与他成为知己，在他周围，仿佛总是围着一道看不见、摸不透的墙。他以那文静可爱的微笑敞开了通向世界的大门，却又对这个世界锁住了自己的心扉。"青年时期，他渴求爱情，但几次订立婚约和几次解除婚约表明，他更渴求孤独。他在日记里（1913 年 8 月 15 日）斩钉截铁地写道：“我将不顾一切地与所有人隔绝，与所有人敌对，不同任何人讲话。”这不是他的一时愤世嫉俗之词，而是他心底深处的声音。在他逝世前三年，他在日记中对孤独感做了这样的美化：

“与其说生活在孤独之中，倒不如说我在这里已经得其所哉。与鲁滨孙的孤岛相比，这块区域显得美妙无比，充满生机。”这种精神上的孤独感是一种抗拒现实的心理的外化形式，是一种心灵上的追求，是一种内省的需要。他在给他的好友勃洛德的信中一语中的：“……实际上，孤独是我唯一的目的，是对我的极大诱惑。”他把自己看作是在夜里、在大山之中失群的一只羊（日记，1913 年 11 月 9 日）。这种生活中和精神上的孤独感必然在他的作品中表达出来，在他的长篇作品如《失踪的人》《城堡》、中短篇作品如《变形记》《单身汉的不幸》《最初的痛苦》等中，孤独感都是复调作品中的一个重要的声部。

在卡夫卡的一些作品里，在他的日记、书信、杂感中，读者会一再遇到“恐惧”这个词。对外部世界对自身的侵入感到恐惧，对内心世界的毁灭感到恐惧，对表现为诸种形式的社会存在感到恐惧。正因为他受到恐惧的左右，所以他对生活于其中的城市，他所遇到的人们眼中正常的一切，他对自己的生活——他的家庭，他的亲人，他的恋爱、婚姻、职业，甚至他视为生命的写作，都怀有一种巨大的恐惧感。他写道：“我在布拉格过的是什么生活啊！我所抱的对人的要求，其本身就正在变成恐惧。”这是他给勃洛德的信中的一句话。在给密伦娜的信中他进一步谈到恐惧的普遍性，他写道：“我总是力图传达一些不可传达的东西，解释一些不可解释的事物，叙述一些藏在骨子里的东西和仅仅在骨子里所经过的一切。是的，其实并不是别的什么，就是那如此频繁说及的，现已蔓延到一切方面的恐惧，对最大事物也对最小事物的恐惧，由于说出一句话而令人痉挛的恐惧。”卡夫卡把写作看作是自己人生的最大追求，是他维持生存的形式，然而恰恰又是写作使他产生了巨大的恐惧。对他来说，写作成了一种为魔鬼效劳而得到的奖赏，能带来对死亡的恐惧。他渴求爱情，渴望建立家庭，然而他认为爱情和家庭会使他失去自由，会影响他的写作，所以他感到恐惧、迟疑，并最终放弃。对卡夫卡而言，恐惧无处不在，在生活中和精神上都是如此，并且已成为他潜意识中的一种追求。这样，他就视恐惧有其必然的合理性。在一封致密伦娜的信中，他写道：“……不必去谈论我以后会如何，有一点可以肯定——在远离你的地方我只能这么生活：完全承认恐惧的存在是合理的，比恐惧本身所需要的承认有过之而无不及，我这么做不是由于任何压力，而是欣喜若狂地将全部身心向它倾注。”在这段话里，恐惧已经失去了它字面上通常的意义了，它已成为卡夫卡存在的诸元之一，而他的作品，如英国学者伊·帕瑞所说的，则成了恐惧的一种表现形式。哲学家把恐惧和绝望看作是对一个破碎而无意义的世界的回答，卡夫卡便生活在这样一个破碎的世界里，而对于他本人的本质，他自己用了一个词来表述，这就是“恐惧”。

卡夫卡，其作品不可作寻常读。

卡夫卡英年早逝，仅活了四十一个春秋。从他 1903 年开始写第一部作品《一次斗争的描述》到他逝世前于 1924 年完成《女歌手约瑟芬或耗子民族》只有二十一个年头。他从来没有成为一个他毕生渴求的职业作家，而是始终在业余时间进行创作。他的文学作品数量并不多，除了一些中短篇小说以及速写、随感、箴言、札记，就只有三部均没有最终完成的长篇小说，这就是《失踪的人》（亦题为《美国》，1912—1914）、《诉讼》（1914—1918）和《城堡》（1922）。总共加起来，如以中文字数计算，也就是百多万字，即使把他的日记、书信都包括在内，也就是三百万字左右。比起他的同时代的一些德语作家，如曼氏兄弟、黑塞、杜布林、霍夫曼斯塔尔、施尼茨勒等人，作品数量几乎不可同日而语。然而就是这数量不多的作品在卡夫卡死后为他赢得了世界性的声望，他被誉为现代派文学的先行者和奠基人。因此，我们对他的作品不能作寻常谈。

卡夫卡的作品不是通常意义的作品，他笔下的现实是一个被扭曲的现实，他创造的世界是一个梦魇的世界。读他的作品绝不是一种消遣，不仅仅是费力、费心，有时更是一种精神上的折磨。据说爱因斯坦在谈到卡夫卡的小说时说过这样的话："它反常得叫我读不下去，人的脑子还不够复杂。"爱因斯坦尚且如此，遑论我们一般人呢？然而正是因为这样，他的作品才会更吸引读者去接受、学者去阐释、作家去借鉴。

卡夫卡的作品难以理解，这已是评论界所公认的了。他的作品之所以难懂不仅仅在于他所创造的世界异于寻常世界，是一个扭曲的、倒置的世界，还在于读者无法具体地、真正地把握它，因为这个世界的图像太过于庞杂和怪诞了。

"如果想把卡夫卡的作品解说得详详细细，一丝不差，那就错了。"因此我们不能也不应希冀从卡夫卡的作品中寻求一个终极的意义、一种得到普遍认同的结论。对于读者而言，不同的阶层、不同的心态、不同的时代、不同的场合、不同的角度（伦理的、道德的、宗教的、社会学的、美学的），都会成为解读卡夫卡作品的一个重要因素。我们不会满足于用“仇父情结”或“审父意识”来概括《判决》，同样也不会用异化来对《变形记》做终结式的结论。短篇小说《饥饿艺术家》是写物质战胜了精神，还是写追求艺术上的至善至美？还没有定论，因此，我们在读时会感到困惑，也许读了几遍也还是感到莫名其妙，一片懵懂，说不出个所以然来。但是，你在阅读中间，在掩卷之后，一定会产生某种情绪，你的感官必定有所反应：或者惊愕（如读《变形记》），或者恐怖（如读《在流放地》），或者悲哀（如读《判决》），或者痛苦（如读《审判》），或者皱眉（如读《一次斗争的描述》），抑或沉思、叹息等。总之，你必受触动，必有一得。之后，你不妨再去理性地对它们进行阐释，绘出你自己的卡夫卡像来。

卡夫卡所构建的是一个象征性的、有寓意的、神秘的、梦魇般的世界。那里面五光十色，光怪陆离，有离奇怪异的场景，有超现实、非理性的情节，有在形体上和精神上“变形”了的人，人物有荒诞的非逻辑的行为举止，有人格化了的动植物。《变形记》中的主人公居然在一天清晨发现自己变成了一只甲虫。《诉讼》中的主人公突然被捕，被审讯，直至被处决，到死仍不知为何。《判决》中的主人公本德曼被父亲判决投河淹死，以及《在流放地》《地洞》《致科学院的报告》《女歌手约瑟芬或耗子民族》等，几乎每一篇都是在描绘一个扭曲的世界，都是在描绘扭曲的心灵。然而，恰恰是这些在正常人看来是不可能的事——不可能存在的事，不可能发生的事，却在卡夫卡笔下借助细节上描绘的精确性，心态上的逼真、酷似，特别是整体上的可信性，产生了一种心理上的真实感，一种精神上的震撼力量。反常的世界、反常的人、反常的情境借助合乎理性的方法表现出来。这样，反常变成了正常，荒诞变成了自然，超现实变成了现实。人物的遭遇越是离奇，情节越是怪异，就越使人物显得自然，使情节显得正常。这就是加缪在谈卡夫卡时所说的“佯谬性”。卡夫卡的真实是建立在悖谬和荒诞的基础上的，是对他所生活于其中的那个不正常的现实的一种真实反映。他笔下的精神世界与经验世界是相互交织、相互干扰和相互渗透的，甚至到了一种两者之间的界限模糊的程度，精神真实与感性真实之间的界限不复存在了。这样，就如德国著名学者、卡夫卡研究者威·埃姆里希所表述的那样：“卡夫卡作品中的精神之物再也不是在经验之中和一切经验之上游移的不可理解、不可捉摸的东西了……而是作为一种十分自然的真实出现在眼前，但同时，这个真实也突破了一切自然真实的法则。”这种对自然真实的突破使奉现实主义为圭臬的卢卡契都大为赞叹，他不得不在《弗·卡夫卡抑或托马斯·曼》一文中写道：“恐怕很少有作家能像他（卡夫卡）那样，在把握和反映世界的时候，把原本的东西和基本的东西，把对前所未有的事物的惊异，表现得如此强烈。”在该文中，他甚至得出这样的结论：“卡夫卡似乎可以列入重要的现实主义作家，主观地看，他还在更高程度上属于这个家庭呢。”卢卡契的本意是对卡夫卡从细节真实上加以肯定，而对卡夫卡整体上的非现实主义加以否定。这不奇怪，因为卢卡契是一个反现代派的理论家。而作为现代派作家的纪德，在谈到这种对真实的突破时，则说得更为中肯，并充满了敬意：“他描绘的图像的现实主义经常超越了想象力；我不知道我更钦佩什么：是一个因图像借助细致入微的准确性而变得可信的幻想世界，还是转向神秘的坚定的胆量。”

我们不妨这样归宗：卡夫卡不是去复制、去摹写、去映照现实，而是独辟蹊径，用非传统、反传统的方式去构建一个悖谬的、荒诞的、非理性的现实；借助细节的真实和内在的逻辑力量，使这个现实比形而下的现实更为真实，使读者更为悚然，更为惊醒，使人对自身和社会的认识和批判更为深化和强烈。

这里还要谈谈卡夫卡作品的寓言性。虽然有的学者不承认卡夫卡的作品是寓言，但大多数学者却无法避开卡夫卡的艺术创作的这个特点。关键是如何去从更深层次上进行理解。我们读卡夫卡的作品，不仅仅是那些中短篇、箴言、随笔，还有那三部长篇，都像是寓言或寓言式作品。《诉讼》《变形记》《骑桶者》《猛禽》《放弃吧》《陀螺》等不都是广义上的寓言，或就是寓言吗？卡夫卡的寓言式作品显然与古代寓言大不相同，如伊索的、费德鲁斯的作品；也不同于经典性的寓言，如莱辛、拉芳登、克雷洛夫等人的作品。其一，卡夫卡不是去进行一种说教，去宣扬一种道德，去责备一种不义，而是以非理性、超时空的形式表达了一个现代人对现代社会诸现象的观察、感受乃至批判，是他对社会困惑的一种流露。他借寓言的方式，把不可表达的、超自然的、不可企及的内容表达出来，并使之具有一种普遍性。其二，卡夫卡的寓言式作品具有多义性。无论是古代的经典乃至现代的寓言都只有一种单一的目的，即是力图使读者一目了然，没有给读者留更多的思考空间，它要告诉你的只是一种意义，一个教训，或是道德的、伦理的，或是社会的、生活的。但卡夫卡的寓言式作品却通过诡奇的想象、违反理性的思维、不可捉摸的象征、非逻辑的描述而有了丰富的神秘的内涵，有了多义性和接受上的多样性，甚至是歧义性，或如西方一些学者所说的“多层含义性”。换一个立足点来说，是作品本身妨碍了或阻止了我们去做单一的解释。这里不妨以《小寓言》为例，它的字数很少，不妨全文引用：

“啊，”老鼠说，“世界一天天变得狭小了。起初它是那样的宽广，真令我害怕，我跑呀跑，很幸运，我终于在远处看到一左一右两堵围墙，可是这两堵长长的围墙很快收拢起来，以至我到了穷途末路的地步，那角落里有一个捕鼠器，我正要跑进去呢。”

“那你只要改变一下跑的方法。”猫说着，就把这只老鼠吃了。

这则寓言就这么短，可理解它却让人感到茫然、困惑。这是他心中的世界图像？是他对世界的一种悲观的感受？难以说得清楚。我在这儿想把爱因斯坦的那句话用上：“人的脑子还不够复杂！”

读卡夫卡的寓言式作品，或把卡夫卡的作品当作寓言来读，需要如加谬所言，“不得不一读再读”，也不能追求单一的意义。

卡夫卡，对其被接受不可作寻常观。

谈到卡夫卡的影响，首先要谈到他的生前好友——作家马克斯·勃洛德（1884—1968），如果没有他，卡夫卡最重要的三部长篇以及其他一些作品（除生前已零星发表的作品外）早就化为灰烬了。卡夫卡曾两次以书信形式的遗嘱，要勃洛德在他死后把他的一切著作付之一炬。这里有必要从他的第二封信中摘抄部分内容，从中可以看出卡夫卡是如何斩钉截铁地对待自己的作品的，这在整个世界文学史上都是罕见的：

“在我写的全部东西中，只有《判决》《司炉》《变形记》《在流放地》《乡村医生》和一个短篇故事《饥饿艺术家》还可以……我说这五本书和一个短篇还可以，那意思并不是说我希望把它们再版，留传后世，恰恰相反，假如它们完全失传的话，那倒是符合我的本来愿望的……

“然而，此外我所写的一切东西（刊登在报纸杂志上的作品、手稿或者信件），只要可以搜罗得到的，或者根据地址能索讨到的（大多数人的地址你都知道），这主要涉及……特别不要忘记那些笔记本，里面有……都毫无例外——所有这一切，都毫无例外地，最好也不要阅读（当然我不能阻止你看，只是希望你最好不看，但是，无论如何也不要让别人看）——所有这一切，都毫无例外地予以焚毁，我请求你，尽快地给予办理。”

卡夫卡决意消除毕生追求成为一个作家的他所留下的任何痕迹。然而，作为他的遗嘱执行人的勃洛德却违反了他的本意，把卡夫卡的所有文字都保留下来，加以整理出版，并在1935年出版了六卷本《卡夫卡文集》和九卷本文集（1948—1949）。没有勃洛德，卡夫卡充其量只是一个小作家而已，不会产生什么影响。有了勃洛德，才有了今天的卡夫卡，才有了读者对卡夫卡的接受。

马克斯·勃洛德不仅整理出版了卡夫卡的作品，也是卡夫卡作品的第一个推崇者，是卡夫卡意义的第一个发现者。1916年，那时卡夫卡还只发表了几部篇幅不长的小说，如《判决》《变形记》《司炉》《在流放地》，勃洛德就指出卡夫卡是一个“仅次于霍普特曼和汉姆生的活着的最伟大作家”。德国作家盖哈特·霍普特曼（1862—1946）在1912年获得诺贝尔文学奖，挪威作家克努特·汉姆生（1859—1952）在1920年获得诺贝尔文学奖。在那时，勃洛德就已把卡夫卡与这两位大作家的名字排在一起，可见他的眼力的非凡。在卡夫卡死后，他为卡夫卡的作品写的多篇序言、后记、其他相关文章，以及他于1953年所著的《卡夫卡传》，对扩大卡夫卡在世界上的接受范围和影响做出了不懈的努力，也取得了令人称道的成就。

自20世纪30年代起，特别是在第二次世界大战之后，对卡夫卡的研究就开始活跃起来，而到了20世纪六七十年代，尤其是在苏联和一些东欧国家，也包括中国在内，卡夫卡也不再是受批判或遭拒绝的作家，这样，在世界范围内掀起了接受卡夫卡的热潮。

国际上先后召开了几次大型的卡夫卡讨论会，各国学者进行了探讨，进行了激烈的争论。在研究卡夫卡的领域里，在方法论上可谓百家争鸣，诸如社会学、神学、精神分析学、实证论、现象学、新批评等都在施展身手；由于卡夫卡的作品具有多义性、歧义性，以及艺术手法的反传统性，不同流派的作家和理论家纷纷给卡夫卡冠上了不同的头衔：他被称为超现实主义者、表现主义者、荒诞派作家、象征主义者、受到曲解的现实主义者和存在主义的先驱。这些流派只执着于夸大复杂的卡夫卡身上与自己相同的因素，而忽视甚至有意不顾作为整体的卡夫卡。

对卡夫卡的接受虽然不足一个世纪，但足可以写出一部接受史了。在这儿，在这篇有字数限制的序言里，我只想就对卡夫卡的接受上的两种有较大影响的观点做简单的介绍。

对卡夫卡的接受由勃洛德开始，然而，也恰恰是勃洛德把对卡夫卡的接受引向一条岔路。就在卡夫卡死后的第二年，勃洛德在1926年为《城堡》写的后记中就开始用宗教（犹太宗教）的观点对卡夫卡进行阐释了。到后来他越走越远，忽视了文本的存在，抛弃了卡夫卡作品中反映的社会问题和社会批判。他在《弗·卡夫卡的信念和学说》一文中，把卡夫卡变成了一个犹太宗教预言家，一个犹太民族主义“救世教义”的信仰者。在卡夫卡研究史上，以勃洛德为代表的用犹太民族的宗教观点来解释卡夫卡作品的这条路线已遭到绝大多数学者的拒绝。

卡夫卡不是一个无神论者，而他对基督教的热情甚于犹太教，这样，有的学者异于勃洛德用基督教的精神来阐释卡夫卡，把他作品中的人物看作是福音书上的人物的象征，把他与丹麦宗教哲学家克尔恺郭尔相提并论，称卡夫卡“作品的每一行字都说明，一种没有上帝的存在，一种没有超经验的存在是不人道的”。

用宗教观点去阐释卡夫卡，勃洛德是始作俑者。卡夫卡作品中的神秘倾向、超现实主义色彩，使这些宗教论的学者无法渗透卡夫卡思想的本意，无法明了卡夫卡独特的表现方式，这就导致产生一种宗教上的解释成为必然了。

在对卡夫卡的接受上，异化已成为大多数学者认同的一种观点。异化是一个哲学概念，是马克思为揭露在资本主义生产过程中和社会生活过程中人与物的关系实质的一种高度概括：物对人的统治，死的劳动对活的劳动的统治，产品对生产者的统治（马克思在《资本论》中为异化所下的定义）。卡夫卡不是哲学家，他的作品或谈话也没有提及这个概念，但是他以敏锐的感觉觉察到了在他所生活的社会中，人在创造物的同时又成为物的统治对象，并且他以异于传统的艺术表现形式把这种现象表现出来。他在与雅诺什的谈话中这样谈到了他的这种感觉："不断运动的生活组带把我们拖向某个地方，至于拖向何处，我们自己则不得而知。我们就像物品、物件，而不像活人。"他在《变形记》《诉讼》和《在流放地》等作品中都描述了这种异化现象，人身上的异己性越来越少，人主宰自己的能力越来越弱，人被物统治得越来越厉害。

卡夫卡揭露了社会中可怕的异化现象，但他所指的并不仅仅是他所生活其中的、他所看到的社会，即资本主义社会，而指的是人类的存在——他是以悲观的、绝望的目光看待人类的。恰恰是这一点，在20世纪六七十年代，使得苏联、一些东欧国家，以及中国在对卡夫卡的接受上引起了争论。当有的学者称卡夫卡是一只报春的燕子时，就有人把他称为一只喜爱黑夜的蝙蝠。前者以法共理论家、哲学教授罗·加洛蒂和奥共文艺理论家、作家恩·费歇尔为代表，他们承认异化现象的普遍性，承认在资本主义社会，人的异化已达到惊人的程度。在社会主义社会，这种现象也没有被克服。他们称卡夫卡是"异化的诗人"，他的"全部作品就是反对异化的一场长期斗争"。而后者是苏联、东欧国家的一些主管意识形态的理论家们，前民主德国主管文艺的官员、作家库莱拉是一个典型代表人物，他称异化论者滥用了青年马克思的异化概念，不仅把它用来夸大卡夫卡的意义，解释一切社会运动现象，而且使它成为一种歪曲社会主义社会的手段了。这表明对卡夫卡的接受、对他的作品的解读所引起的争论，已超出了文学的范围，涉及敏感的意识形态领域。对卡夫卡的接受不能作寻常观啊！

高中甫

目录

一次斗争的描述

人们身着服装
在沙砾上蹒跚地漫步在巨大的苍穹下面，
它从远方的丘岗
直延伸到远方的丘岗。

I

近12点的时候，一些人已经起床了，他们相互躬身致意，彼此握手，说“过得不错”，随后穿过巨大的门框进入前厅，穿起衣服。女主人站在房间中间，不断地躬身行礼，这使她衣裙上的漂亮的褶皱摇晃不已。

我坐在一张小桌子旁，这是一张有三条细腿的桌子，绷得紧紧的。我正在品尝第三杯果汁。在啜饮的同时我忽略了我为自己挑选和叠放在一起的一小堆焙制的糕点。

这时我看到一个我新认识的人有些沮丧和仓皇地出现在邻室的门框

旁；我要走开，因为事情与我无关，但他却冲我而来，打消了我离去的念头。他笑着对我说："请您原谅我来找您。直到现在，我一直在同我的姑娘在隔壁房间里用餐，就两个人。从10点半开始，一个晚上就这么一次。我知道，我给您讲这件事是不对的，因为我们彼此还不大了解，不是吗？我们是今天晚上在楼梯上彼此相遇的，只是作为同一幢房子里的客人交谈了几句而已。可现在我必须请您原谅，这种幸福在我身上无法这么简单地继续下去了，我已无能为力。在这儿，我没有信赖的熟人——"

我悲哀地望着他——我嘴里正含着一块糕点，它并不怎么可口——对着他赧颜得可爱的脸说道：

"我当然高兴我值得您如此信赖，但不以为然的是您信任我。如果您不是如此惶惑的话，您必然会感到，您对一个孤独地坐在这里饮酒的人讲述一个可爱少女的事情是多么不合适。"当我说完这段话时，他一下子坐在那里，向后仰去，并让他的两只胳膊垂了下来。随后他支起双肘把胳膊朝后背过去，用相当响亮的声音自言自语："还在少顷之前，我们俩单独在房间里，我和安纳尔。我吻了她，我吻了她的嘴唇，她的耳朵，她的肩膀。我的上帝，我的主啊！"

有几个以为这儿是在进行一场活跃的谈话的客人，打着呵欠靠近了我们。因此我站了起来，并用使他们所有人都能听得到的声音说："那好，如果您愿意的话，我就跟您走，但我仍然认为，现在在冬天夜里去洛伦茨山是毫无意义的。再说天已经变冷了，又下了些雪，外边的路像冰场那样滑。嗯，随您的便——"

他先是惊奇地望着我，张开了嘴，露出湿润的嘴唇，但随后当他看到就在跟前的那些先生时，他笑了，站了起来，并说道:“噢，真的，寒冷是件好事，我们的服装都热得冒烟了；再说我又有些醉意了，虽然我喝得并不太多；是呵，我们将分手并各走各的路。”于是我们去了女主人那儿，当他吻她的手时，她说:“不，我很高兴，您今天看起来非常快乐。”这句话表现出的善意使他十分感动，他再次吻了她的手。我得把他拉走。在前厅里站着一个整理房间的姑娘，我们是第一次见到她。她帮助我们穿上上装。她还拿着一个手电筒，以便穿过楼梯时给我们照亮。她的脖颈是赤裸的，只是颈部围着一条黑色的丝绒带。她衣着松散的身躯躬身向前，并且当她引导我们下楼时老是探着身子；她打着手电，双颊泛红，因为她喝了酒。

在微弱的、充溢整个楼梯的灯光里，她的双唇在颤抖。

到了楼梯下面，她把手电放到一个台阶上，向我的这位熟人走近一步，拥抱他并吻他，一直搂住他。直到我把一张纸币放到她的手里时，她才慢吞吞地松开她的双臂，慢慢地打开小门，放我们进入黑夜之中。

在空荡荡的、亮得匀称的马路上方是一轮巨大的明月，云汉浩渺，薄云点缀其间。在结冰的雪地上，人们只能小步移动。

我们刚到外面，我就显得兴致勃勃了。我抬起我的大腿，让关节咔咔作响；我朝街巷上方呼唤一个名字，好像一个朋友在街角避开了我似的；我跳起来把帽子抛向高处，然后趾高气扬地把它接住。但这位我认识的人却无动于衷地与我并排走在一起。他低着头，也不言语。

这使我惊奇，因为在我意料之中，我把他从社交场合带了出来，他一定会快乐得发疯的。现在我也只好安静下来了。我正要在他背上捶上一掌，让他高兴起来，可我突然发现自己不明白他现在的处境，于是把手缩了回来。我不需要用手了，就把它们放进我外套的口袋里。

我们就这样沉默地走着。我注意到我们的脚步是怎样响动的，我不能理解，我为什么不能和这位我认识的人的步调保持一致。天气晴朗，我能清楚地看到他的腿。不时有人倚在窗口，观察我们。

当我们走到费迪南大街时，我注意到我的这位熟人在哼哼《美元公主》里的一首旋律，哼得很轻，但我听得非常清楚。这是什么意思？他要侮辱我？我马上准备好了，不去听这种音乐，还要放弃整个散步。对的，他为什么不同我交谈？如果他不需要我的话，为什么他不让我安静，让我待在那儿暖暖和和地喝果汁和吃甜点。我真的不该被扯进这场散步里来。再说我也能自己散步嘛。我是恰巧在这场社交活动里，从羞愧中挽救了一个忘恩负义的年轻人，并同他在月光中散步。事情也就是这样。整个白天办公，晚上参加社交活动，夜里徜徉在街巷，这没有什么过分的。这是一种生活方式，就其本性来说已是放荡不羁了。

可我认识的那个人还跟在我的身后，当他发现他已落在后面时，就加快了脚步。没有什么可谈的，人们也不能说我们在奔跑。但我在考虑，是不是踅入一条侧巷会好些，因为我根本就没有义务与他一起散步。我可以独自回家，没有人能拦阻我。我会看到，我认识的这个人如何没有察觉地从我居住的巷口走了过去。再见了，我亲爱的熟人！在我的房间里，我一到达就会感到暖烘烘的，我将点燃我桌子上的铁架子台灯。美好的景致！为什么不呢？但随后呢？没有随后。灯将会在温暖的房间里大放光亮，我把胸膛靠在扶手椅上，扶手椅立在破碎的东方地毯上。嗯，随后我会感到凉意，独自一人在涂着颜色的墙中间度过安静的时光，后墙上挂着一面金框的镜子，地板在镜子里是倾斜不平的。

我感到双腿疲惫，决定无论如何都要回家，躺到床上。我在犹豫是否要在离开时向我的这位熟人打招呼。我太胆怯了，想不打招呼就离开，但又太软弱了，就大声地去打招呼。因此我停了下来，倚在一面洒满月光的墙上并等候着。

我认识的这个人穿过人行道向我走来，走得很急，仿佛我要抓住他似的。他用眼睛向我示意某种默许，显然我已经把它忘在脑后了。

“什么事？什么事？”我问。

“没什么，”他说，“我只是要问问您对那个整理房间的姑娘的看法，就是我在过道吻过的那个。那个姑娘是什么人？难道您从前没有见到过？没有？我也没有。难道她根本不是整理房间的姑娘？在她引导我们下楼梯时，我该问问她。”

“她是一个整理房间的姑娘，绝对不会是第一次做整理房间的姑娘，这我从她那红红的双手立刻就看出来了，当我把钱交到她的手上时，我感觉到她的皮肤很粗糙。”

“但这只能证明她有一段时间一直在做工，我是这样认为的。”

“您可能是对的。在那种光线里，人们无法把什么都分辨清楚，但她的脸使我想起了我的一位熟人的大女儿。我的那个熟人是一位军官。”

“我没有这样想。”他说。

“这不应当妨碍我回家。天已经晚了，明早我要上班，在那儿睡不好觉。”在说话的同时我朝他伸过手去告别。

“呸，冷酷的手，”他喊了起来，“我可不想带着一只这样的手回家。我亲爱的，您也该让人吻一吻，这是一个疏忽，嗯，您应该补上才对。睡觉？在这样的夜里？您哪来的这个念头？您想想看，有多少幸福的思想都在被窝里被窒息而死，当一个人孤独地睡在床上时，有多少噩梦使他汗流浃背！”

“我不窒息，也不汗流浃背。”我说。

“您算了吧，您是一个滑稽演员。”他结束了谈话。随之他开始继续走下去，我跟着他，毫无察觉我在做什么，因为我一直在想他的这番谈话。

我相信自己从他的谈话中认识到了，我认识的这个人在我身上猜到了某种似乎我身上并不存在的东西。他是通过对我的观察猜想到的。那好吧，我不回家了。谁知道，这个人——他现在与我并行在严寒中，想着整理房间的姑娘的那张充满烟味的嘴——也许能够在人们面前赋予我价值，而不必我自己去赢得它。但愿这些姑娘不要给我把他忘掉！她们可以吻他和挤压他，这是她们的义务和他的权利，但她们不应当把他从我这儿拐走。当她们吻他时，若是她们愿意的话，也应当吻我一小会儿，就是说吻嘴角；若是她们把他拐走，那她们就是从我这儿把他偷走了。可他应当留在我身边，永远留在我身边。如果不是我，哪有谁保护他？他是那么愚蠢。有人在 2 月告诉他：“您到洛伦茨山去。”他就跟去了。若是他现在跌倒了，怎么办？若是他受冻了，怎么办？若是从邮政巷冲出一个忌妒他的人把他揍一顿，又怎么办？我会出什么事，我会从这个世界里被抛出来？这我是预计到的，不，他不会再把我甩掉。

明天他要与安娜小姐谈话，先谈些普通的事情，非常自然的事情，然后他就不能再沉默下去了："昨天，安纳尔[①]，在夜里，在我们幽会之后，您知道我同一个人在一起，这个人您肯定还从来没看见过。他看起来——我怎么形容他好呢——像一个做来回摇晃的动作的木棒，上面是长着黑头发的脑壳。他身上悬挂着许多小块的深黄色的布料，它们把他全身遮盖住了。因为昨天一点风都没有，那些布块纹丝不动。怎么，安纳尔，这使您倒胃口？是呵，这是我的过错，这整个事情我讲得糟透了。若是您看到他就好了，他跟我并排走在一起显得那样害羞，看起来他是在竭力讨我的欢心。这可不是件容易的事。为了不至于妨碍我的好感，他一个人走在我前面，与我拉开一大段距离。我相信，安纳尔，您一定会笑一笑和感到一丝畏惧的，可我却喜欢他在我跟前。安纳尔，您在哪儿？您在您的床上，非洲也没有您的床那么遥远。但有时我觉得是真的。布满繁星的天空像是因为用它平坦的胸脯呼出的气息而浮高起来了似的。您认为我在夸张？不，安纳尔，我用我的灵魂作证，不，我用我属于您的灵魂作证，不。"

我认识的这个人在讲这番话时必定会感到羞愧，对此我一丁点儿也不会原谅——这时我们在弗兰岑滨海大街上刚走了最初的几步路——当时我的思想混杂不清，因为摩尔塔瓦河和对岸的市区都偃卧在一片黑暗之中。那儿只有几盏灯在闪亮，用观察的眸子在嬉戏。

我们穿过车行道，到了人行道上，在那儿我们停了下来。我要找一棵树，好倚在上面。从水面上刮来一股寒气，于是我戴上我的手套，无端地叹起气来——夜里在一条河前人们怎么可能感到惬意呢？但随后我要继续

① 安纳尔：安娜的爱称。

走下去。可我认识的这个人向水里望去，一动不动。随后他靠近栏杆，把腿放在铁柱上，支起肘部，把额头埋在双手中间。还有什么？我感到冷，就把衣领支棱起来。我认识的这个熟人伸展了一下身子：背部，双肩，颈部，并把支撑在绷直的双臂之间探出栏杆的上身挺立起来。

“在回忆，不是吗？”我说，“是啊，回忆是可悲的，像它的对象一样！您对这类事情太热衷了，这对您没用处，对我也没用处。这样做只会——没什么比这更清楚的了——使他当前的境况变得软弱，而不会使他从前的境况加强，除非是不再需要从前的强大了。您真的相信，我没有回忆？噢，比您的要多十倍。比如现在我能回忆起，我是怎样坐在地上的一把椅子上。那是傍晚时分，也是在河岸边。当然是在夏天了。在这样一个傍晚，我习惯于把腿抬起来绕在一起，把脑袋仰靠在椅子的木背上，凝视着彼岸云雾缭绕的群山。在海滨饭店里一把小提琴在轻柔地演奏。两岸的车辆熙来攘往，冒着烟光。”

我认识的这个人打断了我的话，他突然转过身来，看来好像是，他看到我还在这儿，感到吃惊似的。“啊，我还能讲很多。”我说了一句，就不讲下去了。

“您只消想想，事情总是这样的。”他开始说，“当我今天走下楼梯，想要在晚间集会前散一小会儿步时，我感到奇怪，我的双手怎么在衬衫袖口来回摇晃不停，它们玩得那么高兴。我当时立刻就想到了：等着吧，今天一定有什么事。事情确实也发生了。”他一边走一边说着这番话，并瞪大一双眼睛微笑着凝视着我。

我真是有出息透了。他居然可以跟我谈这类事情，还同时微笑并瞪大眼睛看我。我呢，我必须有所矜持。我把围着他肩膀的胳膊放了下来，吻了吻他的眼睛，作为他根本不需要我的一种酬报。但更恶劣的是，这样做什么也伤害不了，因为事情已无法改变，我必须离开，无论如何得离开。

我还试图尽快找到一种手段，使我至少在我认识的这个人身边可以待一小会儿。突然我想到了，也许是我的大个头使他感到不舒服，照他的看法，他站在我旁边显得太小了。这种处境在折磨着我——虽说已是深夜，几乎没有人遇到我们——折磨得那么厉害，以至于我把背弯下来，直弯到走路时两手过膝。但我的这位熟人却没有注意到我的意图，于是我非常缓慢地改变了我的姿势，试图把他的注意力从我身上移开，甚至一度把他的身子转到河那一边，伸出手指给他看安全岛上的树木，桥灯如何在河水中闪烁发亮。

但他突然转身凝视着我——我还在指指点点——并说道："是怎么回事？您完全佝偻了！您在搞什么名堂？"

"完全正确，"我说，把脑袋靠在他的裤腿上，这样一来我也无法好好抬头仰视了，"您有一双好锐利的眼睛！"

"哎哟！您倒是站起来呀！真是愚蠢！"

"不，"我说着并望着近处的地面，"我就是我。"

"但我必须说出来，您这样会使一个人恼火的。这种毫无益处的逗留！请您快点结束掉！"

"您怎么喊起来了！在这样宁静的夜晚！"我说。

"顺便说一句，这完全随您所愿。"他又加了一句并在少顷之后说道，"已经一点三刻了。"显然他是从磨坊塔楼上的钟看到这个时间的。

我像被拎着头发提起似的站立起来。有那么一会儿我一直张着嘴，以便激动能通过这张嘴离我而去。我懂得他的意思，他要把我打发走。他身边没有我的位置了，那儿也许有另一个人，即使是这样的话，那他至少现在也是找不到的。附带说一说，我为什么要热衷于留在他身边？不，我要离开，马上离开，到我的亲戚和朋友那儿去，他们早就在等候我了。就是我没有亲戚和朋友，那我也必须自己来帮助自己（哭诉有什么用处），只是我不可以稍显匆忙地离开这里。因为没有什么能帮我留在他那儿，我的身高不能，我的胃口不能，我冰凉的手不能。如果说我的看法是我必须留在他身边，那这是一种危险的看法。

“我不需要您的通知。”我说，这也符合事实。

“上帝保佑，您终于站直了。我只是说已经一点三刻了。”

“这很好。”我说着并把两个指尖插进我的抖个不停的牙齿中间。

“如果我需要您的通知，我就更加需要一种解释。除了您的恩宠，我是什么都不需要的。请吧，请您收回您刚才说的话！”

“是指一点三刻了？这我很高兴，本来嘛，早就过了一点三刻。”

他抬起右臂，摇动手掌，听着腕链发出的响动声。

很显然。现在就要进行凶杀了。我若留在他的身边，他就会把刀子——他已经握住口袋里的刀把——从外套里抽出刀子，然后朝我刺来。他根本就不会感到惊奇，事情会如此容易，但也许是，谁能知道是这样：我不会叫喊，我只会望着他，直到眼睛闭上为止。“嗯？”他说。

在远处一家装着黑色玻璃的咖啡馆门前，一个警察像一个滑冰的人那样在铺石路上滑动。他的腰刀妨碍他滑动，于是他把它拿在手中。现在他溜了很长一段路，在停下时他几乎转了一个弓形，最终他还微弱地欢叫了一声。脑子里装满旋律，他又开始滑动了。

只有这个警察从二百步开外看到和听到了这次不久之后发生的谋杀，这使我感到一种恐惧。我确认，无论如何，这件与我相关的事都得结束，不管是我被人刺杀还是被人赶走。但如果说被赶走不是更好的话，那就让我遭受麻烦的，也就是更痛苦的死亡方式好了。我时下并没有对选择这种死亡感到恐惧的理由，但是我可以度过我剩下的最后时刻，而不必去寻求理由。当我犹豫着要做出什么决定时，这样做就太迟了，而且我已经做出了决定。

我必须离开，这很容易。现在在朝左踅入卡尔大桥时，我可以朝右奔入卡尔巷。这条巷子弯弯曲曲，那里都是些昏暗的大门和还在营业的小酒馆。我不能放弃希望。

当我来到码头尾端的拱门下边踏上十字军广场时，我跑进那条巷子。可是在神学院教堂前的一个小门前我跌倒了，因为我没有注意到那儿有一个台阶。这弄出来一点响声。这儿离下一盏路灯还比较远，我躺在黑暗中。

从对面的小酒店里走出来一个胖女人，手里拿着一盏小灯笼。她来观察，看看巷子里出了什么事。里面的钢琴在继续演奏，只是琴声变得微弱了，因为是在用一只手弹——演奏者把身子转向门这边：门现在半开着，一个身着衣扣结得高高的服装的男人把门完全打开了。他吐了一口痰并把那个女人紧紧地搂在怀里，这使她不得不把小灯笼举起来以免弄坏它。“什么事都没有。”他朝里面喊了一声，随后两人转过身来朝里面走去，门又关上了。

我试图站起来，可又倒下了。“太滑了。”我说，觉得膝盖疼痛。但我很高兴，从小酒店里出来的人没有看到我，这样我就能在这儿一直安静地躺到黎明。

我认识的那个人大概一直走到大桥，才发现我的离开，因为他在一段时间之后才走到我跟前。我没有发觉到，当他朝我躬身时——他几乎只是垂下脖颈，完全像条鬣狗——他显得惊讶并且用柔软的手抚摸我。他摸我，他从上到下摩挲我的面颊，然后把手掌放在我的额头上：“您弄痛了自己，不是吗？地太滑了，得小心啊——您自己没有对我这样讲过？您头痛吗？不痛？啊，是膝盖。噢。这是件坏事。”

但是他没有想到把我扶起来。我用我的右手撑起脑袋，胳膊放在一块铺路石上，并且说：“我们又一次在一起了。”在这当儿那种恐惧感又攫住了我，我用两只手向他的胫骨推去，使他离开。“走开，走开。”我同时说道。

他把双手放进口袋里，向空荡荡的街巷望去，随后望向神学院的教堂，望向天际。终于，当在近处的一条街巷里响起一辆车驶来的声音时，他才想起我的存在来：“是呵，您为什么不讲话，我亲爱的？您感到不好？是呵，您究竟为什么不站起来？要我去找一辆车？如果您愿意的话，我给您从小酒店里弄杯酒。但您不能在严寒中躺在这里。随后我们还要到洛伦茨山去呢。”

“当然喽。”我说着并自己站了起来，但是觉得有一阵剧烈的疼痛。我立刻摇晃起来。我死盯住卡尔四世的立像，好使自己的立足点稳定下来，但这对我毫无帮助——若是我不想到，我会被一个颈部围有黑色丝绒围巾的姑娘所爱的话，那种爱虽然不是热烈的，却是忠实的。天空由于月亮而显得可爱。月亮也在照着我。出于谦卑，我要置身于大桥塔楼的拱洞下面。当我看到，月亮在照耀一切只是一种自然现象而已，就高兴地伸出胳膊，去完全享受月光。我用双臂懒散地做着游泳的动作，觉得很轻松，一点也不感到疼痛和费力就能前进。这是我过去从来没有尝试过的！我的头部躺在寒冷的空气中，这样我的右膝恰好可以活动得特别好，我拍打它表示赞赏。我回忆起，我的一个熟人——他可能还一直不如我——有一次无端地受到我的伤害，这整个事情使我感到高兴的只有一点，就是我的记忆力是这样好，连这样一件事我都记住了。可我不能多想，因为我必须继续游动，我不愿沉在下面太深。但人们此后不可以告诉我，每个人都能在石头路上游泳，这没有可讲的价值。我加快了速度，升到栏杆上面。围着我碰到的那尊圣徒雕像游了起来。

我认识的这个人在我转第五圈的时候——这时我恰好用不被觉察的动作停在人行道上方——抓住了我的手。于是我又站在石头路上，感到膝盖为之一痛。

“我总是，”我的这位熟人说，他用一只手抓紧我，用另一只手指着圣·卢德米拉雕像，“我总是十分羡慕这个天使的双手。您看看好了，它们是多么温柔！真正的天使之手！您看见过类似的吗？您没有，但是我看见过，因为今天晚上我吻过这样的手——”但现在有了走向毁灭的第三种可能性，我决不让人刺死，我决不走开，我能被简单地抛向高空。让他去他的洛伦茨山好了，我不会妨碍他，不会由于我的走开而妨碍他。

我现在喊叫起来：“别用那些故事缠我了！我不要再听七零八碎的东西了。您把一切都讲给我听，从头到尾！我不要就听您讲给我的那一点点。

我对整个事情心急火燎！”当他看我时，我不再这样喊叫了。“您可以相信我能守口如瓶！把一切讲给我，您心里的全部。像我这样一个守口如瓶的听众您还找不到呢。”

我贴近他的耳朵，轻轻地说：“在我面前您不必害怕，这真的是多余的。”我听见他在笑。

我说：“是啊，是啊。我相信这件事。我不怀疑。”同时我用手指拧他的小腿肚，想要拧得他把它甩开，但是他没有感觉到。我自言自语：“为什么您同这个人打交道？您不爱他，您也不恨他，因为他的幸福只在一个姑娘身上，并且从来就不是那么肯定，她穿着一件白色的衣服。这个人对您丝毫无所谓。重复一遍……但他也没有什么危险，像已表明的那样。那么就继续与他一道前往洛伦茨山好了，因为在一个如此美好的夜里，您已行在途中，就让他讲并以您这种方式使您快活，借此——说得轻一点——您也能最好地让自己得到保护。”

Ⅱ 快乐或者不可能生活的佐证

1 骑行

我忽地就跳到我的这位熟人的双肩上——兴致极高，好像不是第一次骑在他身上似的——并用我的两个拳头击打他的后背，使他开始小跑。但当他用跺脚表示不那么情愿，且有几次甚至停了下来时，我就加劲地用靴子蹬他的肚子，使他兴奋起来。我成功了，我们很快就进入一处巨大的，但尚未完工的场所。

我骑行在一条公路上。这是条石头路并且坡度大，但这正中我下怀，我要让它更陡更硬。每当我的熟人跌跌撞撞时，我就拎起他的领子；每当他呻吟叫苦时，我就捶他的脑袋。这时我感觉到，在这样一种美好的空气中骑行是多么有益于我的健康。为了使这次骑行变得更加狂暴，我让一股强劲的逆风猛烈地吹向我们。

现在我还要在我这位熟人的宽大肩膀上做跳跃运动：我一面用双手牢牢地钩住他的脖子，一面把我的脑袋尽力向后仰去并观察变幻不定的白云，它比我还要柔软，慢腾腾地随风浮动。我为自己的这种勇气而笑，而颤抖。我的外衣敞了开来并赋予我力量。同时我用劲合拢我的双手，当然我就掐紧了这位熟人的脖子。直到天空慢慢都被树枝——这是我让它们生长在公路两旁的——遮住时，我才想到自己。

“我不知道，”我喊叫起来，可没有声音，“我根本不知道。如果没有人来，那就是没有人来。我没有害过任何人，也没有任何人害过我，但无人愿意帮助我，纯粹是无人。但事情不是这样。只是无人帮助我，否则纯粹的无人是可爱的，我会非常高兴地（您对此意下如何？）与一个由纯粹的无人组成的群体做一次远游。当然是到山里去，不然去哪？这些无人是怎么拥在一起的，这么多双交叉起来或者垂下的胳膊，这么多双脚如何通过碎步分离开来！懂吗，所有人都穿着燕尾服。我们走得慢吞吞的，一阵清风穿过我们和我们四肢之间的空隙。在群山之中喉咙是自由的。我们居然没有唱歌，这真是件怪事。”

这时我的这位熟人趴倒了，当我探究他是怎么回事时，我发现他的膝盖伤得很重。因为他对我已经不再有什么用处了，于是我不无高兴地把他放到石头上并用口哨声从高空招来几只秃鹰。它们驯服地站立在他身上，用利喙看守着他。

2 散步

我无忧无虑地继续前进。但因为我这个徒步者对山路心存怯意，于是就让路变得越来越平坦并在遥远的地方最终降入一条山谷。按照我的意愿，石头都消逝了，风也消逝了。

我迈着匀称的步子，由于我是下山，于是就直起头部，挺起身体，把双臂交在头后。因为我爱松林，于是就穿越这样的森林；因为我喜欢默默地仰望繁星，于是天空中的群星就慢慢地朝我显现出来，我只看到几缕云彩，高处一阵风吹过，它曳住云彩，在空中穿行，这使我这个散步者感到惊奇。

在我所在的这条公路的对过儿，也许还有一条河把我隔开。我让一座巍峨的高山矗立在那里，它的高地上生长着一片灌木丛，它把高地与天际分隔开来。我还能清清楚楚地看到最高处的一些枝干上的小分杈，它们在不停地摇曳。这种景象也许是平常的，却使我十分愉悦，使我都忘记了让月亮升上来，一只站立在远处的这片蓬散杂乱的灌木丛中的小鸟——它已经在山后面了，大概是在因为这种迟误而恼火呢。

但现在冷峻的光华在山上散布开来，为月亮的升起做了先行，突然间，月亮自己就从一片不宁的灌木丛后面升了起来。可在这当儿我正朝另一个方向张望。当我向前方望去并一下子就看到月亮时——它几乎在用它圆圆的冰镜散发着清辉——我两眼迷惘，就停下了脚步，因为我走的这条倾斜的道路恰恰直通向这轮令人惊讶的月亮那里。

但少顷之后我就对月亮感到习惯了，并沉思地观察它升起来是那么困难。直到我们彼此面对面地走了很长一段路之后，我才终于感到一阵强烈的睡意，我相信，这是这种不寻常的散步引起的疲倦所导致的后果。有一小会儿，我是闭着眼睛走路的，在这期间我只有响亮地和有规律地击拍双手才能保持清醒。

但随后，当我的双脚跌跌撞撞要滑出路外，累得我开始晕头晕脑时，我着急了。我用全身的力量登上道路右边的山坡，以便我能及时地在这个还剩下的夜里睡上一觉。

着急是必要的。繁星在无云的夜空里业已暗淡下去。我看到月亮在苍穹中澹淡地沉下，宛如在一片浮动的水中。山已经昏黑，公路破碎地在那里成为尽头，就在那儿，我面向山坡，从森林的深处我听到越来越近的树木倒下的嘎嘎响声。我真想立即抛身到苔藓上睡一觉，但我害怕睡在林中。我爬到一棵树上——沿着树干手脚并用——这树没有风也摇曳不定。我躺在一根树枝上，脑袋靠着树干，很快就入睡了。在这当儿，一只小松鼠竖起陡直的尾巴坐在颤动的枝尾，摇晃起来。

我睡得很深，没有做梦。不论是月亮的沉落还是太阳的升起都没有使我醒来。甚至，当我醒来时，我又安静下来，并对自己说道："昨天您太累了，因此要好好地睡。"随后我又进入梦乡。

尽管我没有做梦，可我的觉却不断地受到轻微的打扰。整个夜里我都听到身边有人在讲话，说些什么我没有听清，除了个别的如"河岸旁的椅子”“云雾缭绕的群山”“冒着烟光的车辆”，就只有强调这些词的方式了。我想起来了，我在睡眠中还揉搓着双手，并由于我没有听清一些个别的话而感到高兴，因为我刚好睡着了。

“您的生活是单调的，”我大声说道，以便说服自己，“您被引上另外的路太有必要了。这儿很快乐，您该满意。太阳在照耀。”太阳在照耀，蓝天中的雨云变白，变淡，变小。它们在发光，在翻腾。我在山谷中看见一条河。

“是呵，生活是单调的，您该得到这种快乐，”我继续说道，像不得不说似的，“但这不也是危险的吗？”这时我听到近处有人发出可怕的呻吟声。

我要迅速爬下山去，但是这个枝干就像我的手一样在颤抖，这样我就硬挺挺地从高处落了下来。我没有摔伤，也不感到疼痛，只是觉得自己太虚弱太不幸了。我得把脸搁放在林中的地面上，我不能忍受去如此费力地环视我四周土地上的东西。我确信，每个运动和每个思想都是被迫的，因此人们在它们之前要保护自己才是。与此相反，在这儿躺在草丛中，把双臂靠在身上，把脸掩藏起来才是最自然的。我对自己说，我待在这个理所当然的地方应该高兴，因为否则我就得费九牛二虎之力才能进入这里。

河流宽阔，它的小而发出声音的波浪粼粼闪光。彼岸也是草地，毗邻草地的是一片灌木丛，在灌木丛后就可以远眺明亮的果树林荫大道，直通向绿色的山丘。

这个景象令我心旷神怡。我躺了下来在想，在我对极为恐怖的哭声充耳不闻期间，我在这里是该满意的了。这儿是孤寂的、美丽的。在这儿生活不需要太多的勇气。可以肯定的是，人们在这儿和在其他地方一样都要受到折磨，但是不必去做什么运动。不需要这样。这是山和一条大河，我还有足够的聪明，把它们看作是死的。是呵，当我晚上孤单一人踯躅在草地上时，我将不会是一个被抛弃者，就像这座山，只是我会有这样一种感觉。但我相信，就是这个也会消逝的。

我就这样用我未来的生活来进行赌博并固执地力图去忘却。在这期间，我看到天空在闪闪发亮，它披上一层异乎寻常的幸运色彩。我已经很长时间没有这样去看它了。我被感动了，并忆起有那么几天，在那几天我也相信我这样看过它。我从耳畔处抬起双手，伸开我的胳膊，并让其垂落到草上。

我听到远处有人在轻轻地抽泣。起风了，一大群我此前没有看到的干枯树叶呼啸着飞了起来。一些没有成熟的果实纷纷从果树上掉落到地面。从一座山后升起了一片可恶的乌云。河水的波浪在啪啪作响，在劲风面前退了回去。

我迅速站了起来。我的心在痛，因为现在我已不可能从我的痛苦中解脱出来。我正要转过身离开这个地方并回到我从前的生活方式时，突然起了这样的念头："在我们的时代居然还有高贵的人以这样困难的方式越过一条河，这太引人注目了。对此没有别的解释，这是一个老的习惯。"我摇了摇头，因为我感到奇怪。

3 胖子

a. 向风景致辞

从彼岸的草从中劲步走出来四个裸体的男人，他们肩扛着一张木制的担架。担架上是一个巨胖的人，用东方的姿势坐着。虽然他被抬着在一条不成路的路上穿越灌木丛，可他并不把棘枝拨到两旁，而是让它们平静地刺向他那不动的身体。他那多褶的肥肉是那样周密地摊了开来，不仅遮住了整个担架，而且还宛如一条黄色地毯的镶边沿着担架边垂了下来，就是这样也不妨碍他。他那无发的小脑壳闪着黄色。他的脸现出一个在思考并且不想费力加以掩饰的男人淳朴的表情。有时他闭上双眼，有时他又睁开，他的下颏扭曲起来。

“风景妨碍我思考，”他轻轻地说，“它使我的考虑摇摆不定，就像咆哮的河流上架起的链桥一样。它是美的，并因此要引人观望。”

“我闭上我的双眼并且说：‘您，河畔的青山，您有着对抗河水的滚动石头，您是美的。’

“但是它并不满足，它要我朝它睁开眼睛。

“但当我闭上眼睛，说：‘山，我不爱您，因为您使我想起了云彩，想起了晚霞，想起了天穹和几乎使我哭泣的那些景物；如果让人抬在一张小型的轿子上，那他是永远到达不了这些地方的。但当您，诡计多端的山，在向我指明这点的同时，您就遮住了使我欣喜的远眺，在美好的鸟瞰中无处不到。因此我不爱您，河水边的山峦，不，我不爱您。’

“但是它对这番话无动于衷，像从前一样，每当我不是闭着眼睛讲话时就是如此。否则它是不满意的。

“我们不必强求它对我们如何友好，我们只要维持就行了。它脾性乖戾，喜欢把我们的头脑弄得像一团粥。它会把参差不齐的阴影压到我身上，它会沉默、可怕地把光秃秃的山壁朝我挤逼过来，我的轿夫会在细小的石头路上踉踉跄跄。

“但不只山是这样虚荣，这样咄咄逼人，这样喜欢报复，其他的一切也都如此。这样我就要瞪圆眼睛——噢，它们在疼痛——一再地重复：‘是的，山，您是美丽的，您西侧山坡上的森林使我高兴——花儿，我对您也满意，您的玫瑰使我的灵魂愉悦——您，青草，在地上高耸着，茁壮并且清凉——您，陌生的灌木丛，那么突如其来地刺人，使我们的思想一下子就跳了起来——河流，我对您感到极大的愉快，我将让人抬着渡过您那柔弱的河水。’”

他稍许弯下谦恭的背，把这赞颂大声地喊了十遍，然后他让头部垂下，闭上眼睛，说道：“但现在，我请求你们——山、花儿、青草、灌木丛和河流，给予我些许空间，我好能呼吸。”

这时在四周的群山中产生了忙乱的移动，它们在雾霭的后面相互撞击。林荫大道虽然很坚实并相当仔细地保持着大道的宽度，但它们过早地变得模糊不清了。天空中的太阳前面有一片湿润润的云彩，它的边缘闪着微光，大地在它的黑影里沉陷得更深了，在这期间一切景物都失去了它们美丽的轮廓。

轿夫的脚步声已传到河的这一边，可我从他们昏暗的四方形脸上什么都无法更清晰地分辨出来。我只看到，他们是怎样把他的脑袋倾到旁边，又是怎样弯下他们的背来，因为这负荷是异乎寻常的。因他们之故我感到忧虑，我注意到他们都十分疲惫。因此，当他们踏入岸边的草丛，随后还以匀称的脚步穿行潮湿的沙地直到他们最终陷进泥泞的芦苇荡，后面的两个轿夫为了保持担架的平衡把腰弯得更低时，我都一直紧张地望着他们。

我攥紧了双手。现在他们每走一步都得把他们的腿高高地抬起来。在这么多变的下午的冰凉空气里，他们都汗流浃背，身体闪闪发亮。

胖子安静地坐着，双手放在大腿上；芦苇的长长尾梢，每当被前面的轿夫拨到后面时，都弹动起来去抚摩他。

轿夫越来越靠近河水时，他们的动作就变得更不规整了。担架有时摇晃起来，仿佛是在波浪上一样。芦苇荡里的小水洼必须得跳过去或绕开，因为也许它们都很深呢。

突然一群野鸭呼唤着从芦苇中飞起直冲向乌云。这时我看到胖子的脸瞬间动了一下，变得不安起来。我站了起来，匆匆地连蹦带跳地越过把我与河水隔开的多石的山坡。我没有注意到这很危险，而是只想去帮助胖子，若是他的仆人没法再抬动他的话。我毫不思索地跑去，连到了水里也不能停下来，而不得不冲进去好长一段，河水喷溅起来；直到河水没过膝盖我才站住。

但在那边，仆人扭着身子把担架抬进水里，他们每人用一只手在动荡的水面上稳住身体的同时，又共同用四只毛茸茸的胳膊把担架举到高处，这使人看到他们异乎寻常地绷起来的肌肉。河水先是拍打着他们的下颚，随之就升到嘴部，轿夫把头向后仰，木制的抬杆就落到肩上。河水业已戏弄他们的鼻梁，可他们依然不放弃努力，尽管他们连河的中间还没有走到。这时一道不高的波浪把前面两个人的脑袋拍打过来，四个人默默地没入水中，同时他们用粗糙的手把担架一道扯了下去。河水在下沉的地方旋了下去。

这时夕阳从巨大的乌云的边缘射出了平缓的亮光，它们使丘陵和群山的轮廓秀丽多彩。在这期间，乌云下面的河流和附近地带一片朦胧。胖子朝着奔腾的河水慢慢地转过身来，像一尊用亮木雕成的神像。他变得多余了，因此人们把他丢到了河里。他在水中的乌云的镜像中行进。长长的乌云拖着他，小片的乌云躬身推着他，于是引起了巨大的骚动，这骚动就是在河水拍击我的双膝和岸边的石头时看得到的。

我又迅速爬上堤坡，以便能在路上陪他，我真的爱上他了。也许我知道些关于这个表面安全的土地的危险性。于是我行走在一片狭长的沙砾地带。人们首先得习惯它的狭小，把双手放进手袋，把脸扭向朝向河的一边的右角，这样一来下颚就几乎倚靠到肩上了。

一群燕子停落在岸边的石头上。

胖子说："岸边的亲爱的先生，您不必想法救我了。这是河水和风的复仇，我已经失败了。是呵，这是复仇，因为我和我的朋友——一个祈祷者，在我们的刀锋歌唱时，在钹的光亮、在长号的光华和大鼓的跳动的光芒下，我们经常攻击它们。"

一只小蚊子张开翅膀飞越过他的肚子，一点也没有减缓它的速度。

b. 与祈祷者开始了的谈话

有那么一个时期，我天天都到一座教堂去，因为我爱上的一个少女每天傍晚都要去那里跪着做半个小时的祈祷，在这期间我能安静地观察她。

有一次少女没有来，我不耐烦地向那些祈祷者望去，一个年轻人引起了我的注意。他把整个瘦长的身体都投伏在地上，有时他用全身的力量抓住他的脑袋，把它放到摊在石头上的双掌上，呻吟着摇晃不止。

在教堂里只有几个老年妇女，她们不时地侧转过她们裹着头巾的脑袋，向这个祈祷者望去。引起她们的注意好像使他快乐，因为在他每做一次虔诚的叩拜时，他就用眼睛逡巡下四周，看是不是有不少人在注视着他。

我觉得这不得体并决定等他离开教堂时跟他谈谈，径直地问他为什么以这种方式祈祷。因为自从我到这座城市以来，对我来说弄清一切是至为重要的，即使现在我只是对此感到恼火：我的那个少女没有来。

但直到一个小时之后他才站了起来，扑打他裤子上的灰尘。可他弄了那么长时间，我都想喊叫起来："够了，够了。我们大家都看到您穿了一条裤子。"他十分谨慎地画了个十字，随后向圣水盆走去，沉着得像一个水手。

我站在圣水盆和大门之间的路上并且知道得很清楚，我得不到解释就不会放他过去的。我咬紧嘴唇，这是为一番讲话所做的最好的准备工作；我伸出右脚支撑住自己，同时用左脚尖点地，因为这样做会赋予我一种坚定性，这是我常有的经验。

这个人可能会责骂我。他向脸上洒了些圣水，也许我的目光早就使他感到担心了，现在意想不到的是他奔向大门冲了出去。玻璃大门关上了。

我紧随其后跑出大门，可是我再也找不到他了。因为那儿有好几条狭小的巷子，交通繁忙，人们熙来攘往。

在随后的几天里他都没有露面，但那个少女来了并又在旁侧的祈祷室的一隅祈祷。她身穿一件黑色的衣服，它的肩部和背部是透孔的——垂下的衬衣边是半月形状——在它们下边的边缘悬吊着的是剪裁得体的丝绸底托。因为这个少女来了，我很高兴，忘掉了那个男人。我开始关心起自己，而在他稍后又定时前来并按自己的习惯进行祈祷时，也不再理睬他了。

但他路过我身边时总是突然加速，匆匆而过，并转过脸去。可与此相反的是，他在祈祷时更多的是望着我。看来好像他对我很生气，因为那时我没有跟他谈话，他认为，通过那次我跟他交谈的企图，我就是自己承担了义务，这终归是要实现的。在一次布道之后，当我在晦暝之中跟着那个少女与他相遇时，我相信我看到了他在微笑。

这样一项与他交谈的义务当然不存在，我几乎不再有一种跟他谈话的渴求了。甚至，当我有一次跑到教堂广场时，那当儿钟已敲响 7 点，少女早已不在教堂，而那个男人还在神龛前的栏杆那里。我仍在迟疑不决。

终于我用脚尖蹑行到门廊，给了坐在那里的乞丐一枚铸币，紧挨着他候在敞开的大门的后面，在那儿大约有半个小时的时间。我会使这个祈祷者感到惊讶，这使我感到高兴。但这并没有持续下去。不久，一些爬上我衣服的蜘蛛令我感到十分别扭。并且从教堂的昏黑中每走出一个大声喘气的人，我就得躬身，这太讨厌了。

他也来了。我注意到，少顷之前大钟响起的声音令他感到不安。在他走出来之前，他必定要先用脚尖漫不经心地蹭蹭地面。

我站了起来，走上前一大步，拦住了他。

“晚安。”我说，并用手捅了捅他的衣领，走下台阶，到了灯光通明的广场。

当我到下面时，他转向我，之前我还在他的后面，而现在我们就肚皮碰着肚皮，面对面站着。

“您就不能放开我！”他说，“我根本不知道，您怀疑我什么，但我是无辜的。”随后他又重复了一遍·“我当然不知道，您怀疑我什么。”

“在这儿既谈不到怀疑也说不上无辜。我请您不要再谈这类事情。我们彼此陌生，我们的相识绝不会比教堂的台阶更老，如果马上开始谈什么我们的无辜，那我们会走到什么地步呢？”

“这完全合乎我的意思。”他说，“再说您说到‘我们的无辜’，这就是说，如果我证明了我的无辜，同样不是您也必须说您的无辜吗？您指的是这样吗？”

“非此即彼，”我说，“但我只是因此才跟您谈，因为我有话要问您，您没注意到这点！”

“我想回家。”他说，并稍微转了转身。

“我相信。不然我早就跟您交谈了。您不会相信，我是因为您有一双漂亮的眼睛才跟您谈话的。”

“您也太不坦率了吧？怎么？”

“难道要再次对您说，在这儿不谈这类事情吗？坦率或者不坦率在这儿有什么相干？我问，您回答，然后分手。之后我认为您可以回家，随您多快都好了。”

“我们下一次会面不是更好吗？找个适当的时候，也许在一家咖啡馆里？再说您的未婚妻小姐在一两个小时前才离开，您还能追上她，她等您很长时间了。”

“不。”我叫了起来，这声音混杂在从旁驶过的有轨电车的喧嚣之中，“您逃脱不了我的。您使我越来越感到满意。您是一个幸福的猎物。我为自己感到庆幸。”

这时他说：“啊，上帝，像人们通常说的，您有一颗健康的心和脑袋，用石头做的。您把我叫作一件幸福的猎物，您多么幸运啊！因为我的不幸是一种摇晃不定的不幸，人们能触摸到它，于是它就激起了好奇者的兴趣。因此呢，夜安，再见。”

“好的。”我说道，抓住他，揪住他的右手。“如果您不是自愿回答，那我就强迫您。我会跟着您，左边和右边，不管您到哪儿，就是通向您的房间的楼梯我也要上去，并且坐在您的房间里，有个地方就行。您只要稍稍看着我就好了，这是笃定的。我一定会坚持下去的。但您怎么会，”我靠近他，因为他比我高出一头，我是对着他的脖颈说这番话的，“——但您怎么会有勇气来阻止我？”

他朝后退去，轮番吻着我的双手，并用泪水把它们弄湿。“没有什么能拒绝您。正如你们所知道的我想回家，我事前就已经知道了我无法拒绝您。我只是请求，我们最好到那边的小巷子里去。”我点了点头，我们两人就向那里走去。这时一辆车把我们分开来，我停下了，他用双手向我示意，我急忙赶了过去。

但到了那里，他并不满意巷子的昏暗，这里边的路灯彼此相隔很远，并且几乎都安装到第二层楼那么高，于是他把我带到一幢旧房子的低矮门廊里，上面有一盏小灯，垂挂在木头台阶的前面。

他把他的手帕铺放在一个台阶的平台上并请我坐下：“您坐着能更好地问，我站着能更好地回答。但不要纠缠！”

我坐了下来，因为他把事情看得如此认真，但我必须要说：“您把我带到这样一个洞里，仿佛我们是密谋造反的人，但是我对您只是好奇，您对我只是恐惧，我们俩是因此而连在一起的。基本上我只是要问您，您为什么在教堂里这样祈祷。您在那里怎么是这样的举止！像一个完完全全的傻瓜！这多么可笑，对旁观者和虔诚的人来说这太不愉快了，无法忍受！”

他把身体靠在墙上，只有脑袋可以自由活动。“不是别的，只是错误，因为虔诚的人把我的举止看作是自然的，其他人把它看作是虔诚的。”

“我的恼火是对此的一种反驳。”

“您的恼火——我太高兴了，有一个真正恼火的人——只是证明了，您既非属于虔诚人又非属于其他人之列。”

“您是对的，这有一些夸张，如果我说您的举止使我恼火；不，这只是使我感到好奇，我一开头说得很准确吗？但是您属于哪一种呢？”

“啊？被人注视，我只是觉得开心，就这么说吧，不时把一个阴影投到神龛上。”

“开心？”我问。我的脸绷紧了。

“不，如果您想知道的话。您不要对我发火，我的表达有误。不是开心，对我来说这是一种需要：让人用这样的目光捶打我一个小时是种需要，而与此同时整个城市围着我转——”

“您在说什么，”这个小小的说明和下作的做法令我大喊起来，我怕沉默下来或者声音微弱无力，“您说的是真的。现在我看到了，上帝作证，我一开始就猜想到您是什么样的状态。难道这不是狂热的路上一种有晕船症状的麻风病？如果它们不是这个样子，您由于纯粹的高烧对事情的这样名副其实的名字感到不高兴，对此不满足，那现在您就赶快给它们冠上个随便想出的名称好了。只是要快，只是要快！但是在您还没有摆脱它们时，您就又忘记了它们的名字。田野里的白杨树，您称之为‘巴贝尔塔’，因为您不想知道那是一棵白杨树，它又摇曳起来，没有名字，于是您就称它是‘诺亚’，因为他喝醉时就是这样。”

他打断了我：“我很高兴，您说的这些我都不懂。”

我激动起来，快速地说：“您对此感到高兴，这表明您是懂的。”

“我不是说了吗？人们对您是没有什么可拒绝的。”我把双手放在高一层的台阶上，向后靠去，并用这种几乎不可理解的姿势发问，这种姿势是摔跤运动员挽救自己的最后一招。“请原谅，但当您把给您的一种解释又重新抛回给我时，这是不公平的。”

他变得勇敢起来。他把双手交叉在一起，使他的身体协调一致，有些勉强地说：“您在一开始就排除了关于公平性的争论。真的，除了使您对我的祈祷方式加以理解之外，我对其他的都不在意。这么说您知道我为什么这样祈祷了？”

他在试验我。我不知道，也不想知道。我也不是为此而来这里的，当时我就对自己说过，但这个人却正因此而逼迫我去听他说。于是我只需摇摇头，一切就完满了，但我恰恰在这一瞬间做不到。这个人面对我微笑。随之他跪倒下来，脸上是一副懒洋洋的怪相，他说：“现在我终于也能透露给您了，我为什么要让您同我交谈——是出于好奇，出于希望。您的目光好长一段时间在安慰我。我希望从您那里知道，该如何对待那些像雪崩一样吞没我的事情，而在其他人面前立在桌上的一小杯烧酒像座纪念碑一样牢靠。”

由于我沉默不语并且脸部不由自主地抽搐了一下，他就问道：“您不相信其他人是这样？真的不相信？那您听我说！当我还是一个孩子时，在一次短暂的中午睡眠之后我睁开了眼睛，我听到——毕生我都弄不清楚——我的母亲用十分自然的语调从阳台上向下问道：‘您在做什么，我亲爱的？天可是太热呀！’一个女人在庭院里回答说：‘我在树荫下吃点心呢。’她们随意交谈，说的也不怎么清楚，好像那个女人有什么要问，我母亲在等着回答。”

我相信我是在被问，因此我把手伸进裤后兜里做出像要找什么东西似的。但我什么也不找，而只是要变化一下我的目光，以表现出我对谈话的兴趣。在这同时我说，这件事非常引人注意，并且我根本就不理解。我也补充说，我不相信它的真实性，并且它必然要达到一个固有的目的，而我恰恰看不透它。随后我闭上双眼，摆脱恶劣的灯光。

“看看吧，鼓起勇气，比如说您有一次同意我的观点，为了告诉我此事，您提醒过我，而且不是出于私利。我丢失了一个希望，得到了另一个希望。

“不是吗，我为什么应该羞愧——或者说为什么我们羞愧——因为我走得不正，走得困难，不是用手杖敲打着地上的石路并且不去触摸在身旁路过的人的衣服？难道我不该理由十足地支起领子，端起肩膀沿着房屋蹦跳而过，有时就消逝在广告窗的玻璃里？

“我度过的都是什么样的日子！为什么这一切都建造得这么恶劣，致使有些高楼时不时倒塌，而人们没法找出任何一种表面上的原因。我爬上垃圾堆，问那个我碰到的人：‘怎么能发生这样的事？在我们的城市里——一幢新房子，今天这是第五幢了——您想过吗？’没有人能回答我。

“人们经常跌倒在巷子里并且躺在那里死去。所有的商人都打开他们的门，挂出商品，敏捷地走过来，把死者抬进一所房子里，随后返回，嘴和眼睛露出微笑，开始讲话：‘日安——天空是苍白的——我卖出了许多头巾——是呵，战争。’我跑进房里，在我多次胆怯地举高弯起手指的手之后，我终于敲响了房东的小窗户。‘早晨好，’我说，‘我觉得好像不久前有个死人被带到您这儿了。您不愿友好地指给我看吗？’他摇了摇头，好像他不能决定似的，我补充说：‘您要注意！我是秘密警察，要立刻看看死者。’现在他不再犹豫不决了：‘出去！’他喊了起来，‘这个流氓习惯了每天都到这儿转悠！这儿没有死人，也许旁边那家有。’我打了招呼就走了出来。

“但随后，当我穿越一个大广场时，这一切我都忘掉了。当人们出于傲慢建造了这样一个巨大的广场时，为什么不在广场上也围起栏杆呢？今天刮的是西南风。议会塔楼上的尖顶描绘出个小圈。所有的玻璃都在发出响声，路灯杆像竹子似的弯了下来。柱子上的圣玛利亚的大衣被刮了起来，空气在撕扯它。您难道没有看见吗？在石头上行走的先生们、女士们都飘了起来。一当风停下来时，他们就站住了，相互间说了些话，彼此躬身致意；但风又吹了起来，他们无法抗拒它，所有人都同时抬起双足。虽然他们都紧紧地捂住他们的帽子，但他们却扫视四周，大饱眼福，什么都不放过。只是我感到害怕。”

对此我说：“您早先讲的您母亲和庭园里的女人的故事，我一点也不觉得有趣。不仅仅是因为我听过也经历过许许多多这类故事，甚至我本人有些时候也参与过。这种事是完全自然的。难道您真的认为，夏天我在那座阳台上不会问同样的问题和在庭园里作同样的回答？这是一件太平常的事了!”

当我说完时，他好像终于安静下来了。他说，我的穿着很可爱，他非常喜欢我的围巾，我有着怎样一身细嫩的皮肤。这番表白太清楚不过了，无法收回。

c. 祈祷者的故事

随后他在我身旁坐下，因为我变得羞怯起来，我侧着点了点头，给他腾了个地方。尽管我没有避开，他坐在那里还是感到某种尴尬，总是试图与我保持一小段距离并费力地说道：

“我度过的都是些什么样的日子……

“昨天晚上我参加了一次社交活动。在煤气灯下我在一位小姐面前躬身并说道：‘我真的很高兴我们已接近冬天了’——正当我躬身说这句话时，我不满地觉察到，我的右大腿从关节里滚动出来了，膝盖骨也有一丝松动了。

“因此我坐着并说道：‘因为风太轻了，人们的举止更轻松了，人们说话不需那么费劲了。不是吗，亲爱的小姐？希望我在这件事情上是正确的。’在这同时我的右腿使我恼火，因为开头它好像要完全分离开来似的，我通过挤压和有效的推拿慢慢差不多恢复了正常。

“这时我听到少女——她出于同情也坐了下来——轻声说：‘不，您根本不值得我尊敬，因为——’‘您等等，’我满意地说，并充满了期待，‘亲爱的小姐，同我谈话您都用不了五分钟的时间，您边说边吃好了，您请吧。’

“我伸出胳膊，从一个侍童托高的古铜色的盘子里拿出一串密密匝匝的葡萄，在空中摘出少许，放在一个小小的蓝边碟子里，把它递给这个也许不无妩媚的少女。

“‘您根本不值得我尊敬，’她说，‘您所说的一切都是无聊的和不可理解的，因此还不是真实的。我同样认为，我的先生——您为什么总是称我为亲爱的小姐——我认为，真实对您而言太费劲了，因此您才不同它打交道。’

“上帝，我来了兴致了！‘是呵，小姐，小姐，’我几乎是在喊叫：‘您说得多正确呵！亲爱的小姐，您懂得它，这是 种惊人的喜悦，当人们得到他意想不到的理解时。’

“‘对于您来说真是太费力了，我的先生，您看起来像什么呀：您是按照您的身长用薄棉剪成的，用黄色的薄棉纸，像个剪影；您一走路，人们就听见您在沙沙作响。因此，去理解您的态度、您的看法也是没道理的，因为您会随风而弯倒下来，而房间里现在正好有风。’

“‘我不懂。这房间里有几个人在转悠。他们用他们的胳膊围着椅子的靠背；或者他们倚在钢琴上；或者他们迟疑地把一杯酒举到嘴边；或者他们小心翼翼地走到邻室，在昏暗里碰到一个箱子，伤了他们的右肩，之后，他们在敞开的窗户旁呼吸着空气沉思：那儿是金星。但我现在是在一场社交活动之中。如果这有什么关联的话，那我就不懂它了。但我从来不知道，是否这有一种关联——您看，亲爱的小姐，所有这些人虽然各式各样，但都是懵懵懂懂，举止可笑，而只有我一个人显得尊贵，剔透清澈，并且还充满了温馨。您说话带有嘲笑的味道，可毕竟还明显地剩下了些什么，就如同穿过一幢内部焚烧一空的房屋的厚厚墙壁时发生的情况一样。

目光现在变得几乎不受妨碍，人们透过巨大的窗户洞，白天看见天空中的白云，夜晚看见繁星。但白云经常被灰色的石头遮断，繁星组成不自然的图画。所有要生活下去的人一下子都看起来像我一样，用黄色的薄棉纸剪成的，剪影般的，如果为此我向您表示感谢的话，该会如何？——如您所看到的——当他们走路时，人们也能听到沙沙声。他们不会是另外的样子，只能是现在的样子，但他们看起来就是这样。甚至您本人，亲爱的小姐。'

"这时我发觉，少女已不再坐在我身旁了。她一定是说完最后一句话不久就离开了，因为她现在站在远离我的一扇窗户的旁边，有三个青年围着她，他们的衣领高耸洁白，他们谈笑风生。

"我快活地喝了一杯酒，走到钢琴师那里，他正好挑选出一首哀伤的曲子，低头弹了起来。我小心地俯下身来贴近他的耳朵，为了不使他受惊，我在乐曲的旋律中轻轻地说：

"'尊敬的先生，您不介意让我现在弹一曲吧？因为现在我很幸福。'他没有听见我说的话，我那一段时间尴尬地站在那里，但随后我走开了，我克制住自己的羞怯，从一个客人走向另一个客人，并顺便提道：'今天我要弹钢琴。是的。'

"大家好像都知道我不会弹，他们的谈话被愉快地打断了，因此都友好地笑了起来。当我大声地对钢琴师说道：'尊敬的先生，您不介意吧，现在让我弹弹吧。我现在很幸福。这关系着一次胜利。'这时才都变得完全注意起来。

"钢琴师虽然停了下来，但他并没有离开他的褐色的凳子，似乎也没有听懂我说什么。他叹着气并用他长长的手指遮住他的脸。

“我对此感到一丝怜悯，当女主人带来一组人时，我鼓励他再弹下去。

“‘这是一次滑稽的偶然事件。’他们说，并大声笑了起来，好像我要做某种不得体的事情似的。

“那个少女也凑了过来，她蔑视地看着我，说：‘求求您，尊敬的夫人，您让他弹。也许他能带来某种快乐呢。这值得称赞。求求您，尊敬的夫人。’

“大家兴高采烈起来，因为他们显然认为，和我一样，这是在寻开心。只有钢琴师一声不响。他垂下脑袋，用左手食指抚摸着琴凳上的木板，像是在沙子上画画似的。我颤抖起来，并把我的双手放在裤兜里，藏了起来。我再也无法口齿清楚地说出来，因为我的整张脸是一副哭相。因此我必须挑选字句说明，使听众觉得我要哭这个念头是多么可笑。

“‘尊敬的夫人，’我说，‘我现在必须弹一曲，因为——’这时我忘记是什么理由了，于是我出乎意料地面朝钢琴坐了下来。突然我又明白了我的处境。钢琴师站了起来并体谅地跨过琴凳，因为我挡住了他的路。‘请您把灯熄灭，我只能在黑暗中弹琴。’我立起身来。

“这时有两位先生抓住了琴凳并把我抬到离钢琴远远的餐桌旁，用口哨吹出一首歌曲并把我稍许摇晃起来。

“看来所有人都表示赞同。那位小姐说：‘您看，尊敬的夫人，他的表演多么可爱。我知道不会错的，您却这么担心。’

“我明白了，并躬了一下身，做得十分得体，表示感谢。

“人们给我倒了杯橘子水，一位红嘴唇的小姐在喝酒时朝我举起了酒杯。女主人递给我放在一只银盘子上的蛋糕甜点，一个身着全白服装的少女把它放进我的嘴里。一位长着金黄色毛发、丰盈的姑娘拿起一串葡萄，擎在我头上，我只需要摘就行了，在这同时她望着我畏缩的眼睛。

“大家对我这样好，我当然对此感到惊奇，他们一致要我留下，但我又向钢琴走去。

“‘够了，’男主人说，直到现在我都没有发现他。他走了出去，又立刻返了回来，拿着一顶巨大的礼帽和一件上面饰有花朵的古铜色外套。‘这是您的东西。’

“这虽然不是我的东西，但我不想给他添麻烦让他再次去察看了。男主人给我穿上外套，它非常合身，恰到好处地裹住我消瘦的身体。一位面色慈祥的太太，慢慢地弯下腰来，给我逐个扣上外套上一排长长的扣子。

“‘再见吧，’女主人说，‘不久再来。您总是受欢迎的，这您是知道的。’这时在场的所有人都躬下身来，好像这是必须的似的。我也试图这样做，但我的大衣紧贴在身上。于是我拿起帽子，大概是非常笨拙地走出门去。

“但当我迈着碎步走出这幢房屋的大门时，扑面而来的是悬挂着一轮明月、布满繁星和浮有巨大云朵的天空，以及四周环列有市议会大厦、玛利亚石柱和教堂的环形广场。

“我安静地走出阴影进入月光之中，解开外衣的扣子，缓和下身体，举起双手让夜的喧闹声静下来，并开始考虑：‘这是什么呀，他们这样做，好像他们是真实的。难道你们要我相信，我站在绿色的铺石路上是不真实的、是滑稽的。但长久以来，您是真实的，您——天空，和您——环形广场从来就不是真实的。’

“‘你们一直比我优越，这是真的，但只是在我让你们安静的时候。’

“‘感谢上帝，月亮，你不再是月亮，但也许是我疏忽了，我还一直把您称为月亮。当我称您是被遗忘的有着奇怪颜色的纸灯笼时，您为什么就不再这样傲慢了？当我称您是玛利亚石柱时，您为什么就退缩了？当我称您是月亮抛出黄色的光时，我为什么再也认不出您那咄咄逼人的态度？'

"'我好像真的认为，当人们考虑到你们时，你们做得并不好，你们的勇气和健康都在减弱。'

"'上帝，若是思考者向醉酒者学习，那必定是十分有益的！'

"'为什么一切都变得静悄悄的。我相信已经不再有风了。那些经常在广场上滚动的安装着小轮子的小房子都非常牢靠地固定下来——静悄悄——静悄悄——人们根本看不见细的黑线，通常它把轮子和地面分离开来。'

"我在空气中坐着。我围着巨大的广场丝毫不受阻碍地跑了三大圈，可我一个醉酒者也没有遇到。我没有减慢速度，也没有感到吃力，就奔向卡尔巷。我的影子在我奔跑起来时经常变得比我靠在墙壁上时要矮小，犹如处在墙和路基之间的一条狭路上一样。

"当我经过消防队的住房时，我从小环行路那边听到喧哗声。当我踅入那里时，我看见一个醉酒者站在水井的围栏旁边，双手水平地抬起，并用穿着木拖鞋的双脚蹬踏着地面。

"我先是停了下来，以便使我的呼吸更加平静些，然后我向他走去，摘下帽子并自我介绍说：

"晚安，可爱的高贵人，我二十三岁，可我还没有名字。但您肯定来自大城市巴黎，有着令人惊奇，甚至是可吟唱的名字。从法兰西堕落的宫廷发出一股完全不自然的味道，它把您围了起来。'

“‘您肯定用您那带有颜色的眼睛看到了站在高处和光亮的平台上的那些高贵的太太们，她们在上面嘲弄地扭转她们纤细的腰身，可她们在台阶上，摊了开来的彩色拖裙的尾端还留在花园中的沙地上——不是吗？一些身穿灰白色、剪裁得粗俗的燕尾服和白色裤子的仆人爬上分散在四周、到处都有的长杆，把双脚盘在杆子上，上半身向后仰并弯向侧面，因为他们必须从地上拾起拴在粗绳子上的巨幅的灰白色亚麻布，并把它们在高处绷紧，只是因为高贵的夫人们希望有一个多雾的早晨。’

“因为他在打嗝，我几乎吃惊地说：‘真的，您，先生，果真是来自我们的巴黎，来自疾风迅雨的巴黎，啊，来自这种狂热的下雹子的天气？’

“当他又在打嗝时，我窘迫地说：‘我知道，这是我遇到的一种巨大的荣誉。’

“我用手指敏捷地把我的外衣扣上，然后我热情而又羞怯地说：‘我知道，您认为我不值得您做出回答，但是我必定过一种含泪的生活，若是今天我不问您的话。’

“‘我请求您，服饰高贵的先生，人们讲给我听的难道不是真的？在巴黎只有穿华丽的衣服的人吗？只有有大门的房屋吗？夏日城市上方的天空是淡淡的蓝色，只有通过形状随心意变幻的团团白云加以美化，难道是真的吗？那儿有一座陈列品非常多的蜡像馆，里面只有一些树立在那儿的小牌儿，写有最著名的英雄、罪犯和情人的名字，是吗？’

“还有这样的新闻！这显然是种欺骗性的新闻，不是吗？说巴黎的街道上突然都长出杈来了，它们变得不安宁了，不是吗？一切都是混乱不堪，怎么能这样呢！有一次发生了车祸，人们集聚在一起，那些人来自邻近的街道，迈着大都市有的很少能触碰铺石路的步子；虽然所有的人都很好奇，但也害怕失望；他们呼吸急促，伸出他们的小脑袋。但一当他们相互碰撞了，他们就深深地鞠躬并请求原谅：‘我很抱歉——这不是有意的——太拥挤了，请原谅，我承认，我太笨拙了——是我的过错。我的名字是——我的名字是热洛姆·法洛歇，我是卡波丁大街上卖香料的小商贩——请允许我明天请您吃中饭——我的妻子也会感到十分高兴的。’他们就这样谈话，其间街巷一片喧嚣，从房屋的烟囱冒出的黑烟落了下来。就是这个样子。难道两辆车停在上等人居住区的一条繁华的林荫大街上是可能的吗？仆人庄重地打开门，八条高贵的西伯利亚狼狗蹿了出来，狂吠着、蹦跳着越过东道。这时有人说，那是伪装的，都是些打扮入时的年轻的巴黎人。’

“他几乎闭上了眼睛。我沉默下来。他把双手塞进嘴里并扯动下颚。他的衣服污秽不堪。或许人们是从一个小酒馆里把他扔出来的，他对此也是糊里糊涂。

“这也许是白昼和黑夜之间的一次短暂的、完全恬静的间歇。这时我们把脑袋吊在脖子上，这并非我们所期待的，并且这时一切都静悄悄地立在那里，我们对此丝毫没有觉察，因为我们没有观察它，于是它随后就消失了。我们弯下腰，这儿就只剩下我们了。在这期间我们环视四周，但再也看不见什么了，就是空气的阻力也感觉不到了；但在内心我们却滞留在回忆之中。在与我们有一段距离的地方有一些房屋，它们有着屋顶和方形的烟囱。黑暗从烟囱流进房屋，从阁楼流入各式各样的房间。很幸运，明天是什么都能看到的一天，这真是不可相信。

“醉酒者高高地耸起眉毛，这使得在眉毛和眼睛之间生出一道光亮。

他断断续续地解释说：‘这就是说——我很困，因此我要去睡觉——我在温采尔广场有一个表兄弟——我要到那儿去，因为住在那儿，因为那儿有我的床——现在就走——我只是不知道，他叫什么，他住在哪儿——好像是我忘了——但这没关系，因为我从来不知道，我是不是真的有一个表兄弟——现在我要走了——您相信我会找到他吗？’

“对此我不假思索地说道：‘肯定会找到。但是您来自陌生的地方，恰巧您的仆人不在身旁。请允许我带您去。’他没有回答。于是我把我的胳膊伸给他，他挽住了它。”

d. 胖子和祈祷者之间谈话的继续

“有一段时间我设法使自己兴奋起来。我摩擦我的身体并对自己说：‘是您说话的时候了。您已经够难为情的了。您觉得苦恼吗？等着吧！您清楚这种处境。考虑考虑，不要着急！就是周围环境也能等待。’

“这就像在上个星期的聚会一样。每个人都从一个抄本里朗诵点什么。应他的请求我本人还抄写了一页。我感到吃惊，我是怎样读他抄写的那些页中的文字的。那是站不住脚的。人们俯身在摆在桌子上的三页纸上。我哭着发誓说，这不是我写的字。

“但为什么这与今天相似。这确实只与您有关，引发了一场范围被限定了的谈话。一切都是友好的。但您得努力，我亲爱的！……您一定会找到个借口……您能说：‘我太困了。我头痛。再见。’快些，快些。您得让人注意！——这是什么？又是障碍和障碍？您在回忆什么？——我回忆起一片高原，它耸立起来，面向浩瀚的苍穹，像是地球的一块盾牌。我从一座高山上看它并做好准备去穿越。我开始唱了起来。

“我说：‘难道人们不能换个样子生活！’这时我舌干唇燥，它们一点不听使唤。

“‘不能。’他说，怀着疑问并面带微笑。

“‘但您为什么晚间在教堂里祈祷？’我问道，在这同时迄今在我和他之间我像睡觉般地赖以支撑的所有的一切都坍塌了。

“不，我们为什么要谈这件事。在晚间一个单独生活的人不承担什么责任。人们害怕某些东西——或许是身体的消失，人真的就像在朦胧中所显出的那样，没有手杖就不能走路，或许这样更好：去教堂并叫喊着祈祷，让别人注意和获得身体。

“他讲了这些，随即沉默不语。我从衣兜里抽出我的红手帕并弯下腰哭了起来。

“他立起身来，吻了我，并说：‘您为什么哭？您是高大的，我喜爱高大；您有着长长的双手，几乎可以随心所欲地使用，您为什么不因此而高兴？我劝您，总是戴深色的衣袖镶边——不——我向您讨好，您还要哭？您要完全理智地承受生活的困难。’

“我们真的是在制造没用的战争机器——塔楼、高墙、丝绸幕帷，如果我们有时间的话，能更多地对此感到惊奇。即使我们比蝙蝠更可憎，我们要保持浮动，我们不掉下来，我们飞舞。几乎没有人在一个美好的日子里能不对我们说：‘啊，上帝，今天是一个美好的日子。’因为我们在我们的地球上做好了安排，并在我们谅解的基础上生活。

“那么说我们像雪中的树干，表面上它们只是平躺在那里，人们只需稍稍碰一下，就能把它们推开。但不是这样，人们做不到这点，因为它们紧紧地与地连在一起。您看，甚至这也仅是表面的。

“思考阻止了我的哭泣，‘已经深夜了，明天没有人会责备我’，这是现在我所能说的，因为这可能是在睡梦中说出来的。

“随后我说：‘是的，是这样。’但我们谈论了什么？我们确实不能谈论天空的明亮，因为我们是站在一道房廊的深处。不——我们确实能够谈论此事，因为我们在我们的谈话中并不是完全独立的吗？我们既不想达到目的，也不想得到真理，而只是玩笑和消遣。但您还能再次向我讲述庭院中那个女人的故事呀。这个女人多么值得羡慕、多么聪明！我们必须以她为榜样。我多么喜欢她啊！这也不错，我遇见了您并截住了您。同您谈话，对我而言是一种极大的快乐。我听到了一些迄今对我来说完全陌生的内容，我很高兴。

“他看起来很满意。尽管我向来对与一个人进行身体接触感到厌恶，可我必须同他拥抱。

“随后我们走出通道，置身于苍穹之下。我的朋友吹跑了几片碎裂的薄云，现在连绵不断的繁星的平野就显现在我们面前。我的朋友吃力地走了。”

4 胖子的没落

一切都被速度攫住并落到远处。河水在一处峭壁直泻而下，它要遏制住自己，还在破碎的岩角处摇摆，但随后就自由下落，摔成一团，溅起水雾。

胖子不能继续讲下去了，他得转动身子并消逝在咆哮的急泻的瀑布之中。

体验到如此之多的快乐的我站在岸边并看到了这一切。“我们的肺该怎么办，”我喊叫，呼喊，“它们急速呼吸，它们窒息自己，由于内部的毒素；它们慢慢呼吸，它们窒息，由于不可呼吸的空气，由于令人愤怒的东西。但如果它们要寻求速度，那它们早就由于寻求而完蛋了。”

这条河岸毫无节制地延伸下去，可我用我的手掌抚摸到远处小型指路牌上的那块铁。这使我感到不能完全理解。我这样小，几乎比平时还要小，一片灌木丛上长有白色野蔷薇果，它高出我好多，在快速地摇晃着。我看得清楚，因为灌木丛就在我眼前，离我很近。

但即使如此，我还是错了，因为我的胳膊是这样长，像产生一场连绵细雨的乌云，只是这片乌云，飘得快了些。我不知道，为什么它要挤压我那可怜的脑袋。

我的头确实这样小，像一个蚂蚁蛋，只是它受了稍许的伤害，因此不再是滚圆的了。我把它转动过来，因为我的眼睛没有能注意到，它们太小了。

但我的双腿，我的徒唤奈何的双腿卧在长满森林的山上，遮住了坐落着乡村的山谷。它们在长大，它们在长大！它们业已耸立在没有景色的空间，它们的长度早已超出我眼睛能看到的范围了。

但是不，不是这样——我确实很小，暂时是很小——我滚动——我滚动——我是群山的一次雪崩！求求你们，过客们，行行好，告诉我，我有多大，只量量这双胳臂，这两条腿。

Ⅲ

“这究竟是怎么回事?”我认识的那个熟人说，他与我一道从聚会中出来，并静静地与我同行在洛伦茨山的一条路上。“停一小会儿吧，我要弄清楚——您知道，有一件事我得办完。这太吃力了——这个很冷也很亮的夜，但这般令人不快的风，它有时甚至能改变每一棵洋槐树的位置呢。”

月亮照耀着园丁的房屋，阴影罩住一条稍许有些隆起并点缀着雪花的道路。当我看到门边放着的椅子时，我抬起手指向它；因为我没有勇气等着责备，于是我把左手放到我的胸前。

他悒悒不乐地坐了下来，毫不在意他那漂亮的衣服，当他把他的双肘支撑在大腿上并把额头放在完全弯曲的手指尖上时，我感到惊奇。

“好的，现在我要说这件事。您知道，我生活得有规律，没有什么可指摘的，所有发生的一切都是必要的和被承认的。对在我所参加的聚会中出现的不幸，人们已经习惯了，这种不幸也没有饶过我。如同我四周的人和我满意地看到的一样，一般的幸福也并非趑趄不前，我本人可以在小范围里谈谈这些。好的，我还从没有真正地爱过。我有时感到遗憾，但如果必要的话，我会用那些客套话的。可现在我只能说：是的，我爱过并且也许因为爱而激动。我是一个热烈的情人，像少女所希望的那样。但是我不应当考虑，恰恰是这种从前的缺陷会给我的爱情关系一个例外的和快乐的——特别快乐的转向吗?”

“安静，安静。”我无动于衷地说，并且只在想我自己，“您的情人很漂亮，我听说了。”

“是的，她很漂亮。当我坐在她身旁时，我总是只想到：这次冒险之举——我是如此的勇敢——我进行了一次海上之旅——我喝了许多酒。但当她笑起来时，她不露出她的牙齿，像人们所该期待的那样，只能看到她张开的深色的、狭小的、弯曲的嘴。若是她在笑时把头向后仰的话，看起来会显得狡黠和老态。”

“我不能否认这点，”我叹着气说，“我好像也看到了，因为这很惹人注意。但不只是如此。少女的美才是真的！通常，每当我看到一身皱巴巴、脏兮兮和邋遢的服装穿在迷人的身体上显出妩媚时，我就在想，它不是一直都是这样的，而是起了皱褶，不再平整；有了紧沾在饰物上的灰尘，不再清洁。我就在想，没有人会如此可悲和如此可笑，白天很早穿上一件贵重的衣服，晚上就脱下来。我确实看到一些少女，她们也许很美，展示十分迷人的肌肉和可爱的踝骨、圆滑的皮肤和一头秀发，她们白天就身着这样一身天然的面具似的衣服出现，总是把同一张面孔搁放在她们相同的手掌上并让它们在她们的镜子里再现出来。只是有时在晚上，当她们很晚从宴会上回来时，它们才在镜子里显得破旧和臃肿——所有人都看过了，几乎没法再穿了。”

“我在路上经常问起您，您是否找到了这个少女，但您总是顾左右而言他，转开话题不回答我。您说，您做了什么坏事？您为什么不安慰我？”

我把双脚伸进暗影中，聚精会神地说：“您不需得到安慰。您是被爱上了。”在这同时我把上面印有蓝葡萄的手帕捂在嘴上，以免感冒。

现在他转身向着我，并把他那张厚脸倚在椅子低一点的靠背上：“您知道，总的说来我还有时间，我还总是能立即结束这刚开始的爱情，通过一次丑行或者通过不忠或者通过一次外地远游。真的，我非常怀疑，我是否该投入到这次激动之中。没有什么是安全的，没有人能规定方向和持续的时间。如果我到一个酒馆里去，有意灌醉自己，那我知道，我将在这天晚上喝醉，但这是我的事！在一周内我要与一个要好的家庭去做一次远游，这不会在心里激起两个星期之久的风暴。晚间的吻使我昏昏欲睡，这是为给那些不着边际的梦留以空间。我对此加以抗拒，于是做了一次夜间散步，事情就这样发生了。我不断地活动，我的脸由于风吹时冷时暖，我不得不老是摸摸我衣兜里的一条玫瑰色带子，我感到高度恐惧，怕不能跟着您，甚至忍受您，我的先生，在此期间通常我是肯定不会与您谈这么长的话的。”

我觉得很冷，天空已经泛出一些鱼肚白色。“可没有丑行，没有不忠和没有外地远游的帮忙，您必须自杀。”我说，还微笑着。在林荫大道的另一边，面对我们有两处灌木丛，在它们后面，往下就是这座城市。它还有些许灯光。

“好的。”他喊了起来，并用他那握着的小拳头击向椅子，但这拳头随即停放在那儿了。“可您活着。您不杀死自己。没有人爱您。您什么都得不到。您不能把握下一个瞬间。您这样对我说，您是平常人，您不能爱，除了恐惧，什么都不能使您激动起来。您看看吧，我的胸膛。”

于是他迅速解开他的上衣、他的背心和他的衬衣。他的胸膛确实是宽阔的和漂亮的。

我开始讲述：“是啊，我们有时陷入这样别扭的处境里。这个夏天我曾住在一个村子里，它旁边有一条河。我记得很清楚。我经常姿势歪扭地坐在岸边的一张椅子上。那边还有一家海滨饭店。一些年富力强的人在花园里喝着啤酒，谈论打猎和冒险。另一岸是云雾缭绕的群山。”

我站了起来，嘴显得稍许扭曲，踏进椅后的草坪，还折断了挂雪的树枝，并冲着我的这位熟人的耳朵，说：“我订婚了，我承认。”

我的这位熟人并不对我站了起来感到惊讶：“您订婚了？”他完全是悬着身坐在那里，只是用椅背支撑住自己。随后他摘下帽子，我看到了他的头发，它散发着一种好闻的味道，梳得很规整，头部多肉，上面是一颗圆圆的脑袋，整体上显示出一道清晰的圆线，人们在冬天都喜欢这个样子。

我很高兴我这样聪明地回答他。“是的，”我对自己说，“可他就有着这么一个灵活的脖子和无拘束的胳膊在社交场合四下转动来转动去。他能用一番动听的谈话把一位夫人领着穿越一座大厅，若是房外下起了雨，或者那里站着一个羞答答的人，或者通常发生某些苦恼的事情，这根本不会使他感到不安。不，他在大人们面前同样彬彬有礼地躬身。但他现在坐在这儿。”

我的这位熟人用一块麻纱布擦擦额头。“请您，”他说，“请您把您的手稍微放在额头上些。我求您。”当我没有立即照做时，他把双手交叉起来。

好像是我们的忧虑使一切都黯淡下来似的，我们坐在高处的山上，像在一个小房间里，尽管我们早已觉察到了最初的亮光和晨风。我们靠得近些，尽管我们彼此并不喜欢，但我们不能相互远离，因为墙壁在僵直并坚定地移动过来。我们的举动可笑并不顾人的尊严，因为我们不必在面对我们的枝丫和树木之前感到羞愧。

这时我的熟人毫不困难地从他的衣兜里掏出一把刀子，沉思着打开它，然后像玩耍似的刺到他的左臂上并停在那儿不动。血立即流了出来。他红润的面颊变得苍白。我抽出了刀子，割掉冬季大衣和上装的袖子，扯下衬衣的衣袖。随之朝下跑了一小段路，再朝上看看是否有人在那儿，以便能帮助我。所有的枝条几乎是刺眼般的清清楚楚并纹丝不动。然后我稍微吮吸了深深的伤口。这时我想起了园丁的那座房屋。我沿着小路向上奔去，小路直通向这座房子左侧高处的草坪。我焦急地察看窗户和门，我愤怒地按铃，连连跺脚，尽管我立刻就看出来了，这座房子没有人住；随后我看看伤口，它在汩汩地流血。我在雪里弄湿他的布，拙笨地包扎住他的胳膊。

“您，亲爱的，亲爱的，”我说，“您是为我才伤害了自己。您的处境如此之好，周围都是朋友，您能在晴朗的日子里散步，在餐桌之间或在丘陵的路上看到衣着讲究的众人。只消想一想，在春天，我们将去果树园，不，不是我们去——这真是遗憾，但您同安纳尔会兴高采烈地前往。噢，是呀，相信我，我求你，最美的太阳将把所有人指点给你们。噢，这是音乐，人们听到远处的马群，无须操心，这是林荫大道里的喧哗和手摇风琴在演奏。”

“啊，上帝，”他说，并站了起来，靠在我身上，我们走动起来，“这儿没人帮助。这使我不高兴。请您原谅。已经很晚了吧？也许明早我该做点什么。啊，上帝。”

靠近墙边上方的一盏灯在发亮，它把树干的阴影投到路上和白皑皑的雪上，与此同时，多彩多姿的枝丫的阴影曲曲弯弯，像折断了似的落到路坡上。

高中甫　译

这篇小说是卡夫卡的第一部作品，勃洛德认为它写于1902年或1903年，其中的两节《与祈祷者的谈话》和《与醉酒者的谈话》（收入文集时，勃洛德改为《与祈祷者开始了的谈话》和《祈祷者的故事》，译者注）发表于1909年《徐培里昂》杂志上，这部作品有两个稿本，勃洛德整理时以第二个稿本为主，中断部分由第一个稿本补齐。

判　决

献给费丽丝·鲍[①]小姐的故事

在最美好的春季里一个星期天的上午，年轻的商人格奥尔格·本德曼正坐在二层楼自己的房间里，他的住所是沿河一长溜构造简易、低矮的房屋中的一座，这些房屋几乎只是在高度和颜色上有所区别。

他刚给居住在国外的青年时代的朋友写完一封信，漫不经心地将信装进信封，然后双肘撑在书桌上，凝望窗外的小河、桥梁和对岸淡绿的小山冈。

他寻思着他的这位朋友如何由于不满自己在国内的前程，几年以前当真逃到俄国去了。现在他在彼得堡经营一家商店，开始时买卖兴旺，但长久以来生意显然清淡，他归国的次数越来越少，而每逢归国来访时总要这样抱怨一番。他就这样在国外徒劳无益地苦心经营着，外国式的络腮胡子并不能完全遮盖住他那张从孩提时代起我就很熟悉的脸庞。他的皮肤蜡

---

① 费丽丝·鲍威尔：卡夫卡女友。1912 年 8 月卡夫卡认识了费丽丝，两人曾在 1914 年、1917 年两度订婚，又两度解除婚约。

黄，看来好像得了什么病，而且病情正在发展。据他自己说，他从来不和那儿的本国侨民来往，同俄国人的家庭也几乎没有什么社交联系，并且准备独身一辈子。

对于这样一个显然误入歧途、只能替他惋惜而不能给予其帮助的人，在信里该写些什么呢？或许应该劝他回国，在家乡定居，恢复同所有旧日好友的关系——这不会有什么障碍的——此外还要信赖朋友们的帮助？但是这样做不就等于告诉他，他迄今为止的努力都已经成为泡影，他最终必须放弃这一切努力，回到祖国，让人们瞪大着眼睛瞧他这个回头的浪子？这不就等于告诉他，只有他的朋友才明白事理，而他只是个大孩子，必须听从那些留在国内并已经取得成就的朋友的话去行事。你愈是爱护他，就愈会伤害他的感情。更何况使他蒙受这一切痛苦烦恼，是否就一定有什么意义呢？也许，要他回国是根本不可能办到的——他自己说过，他已经不了解家乡的情况。这样的话，他将不顾一切地继续留在异乡客地，而朋友们的规劝又会伤了他的心，使他和朋友们更加疏远一层。如果他真的听从朋友的劝告回归祖国，而在国内又感到抑郁——当然不是故意这样，而是事实所造成的——既不能和朋友相处，又不能没有他们，他会抱愧终日，而且当真觉得不再有自己的祖国和朋友了，那听凭他继续留在外国，岂不更好吗？考虑到这些情况，怎能设想他回来后一定会前程似锦呢？

鉴于这些原因，如果还想要和他继续保持通信联系的话，就不能像对一个即便是远在天涯的熟人那样毫无顾忌地把什么话都原原本本地告诉他。这位朋友已经有三年多没有回国了，他的解释完全是敷衍文章，说俄国的政治局势不稳，容不得一个小商人离开，哪怕是短暂的几天都不行。

然而，就在这段时间内，成百上千的俄国人却安闲地在世界各地旅行。但是，恰恰对于格奥尔格自己来说，在这三年间发生了许多变化。格奥尔格的母亲去世——那是大约两年前的事，从那时起，他就和父亲一起生活——他这位朋友可能得悉了噩耗，在一封来信中表示了哀悼，但是毫不动情，其原因只能是，对这种不幸事件的悲痛是身居异国的人所完全无法想象的。不过格奥尔格从那时起，以全副精力从事他的商业以及所有别的事情。也许是他的母亲在世时，他的父亲在经营上独断独行，阻碍了他真正按自己的主意行事；也许是他的母亲过世后，他的父亲虽然还在商行里工作，但已经比较淡泊，不再事必躬亲；也许是鸿运高照，意外侥幸——很可能就是如此——不管怎么说，这两年来商行有了意想不到的发展，职工人数增加了一倍，营业额增加了五倍，往后的买卖无疑会更加兴隆。

可是格奥尔格的这位朋友对这种变化却一无所知。先前，最后一次也许就在那封吊唁信里，他曾劝说格奥尔格移居俄国，并且详述了格奥尔格家若在彼得堡设分号，前景将如何如何。他所列的数字同格奥尔格现在所经营的范围相比，简直是微不足道。可是格奥尔格一直不愿意把自己商业上的成就写信告诉这位朋友，假如他现在再回过头来告诉他，那当真会令人惊讶的。

所以格奥尔格在给这位朋友的信中，始终仅限于写些无关紧要的、一如人们在安闲的星期天独自遐想时，杂乱地堆积在记忆中的琐事。他所希望的只是不要打扰他的朋友，让他保持自己在出国后的长时期里所形成的对于故乡的看法，并以此来安慰自己。于是发生了这样的情形，格奥尔格在三封隔开相当长时间的信中，接连三次把一个无关紧要的男人和一个同样无关紧要的女人订婚的事告诉了他的朋友，结果完全违背了格奥尔格的意图，这位朋友竟开始对这件不寻常的事情发生了兴趣。

格奥尔格却宁可在信中同他谈这类事情，而不愿承认他自己在一个月前已经同一位名叫弗丽达·勃兰登菲尔德的富家小姐订了婚。他常常和未婚妻谈起这位朋友，以及他们在通信中的这种特殊的情形。“那么他不会来参加我们的婚礼了，”她说，“然而，我是有权利认识你所有的朋友的。”“我不想打扰他，”格奥尔格回答说，“不要误会我的意思，他可能会来的，至少我认为他要来的，但他会感到非常勉强，自尊心受到损害，也许他会忌妒我，而且一定会不满意，可是又没有能力消除这种不满，于是只好孤独地再次出国。孤独——你知道这是什么意思？”“是的，难道他不会通过另外的途径获悉我们结婚的消息吗？”“这个我当然不能阻止，但是由于他的生活方式，这是不太可能的。”“既然你的朋友都是这个样子，格奥尔格，你就根本不应该订婚。”“是的，这是我们俩的过错；不过我现在不愿意再改变主意了。”尽管她在他的亲吻下气喘吁吁，却还说道：“不管怎样，我总觉得挺生气的。”这时，他真的认为，如果他把这一切写信告诉他的朋友，也不会有什么麻烦。“我就是这样的人，他也正应该这样来认识我。”他自言自语地说，“我无法把自己变成另外一种人，这种人也许比我更适宜于承担同他的友谊。”

事实上，他在这个星期天上午写的这封长信中，已经把他订婚的事告诉了他的朋友，信里这样写道：“我把最好的消息留到最后才写。我已经和一位名叫弗丽达·勃兰登菲尔德的小姐订婚了，她出身富家，是你出国以后很久才迁居到我们这里来的，所以你可能不会认识。将来反正还有机会告诉你关于我未婚妻的详细情况，今天我只想说，我非常幸福；你我之间的相互关系只在这一点上起了变化：你现在有了我这样一个幸福的朋友，而不再是一个普普通通的朋友了。此外，我的未婚妻——她嘱托我向你致以亲切的问候，不久还会自己写信给你的——也将成为你的真诚的女友，这对于一个单身汉来说，不会是无所谓的吧。我知道，以往你由于种种原因而不能来看我们，我的婚礼不正是一次可以扫除一切障碍、极好的机会吗？但是，不管怎样，你还是不要考虑太多，而只是按照你自己的愿望去做吧。”

格奥尔格手里拿着这封信在书桌前坐了很久。他把脸转向窗户，有一个过路的熟人从小巷里跟他打招呼，他正想得出神而在微笑，刚好作为对人家的回礼。

他终于把信放入口袋，走出房间，穿过狭小的过道来到对面他父亲的房间里，他已经有好几个月没有来过了。事实上，他也没有必要到他父亲的房间里去，因为他在商行里经常同父亲见面，他们又同时在一个餐厅用午餐，晚上虽然各干各的，可是除非格奥尔格出去会朋友——这倒是常事，或者如现在这样去看望未婚妻，他们总要在共同的起居室里坐上一会儿，各人看自己的报纸。

格奥尔格感到非常惊讶，甚至在这个晴朗的上午，他父亲的房间还是那样阴暗。矗立在狭窄庭院另一边的高墙投下了这般的阴影。父亲坐在靠窗的一个角落里，这个角落装饰着各种各样格奥尔格亡母的纪念物。他正在看报，把报纸举在眼前的一侧，以弥补一只眼睛视力的不足。桌子上放着剩下的早餐，看来他并没有吃多少。

“啊，格奥尔格！”父亲说着就站起来迎上去。走动时，他的厚厚的睡衣敞开了，下摆在身体的周围飘动。“我的父亲仍然是一个魁伟的人。”格奥尔格心里说。

“这里黑得真让人受不了。”他接下去说。

“是的，确实是很黑。”父亲回答。

“那你还把窗户关着？”

“我喜欢这样。”

“外面已经很暖和了。”格奥尔格说，好像是接着前面那句话，随后坐了下来。

他父亲把早餐的杯盘收拾起来，放进一个柜子里去。

“我只是要告诉你，”格奥尔格接着说，他茫然地望着老人的动作，“我写了一封寄往彼得堡的信宣布我订婚的事。”他把信从口袋中抽出一点儿，然后又放了回去。

“为什么要写信到彼得堡去？”父亲问。

“告诉我在那儿的朋友。”格奥尔格说着，用目光追寻他父亲的眼睛。“在商行里他可完全是另外一种样子，”他想，“瞧，现在他劈开两腿坐在这里，双臂在胸前交叉着。”

“哦，告诉你的朋友了？”父亲以特别强调的口吻说道。

“父亲，你知道，我一开始并不想把订婚的事告诉他。这主要是考虑到他的情况，并不是由于别的原因。你自己也知道，他是一个很难相处的人。我寻思，他也会从别处获悉我订婚的消息——这我可无法阻止——虽然他离群索居，几乎没有这种可能，但是他反正决不会从我自己这里知道这件事情。”

“这么说你现在已经改变了主意?”父亲问道，一面把大张的报纸放到窗台上，把眼镜放在报纸上，并用一只手捂住了眼镜。

“是的，现在我已经仔细考虑过了。我想，如果他是我的好朋友，那么我的幸福的婚约对他来讲也是一件高兴的事。因此我不再犹豫，一定要把这事通知他。可是在我发信之前，我先要把这件事告诉你。”“格奥尔格，”父亲说，撇了一下牙齿都已脱落了的嘴，“听我说！你是为这件事到我这里来想要同我商量，毫无疑问，你这样做是值得赞许的。但是，如果你现在不把全部事情的真相告诉我，这等于什么也没说，甚至比不说更令人恼火。我不愿意提到与此无关的事情。自从你亲爱的母亲去世，已经出现了好几起很不得体的事情。也许谈这些事情的时候到了，也许比我们想象的要来得早一些。商行里有些事情我不太清楚，这些事情也许并不是背着我做的——现在我可不是说这是背着我做的——我已经精力不济了，记忆力也在逐渐衰退，有许多事情我已无法顾全。这首先是自然规律，其次是你母亲的去世对我的打击比对你要大得多——但是既然我们正在谈论这件事，谈论这封信，我求你，格奥尔格，不要欺骗我。这是一件小事情，可以说是微不足道的，所以你千万不要欺骗我。难道你在彼得堡真有这样一个朋友?”

格奥尔格非常困惑地站起来。“别去管我的朋友了。一千个朋友也抵不上我的父亲。你知道，我是怎样想的?你太不保重你自己了。年岁可不饶人。商行里的事没有你我是不行的，这你知道得很清楚，但是如果因为做生意而损坏了你的健康，那么我明天就把它永远关门。这样可不行。我们必须改变一下你的生活方式，并且要彻底改变。你坐在这黑暗里，如果待在起居室里就有充足的阳光。你每顿早餐都吃得很少，不好好增加营养。你坐在紧闭着的窗户旁，而新鲜空气对你来说是多么重要呀。不行，父亲！我要请个医生来，我们都遵照医嘱行事。我们要把房间换一换，你搬到我前面那个房间去，我搬到这儿来。你不会有什么不习惯的，你的全部东西都将一起搬过去。但是办这些事需要时间，现在你要上床睡一会儿，你非常需要休息。来吧，我帮助你脱衣服，你可以看到，我会做得很好的。或者你现在就愿意到前面房间去，你可以暂时睡在我的床上，这是再合适不过的了。”

格奥尔格紧挨着他父亲站着，他父亲白发蓬乱的头低垂到胸前。

“格奥尔格。”父亲轻声地说，身子一动也不动。

格奥尔格立刻在父亲身旁跪了下来，在父亲疲惫的脸上，他看到一对瞳孔从眼角直愣愣地望着他。

“你没有朋友在彼得堡。你总是一个爱开玩笑的人，连我也想愚弄。在那儿你怎么会有一个朋友呢！我根本就无法相信。”

“你再好好想一想，父亲，”格奥尔格说，一面将他父亲从椅子上扶起来，一面乘他父亲虚弱地站着的时候替他脱掉了睡衣，“自从上次我的朋友来看我们，到现在已快三年了。我还记得，你不是很喜欢他。至少有两次我避免让你看到他，虽然他那时正坐在我的房间里。我非常清楚你为什么对他反感，我的朋友有些怪癖。可是后来你和他就相处得很好了。你听他谈话，点着头，还提问，当时我还感到很自豪呢。如果你想一想，你一定会回忆起来的。他当时谈了一些关于俄国革命令人难以置信的故事。譬如有一次，他为了营业上的事来到基辅，遇上群众骚动。他看到一个教士站在阳台上，往自己的手心里刻了一个粗粗的血淋淋的‘十’字，还举起手来，向人群呼唤。后来你在某些场合还讲过这个故事呢。”

说话间格奥尔格已经扶他父亲坐下，并且小心地替他脱掉穿在亚麻布衬裤外面的针织卫生裤，又脱掉了袜子。当看到父亲的不太清洁的内衣时，他心里责怪自己对父亲照顾不够。经常替父亲更换洁净的内衣，这是他应尽的责任。他还没有开口同未婚妻商量过，将来他们准备怎样安置父亲，因为他们心里早已有了这样的想法，父亲会独自留在老宅子里的。可是他现在迅速而明确地决定，要把父亲接进未来的新居。如果仔细考虑一下，搬进新居后再去照顾父亲，可能就为时已晚了。

他把父亲抱到床上。当他向床前走这几步路的同时，他注意到父亲正在他怀里玩弄他的表链，于是他产生了一种惊恐的感觉。他一时无法把父亲放到床上，因为父亲紧紧地抓住表链不放。

但是等到父亲刚在床上躺好时，看来一切又恢复了正常。老人自己盖上被子，还把被子盖过了肩膀，他用亲切的目光仰望着格奥尔格。

“你已经想起他了，是不是？”格奥尔格一边说，一边把被子盖好。

“我现在已经盖严实了吗？”他父亲问，好像他自己无法看到，两只脚是否也盖住了。

“你躺在床上感到舒服些了吧？”格奥尔格一边说，一边把被子盖好。

“我已经盖严实了吗？”父亲又一次问道，似乎特别急于要得到回答。

“你放心好了，你盖得很严实。”

“不！”他父亲打断了他的话喊道，并用力将被子掀开，一刹那间被子全飞开了。接着他又直挺挺地站在床上。他只用一只手轻巧地撑在天花板上。“你要把我盖上，这我知道，我的好小子，不过我可还没有被完全盖上。即使这只是最后一点力气，但对付你还是绰绰有余的。我当然认识你的朋友。他要是我的儿子倒合我的心意。因此这些年来你一直在欺骗他。难道不是这样吗？你以为我没有为他哭泣过吗？因为你把自己关在办公室里——经理有事，不得打扰——就是为了你可以往俄国写那些说谎的信件。但是幸亏父亲用不着别人教，就可以看透儿子的为人。现在你以为，你已经把他征服了，可以一屁股坐在他的身上，而他则无法动弹，因为我的儿子大人已经决定结婚了！”

格奥尔格抬头望着他父亲这一副骇人的模样。父亲突然之间如此了解这位身居彼得堡的朋友，而这位朋友的境况还从来没有像现在这样打动过格奥尔格。他看见他落魄地待在辽阔的俄国。他看见他站在被抢劫一空的商店门前。他正站在破损的货架、捣碎的货品和坍塌的煤气管中间。他为什么非要到那么遥远的地方去呢！

“你看着我！”父亲喊道。几乎是心不在焉的格奥尔格奔向床前，准备忍受一切，但是在中途他又站住了。

“因为她撩起了裙子，”父亲开始用甜丝丝的声音说道，“因为她这样撩起了裙子，这个讨厌的蠢丫头，”为了做出那种样子，他高高地撩起了他的衬衣，让人看到了战争年代留在他大腿上的伤疤，“因为她这样地、这样地、这样地撩起了裙子，你就和她接近，你就这样毫无妨碍地在她身上得到了满足，你可耻地糟蹋了我们对你母亲的怀念，你出卖了朋友，你把你父亲按倒在床上，不叫他动弹。可是他到底能动还是不能动呢？”

说完他放下撑着天花板的手站着，两只脚还踢来踢去。他由于自己能洞察一切而面露喜色。

格奥尔格站在一个角上，尽可能地离他父亲远一点。长久以来他就已下定决心，要非常仔细地观察一切，以免被任何一个从后面来的或从上面来的间接的打击而弄得惊慌失措。现在他又记起了这个早就忘记了的决定，随后他又忘记了它，就像一个人把一根很短的线穿过一个针眼似的。

“但是你的朋友毕竟没有被你出卖！”他的父亲喊道，一面摆动食指以加强语气，“我是他在这里的代表。”

“你真是个滑稽演员！”格奥尔格忍不住也喊了起来，但立刻认识到他闯下了祸，并咬住舌头，不过已经太晚了，他两眼发直，由于咬疼了舌头而弯下身来。

“是的，我当然是在演滑稽戏！滑稽戏！多好的说法！一个老鳏夫还能有什么别的安慰呢？你说——你只要马上回答我，你还是我的活着的儿子——除此以外我还剩下什么呢？我住在背阴的房间里，已经老朽不堪，周围的一批职工又是那样的不忠实。而我的儿子却欢乐地走遍全世界，因为我已经做了准备，他就很容易把生意做成，兴高采烈，忘乎所以，俨然摆出一个高尚的人那种冰冷的面孔，走过他父亲的跟前！你以为我不曾爱过你这个我亲生的儿子吗？”

“现在他的身子将往前弯曲了，”格奥尔格想，“要是他倒下来摔坏了怎么办？”这想法在他的头脑中一闪而过。

他父亲向前弯曲身子，不曾摔倒。他又伸直了身子，因为格奥尔格没有如他希望的走近他。

“站在你那里别动，我不需要你！你在想，你还有力量走到我这里来，只因为你不愿意过来才站在那里不动。你别搞错了！我还是要比你强得多。如果单靠我一个人也许我不得不退缩，但是你的母亲把她的力量给了我，我已经和你的朋友建立了良好的关系，你的顾客的名单也都在我的口袋里！”

“他甚至连衬衣也有口袋！”格奥尔格寻思道，并且相信，他如果把这些谈话公之于世，就会使父亲不再受人尊敬。他也只是在一刹那间想到这些，因为他又不断地把一切都忘记了。

“挽着你的未婚妻走到我的跟前来吧！我会让你还不知道是怎么一回事，就将她从你的身边赶走的！”

格奥尔格做了一个鬼脸，仿佛他不相信这些。他父亲只是朝格奥尔格待着的角落点点头，表示他一定会说到做到的。

“今天你真使我非常快活，你跑来问我，要不要把你订婚的消息写信告诉你的朋友。他什么都知道了，你这个傻小子，他什么都知道了！我一直在给他写信，因为你忘了拿走我的笔。因此他这几年就一直没有来我们这里。他什么都知道，比你自己还清楚一百倍呢。他左手拿着你的信，连读也不读就揉成了一团，右手则拿着我的信，读了又读！”

他兴奋得把手臂举过头顶来回挥动。“他什么都知道，比你清楚一千倍！”他喊道。

“一万倍！”格奥尔格说这话本来是想嘲笑他父亲的，但是这话在他嘴里还没说出来时就变了语调，变得非常严肃认真。

“这些年来我一直注意着，等你来问这个问题！你以为，我关心的是其他的事吗？你以为，我在看报纸吗？你瞧！”说着，他扔给格奥尔格一张报纸，这张报纸是他随便带上床的。这是一张旧报，对于它的名字格奥尔格是完全不知道的。

“你在打定主意之前，犹豫的时间可真不短啊！先得等你母亲死了，不让她经历你的大喜日子；你的朋友在俄国快要完了，早在三年前他就已经十分潦倒；至于我呢，也到了你现在眼见的这副样子。你不是有眼无珠，我是怎么个状况你是看得见的吗！”

“这样说来你一直在暗中监视我！”格奥尔格喊道。

他父亲替他遗憾地随口说道：“你可能早就想说这句话了。现在这么说可就完全不合适了。”

接着，他又大声地说：“现在你才明白，除了你以外世界上还有什么，直到如今你只知道你自己！你本来是一个无辜的孩子，可是说到底，你是一个没有人性的人！——所以你听着：我现在判你去投河淹死！”

格奥尔格觉得自己被赶出了房间，父亲在他身后倒在床上的声音还一直在他耳中回响。他急忙冲下楼梯，仿佛那不是一级级而是一块倾斜的平面。他出其不意地撞上了正走上楼来预备收拾房间的女用人。“我主耶稣！”女用人喊道，并用围裙遮住自己的脸，可是，格奥尔格已经走远了。他快步跃出大门，穿过马路，向河边跑去。他已经像饿极了的人抓住食物一样紧紧地抓住了桥上的栏杆。他悬空吊着，就像一个优秀的体操运动员；在他年轻的时候，他父母曾因他有此特长而引为自豪。他那双越来越无力的手还抓着栏杆不放，他从栏杆中间看到驶来了一辆公共汽车，它的噪声可以很容易盖过他落水的声音。于是，他低声喊道：“亲爱的父母亲，我可一直是爱着你们的。”说完他就松手让自己落下水去。

这时候，正好有一长串车辆从桥上驶过。

孙坤荣　译

这篇小说写于1912年9月，献给他不久前刚结识的女友费丽丝·鲍威尔。这是卡夫卡本人最喜爱的作品。1913年首次发表在莱比锡库尔特·沃尔夫出版的《文艺年鉴》上。

变形记

I

一天早晨，格里高尔·萨姆沙从不安的睡梦中醒来，发现自己躺在床上变成了一只巨大的甲虫。他仰卧着，那坚硬得像铁甲一般的背贴着床，他稍稍抬了抬头，便看见自己那穹顶似的棕色肚子分成了好多块弧形的硬片，被子几乎盖不住肚子尖，都快滑下来了。比起偌大的身躯来，他那许多条腿真是细得可怜，都在他眼前无可奈何地舞动着。

“我出了什么事啦?”他想。这可不是梦。他的房间，虽是嫌小了些，的确是普普通通人住的房间，仍然安静地躺在四堵熟悉的墙壁中。在摊放着打开的衣料样品——萨姆沙是个旅行推销员——的桌子上面，还挂着那幅画，这是他最近从一本画报上剪下来装在漂亮的金色镜框里的，画的是一位戴皮帽子、围皮围巾的贵妇人，她挺直身子坐着，把一只没了整个前臂的厚重的皮手筒递给看画的人。

格里高尔的眼睛接着又朝窗口望去，天空很阴暗——可以听到雨点敲打在窗槛上的声音——他的心情也变得忧郁了。“要是再睡一会儿，把这一切晦气的事统统忘掉该多好。”他想。但是完全办不到，平时他习惯于侧向右边睡，可是在目前的情况下，再也不能采取那样的姿态了。无论怎样用力向右转，他仍旧滚了回来，肚子朝天。他试了至少一百次，还闭上眼睛免得看到那些拼命挣扎的腿，到后来他的腰部感到一种从未体味过的隐痛，才不得不罢休。

“啊，天哪，”他想，“我怎么单单挑上这么一个累人的差使呢！长年累月到处奔波，比坐办公室辛苦多了。再加上还有经常出门的烦恼，担心各次火车的倒换，不定时而且低劣的饮食，而萍水相逢的人也总是些泛泛之交，不可能有深厚的交情，永远不会变成知己朋友。让这一切都见鬼去吧！”他觉得肚子上有点痒，就慢慢地挪动身子，靠近床头，好让自己的头抬起来更容易些。他看清了发痒的地方，那儿布满着白色的小斑点，他不明白这是怎么回事，想用一条腿去搔一搔，可是马上又缩了回来，因为这一碰使他浑身起了一阵寒战。

他又滑下来恢复到原来的姿势。“起床这么早，”他想，“会使人变傻的。人是需要睡觉的。别的推销员生活得像贵妇人。比如，我有一天上午赶回旅馆登记取回订货单时，别的人才坐下来吃早餐。我若是跟我的老板也来这一手，准定当场就给开除。也许开除了倒更好一些，谁说得准呢。如果不是为了父母亲而总是谨小慎微，我早就辞职不干了，我早就会跑到老板面前，把肚子里的气出个痛快。那个家伙准会从写字桌后面直蹦起来！他的工作方式也真奇怪，总是那样居高临下坐在桌子上面对职员发号施令，再加上他的耳朵又偏偏重听，大家不得不走到他跟前去。但是事情也未必毫无转机，只要等我攒够了钱还清父母欠他的债——也许还得五六年——可是我一定能做到，到那时我就会时来运转了。不过眼下我还是起床为妙，因为火车五点钟就要开了。”

他看了看柜子上嘀嘀嗒嗒响着的闹钟。天哪！已经六点半了，而时针还在悠悠然向前移动，连六点半也过了，马上就要七点差一刻了。闹钟难道没有响过吗？从床上可以看到闹钟明明是拨到四点的，显然它已经响过了。是的，不过在那震耳欲聋的响声里，难道真的能安宁地睡着吗？嗯，他睡得并不安宁，却正说明他还是睡得不坏。那么他现在该干什么呢？下一班车七点开，要搭这一班车他得发疯似的赶才行，可是他的样品都还没有包好，他也觉得自己的精神不甚佳。而且即使他赶上这班车，还是逃不过上司的一顿申斥，因为公司的听差一定是在等候五点那班火车，这时早已回去报告他没有赶上了。那听差是老板的心腹，既无骨气又愚蠢不堪。那么，说自己病了行不行呢？不过这将是最不愉快的事，而且也显得很可疑，因为他服务五年以来没有害过一次病。老板一定会亲自带了医药顾问一起来，一定会责怪他的父母怎么养出这样懒惰的儿子，还会引证医药顾问的话，粗暴地把所有的理由都驳掉。在那个大夫看来，世界上除了健康之至的假病号，再也没有第二种人了。再说今天这种情况，大夫的话是不是真的不对呢？格里高尔觉得身体挺不错，只除了有些困乏，这在如此长久的一次睡眠以后实在有些多余。另外，他甚至觉得特别饿。

这一切都飞快地在他脑子里闪过，他还是没有下决心起床——闹钟敲六点三刻了——这时，他床头后面的门上传来一下轻轻的叩门声。“格里高尔，”一个声音说——这是他母亲的声音——“已经七点差一刻了。你不是还要赶火车吗？”好温和的声音！格里高尔听到自己的回答声时不免大吃一惊。没错，这分明是他自己的声音，却有另一种可怕的叽叽喳喳的尖叫声同时发了出来，仿佛是伴音似的，使他的话只有最初几个字才是清清楚楚的，接着马上就受到了干扰，弄得意义含混，使人家说不上到底听清楚没有。格里高尔本想回答得详细些，好把一切解释清楚，可是在这样的情形下他只得简单地说：“是的，是的，谢谢你，妈妈，我这会儿正在起床呢。”隔着木门，外面一定听不到格里高尔声音的变化，因为他母亲听到这些话也满意了，就拖着步子走开了。然而这场简短的对话使家里人都知道格里高尔还在屋子里，这是出乎他们意料之外的，于是在侧边的一扇门上立刻就响起了他父亲的叩门声，很轻，不过用的却是拳头。“格里高尔，格里高尔，”他喊道，“你怎么啦？”过了一小会儿他又用更低沉的声音催促道：“格里高尔！格里高尔！”在另一侧的门上，他的妹妹也用轻轻的悲哀的声音问：“格里高尔，你不舒服吗？要不要什么东西？”他同时回答了他们两个人：“我马上就好了。”他把声音发得更清晰，说完一个字过一会儿才说另一个字，竭力使他的声音显得正常。于是他父亲走回去吃他的早饭了，他妹妹却低声地说：“格里高尔，开开门吧，求求你。”可是他并不想开门，所以暗自庆幸自己由于时常旅行，养成了晚上锁住所有门的习惯，即使回到家里也是这样。

首先他要静悄悄地不受打扰地起床，穿好衣服，最要紧的是吃饱早饭，再考虑下一步该怎么办，因为他非常明白，躺在床上瞎想一气是想不出什么名堂来的。他还记得过去也许是因为睡觉姿势不好，躺在床上时往往会觉得这儿那儿隐隐作痛，及至起来，就知道纯属心理作用，所以他殷切地盼望今天早晨的幻觉会逐渐消逝。他也深信，他之所以变声音不是因为别的而仅仅是重感冒的征兆，这是旅行推销员的职业病。

要掀掉被子很容易，他只需把身子稍稍一抬被子就自己滑下来了。可是下一个动作就非常之困难，特别是因为他的身子宽得出奇。他得要有手和胳膊才能让自己坐起来；可是他有的只是无数细小的腿，它们一刻不停地向四面八方挥动，而他自己却完全无法控制。他想屈起其中的一条腿，可是它偏偏伸得笔直；等他终于让它听从自己的指挥时，所有别的腿却莫名其妙地乱动不已。“总是待在床上有什么意思呢。”格里高尔自言自语地说。

他想，下身先下去一定可以使自己离床，可是他还没有见过自己的下身，脑子里根本没有概念，不知道要移动下身真是难上加难，挪动起来是那样的迟缓；所以到最后，他烦死了，就用尽全力鲁莽地把身子一甩，不料方向算错，重重地撞在床脚上，一阵彻骨的痛楚使他明白，如今他身上最敏感的地方也许正是他的下身。

于是他就打算先让上身离床。他小心翼翼地把头部一点点挪向床沿，这却毫不困难。他的身躯虽然又宽又大，也终于跟着头部移动了。可是，等到头部终于悬在床边上，他又害怕起来，不敢再前进了，因为，老实说，如果他就这样让自己掉下去，不摔坏脑袋才怪呢。他现在最要紧的是保持清醒，特别是现在，他宁愿继续待在床上。

可是重复了几遍同样的努力以后，他深深地叹了一口气，还是恢复了原来的姿势躺着，一面瞧他那些细腿在难以置信地更疯狂地挣扎。格里高尔不知道如何才能摆脱这种荒唐的混乱处境，他就再一次告诉自己，待在床上是不行的，最合理的做法还是冒一切危险来实现离床这个极渺茫的希望。可是同时他也没有忘记提醒自己，冷静地、极其冷静地考虑到最微小的可能性还是比不顾一切地蛮干强得多。这时候，他竭力集中目光望向窗外，可是不幸得很，早晨的浓雾把狭街对面的房子也都裹上了，看来天气一时不会好转，这就使他更加得不到鼓励和安慰。“已经七点钟了，”闹钟再度敲响时，他对自己说，“已经七点钟了，可是雾还这么重。”有片刻工大，他静静地躺着，轻轻地呼吸着，仿佛这样一养神就什么都会恢复正常似的。

可是接着他又对自己说：“七点一刻前我无论如何非得离开床不可。到那时一定会有人从公司里来找我，因为不到七点公司就开门了。”于是他开始有节奏地来回晃动自己的整个身子，想把自己甩出床去。倘若他这样翻下床去，可以昂起脑袋，头部不至于受伤。他的背似乎很硬，看来跌在地毯上并不打紧。他最担心的还是自己控制不了的巨大响声，这声音一定会在所有的房间里引起焦虑，即使不是恐惧。可是，他还是得冒这个险。

当他已经将半个身子探到床外的时候——这个新方法与其说是苦事，不如说是游戏，因为他只需来回晃动，逐渐挪过去就行了——他忽然想起如果有人帮忙，这件事该是多么简单。两个身强力壮的人——他想到了他的父亲和那个使女——就足够了。他们只需把胳臂伸到他那圆鼓鼓的背后，抬他下床，放下他们的负担，然后耐心地等他在地板上翻过身来就行了，一碰到地板他的腿自然会发挥作用的。那么，姑且不管所有的门都是锁着的，他是否真的应该叫人帮忙呢？尽管处境非常困难，想到这一层，他却禁不住透出一丝微笑。

他使劲地摇动着，身子已经探出不少，快要失去平衡了，他非得鼓足勇气采取决定性的步骤了，因为再过五分钟就是七点一刻——正在这时，前门的门铃响了起来。“是公司里派什么人来了。”他这么想，身子就随之而发僵，可是那些细小的腿却动弹得更快了。一时之间周围一片静默。“他们不愿开门。”格里高尔怀着不合常情的希望自言自语。可是使女当然还是跟往常一样踏着沉重的步子去开门了。格里高尔听到客人的第一声招呼就马上知道这是谁——是秘书主任亲自出马了。真不知自己生就什么命，竟落到给这样一家公司当差，只要有一点小小的差池，马上就会招来最大的怀疑！在这个所有职员全是无赖的公司里，岂不是只有他一个人忠心耿耿吗？他早晨只占用公司两三个小时，不是就给良心折磨得几乎要发疯，真的下不了床吗？如果确有必要来打听他出了什么事，派个学徒来不也够了吗——难道秘书主任非得亲自出马，以便向全家人、完全无辜的一家人表示，这个可疑的情况只有他自己那样的内行来调查才行吗？与其说格里高尔下了决心，倒不如说他因为想到这些事非常激动，因而用尽全力把自己甩出了床外。砰的一声很响，但总算没有响得吓人。地毯把他坠落的声音减弱了几分，他的背也不如他所想象的那么毫无弹性，所以声音很闷，不惊动人。只是他不够小心，头翘得不够高，还是在地板上撞了一下；他扭了扭脑袋，痛苦而愤懑地把头挨在地板上磨蹭着。

“那里有什么东西掉下来了。”秘书主任在左面房间里说。格里高尔试图设想，今天他身上发生的事有一天也让秘书主任碰上了，谁也不敢担保不会出这样的事。可是仿佛给他的设想一个粗暴的回答似的，秘书主任在隔壁房间里坚定地走了几步，他那漆皮鞋子发出了吱嘎吱嘎的声音。从右面的房间里，他妹妹用耳语向他通报消息："格里高尔，秘书主任来了。""我知道了。"格里高尔低声嘟哝道；但是没有勇气提高嗓门让妹妹听到他的声音。

"格里高尔，"这时候，父亲在左边房间里说话了，"秘书主任来了，他要知道你为什么没能赶上早晨的火车。我们也不知道怎么跟他说。另外，他还要亲自和你谈话。所以，请你开门吧。他度量大，对你房间里的凌乱不会见怪的。""早上好，萨姆沙先生。"与此同时，秘书主任和蔼地招呼道。"他不舒服呢。"母亲对客人说，这时他父亲继续隔着门在说话，"他不舒服，先生，相信我吧。他还能为了什么原因误车呢！这孩子只知道操心公事。他晚上从来不出去，连我瞧着都要生气了；这几天他没有出差，可他天天晚上都守在家里。他只是安安静静地坐在桌子旁边，看看报，或是把火车时刻表翻来覆去地看。他唯一的消遣就是做木工活儿。比如说，他花了两三个晚上刻了一个小镜框，您看到它那么漂亮，一定会感到惊奇。这镜框挂在他房间里，再过一分钟，等格里高尔打开门，您就会看到了。您的光临真叫我高兴，先生。我们怎么也没法使他开门，他真是固执。我敢说他一定是病了，虽然他早晨硬说没病。"——"我马上来了。"格里高尔慢吞吞地小心翼翼地说，却寸步也没有移动，生怕漏过他们谈话中的每一个字。"我也想不出有什么别的原因，太太，"秘书主任说，"我希望不是什么大病。虽然另一方面我不得不说，不知该算福气呢还是晦气，我们这些做买卖的往往就得不把这些小毛小病当作一回事，因为买卖嘛，总是要做的。"——"喂，秘书主任现在能进来吗？"格里高尔的父亲不耐烦地问，又敲起门来了。“不行。”格里高尔回答。这声拒绝以后，在左面房间里是一阵令人痛苦的寂静，右面房间里他妹妹啜泣起来了。

他妹妹为什么不和别人在一起呢？她也许是刚刚起床，还没有穿衣服吧。那么，她为什么哭呢？是因为他不起床让秘书主任进来吗？是因为他有丢掉差使的危险吗？是因为老板又要开口向他的父母讨还旧债吗？这些显然都是眼前不用担心的事情。格里高尔仍旧在家里，丝毫没有弃家出走的念头。的确，他现在暂时还躺在地毯上，知道他的处境的人当然不会盼望他让秘书主任走进来。可是这点小小的失礼以后尽可以用几句漂亮的辞令解释过去，格里高尔不见得会马上就给辞退。格里高尔觉得，就目前来说，他们与其对他抹鼻子流泪苦苦哀求，还不如别打扰他的好。可是，当然啦，他们的不明情况使他们大惑不解，也说明了他们为什么有这样的举动。

“萨姆沙先生，”秘书主任现在提高了嗓门说，“您这是怎么回事？您这样把自己关在房间里，光是回答‘是’和‘不是’，毫无必要地引起您父母极大的忧虑，又极严重地疏忽了——这我只不过顺便提一句——疏忽了公事方面的职责。我现在以您父母和您经理的名义和您说话，我正式要求您立刻给我一个明确的解释。我真没想到，我真没想到。我原来还认为您是个安分守己、稳妥可靠的人，可您现在却突然决心想让自己丢丑。经理今天早晨还对我暗示您不露面的原因可能是什么——他提到了最近交给您管的现款——我还几乎要以自己的名誉向他担保这根本不可能呢。可是现在我才知道您真是执拗得可以，从现在起，我丝毫也不想袒护您了。您在公司里的地位并不是那么稳固的。这些话我本来想私下里对您说的，可是既然您这样白白糟蹋我的时间，我就不懂为什么您的父母不应该听到这些话了。近来您的工作叫人很不满意。当然，目前并不是买卖旺季，这我们也承认，可是一年里整整一个季度一点买卖也不做，这是不行的，萨姆沙先生，这是完全不应该的。”

“可是，先生，”格里高尔喊道，他控制不住了，激动得忘记了一切，“我这会儿正要来开门。一点小小的不舒服，一阵头晕使我起不了床。我现在还躺在床上呢。不过我已经好了。我现在正要下床。再等我一两分钟吧！我不像自己所想的那样健康，不过我已经好了，真的。这种小毛病难道就能打垮我不成？我昨天晚上还好好儿的，这我父亲母亲也可以告诉您，不，应该说我昨天晚上就感觉到了一些预兆。我的样子想必已经不对劲了。您要问为什么我不向办公室报告！可是人总以为一点点不舒服一定能顶过去，用不着请假在家休息。哦，先生，别伤我父母的心吧！您刚才怪罪于我的事都是没有根据的，从来没有谁这样说过我。也许您还没有看到我最近兜来的订单吧。至少，我还能赶上八点的火车呢。休息了这几个钟点我已经好多了。千万不要因为我而把您耽搁在这儿，先生。我马上就会开始工作的，这有劳您转告经理，在他面前还得请您多替我美言几句呢！”

格里高尔一口气说着，自己也搞不清楚自己说了些什么，也许是因为有了床上的那些锻炼，格里高尔没费多大气力就来到柜子旁边，打算依靠柜子使自己直立起来。他的确是想开门，的确是想出去和秘书主任谈话的；他很想知道，大家这么坚持以后，看到了他又会说些什么。要是他们都大吃一惊，那么责任就再也不在他身上，他可以得到安静了。如果他们完全不在意，那么他也根本不必不安，只要真的赶紧上车站去搭八点的车就行了。起先，他好几次从光滑的柜面上滑下来，可是最后，在一使劲之后，他终于站直了。现在他也不管下身疼得像火烧一般了。接着他让自己靠向附近一张椅子的背部，用他那些细小的腿抓住了椅背的边，这使他得以控制自己的身体。他不再说话，因为这时候他听见秘书主任又开口了。

“你们听得懂那个字吗？”秘书主任问，“他不见得在开我们的玩笑吧？”“哦，天哪，”他母亲声泪俱下地喊道，“也许他病得不轻，倒是我们在折磨他呢。葛蕾特！葛蕾特！”接着她嚷道。“什么事，妈妈？”他妹妹打那一边的房间里喊道。她们就这样隔着格里高尔的房间对嚷起来。“你得马上去请医生。格里高尔病了。去请医生，快点儿。你没听见他说话的声音吗？”“这不是人的声音。”秘书主任说，跟母亲的尖叫声相比，他的嗓音显得格外低沉。“安娜！安娜！”他父亲从客厅向厨房里喊道，一面还拍着手，“马上去找个锁匠来！”于是两个姑娘奔跑得裙子飕飕响地穿过了客厅——他妹妹怎么能这么快就穿好衣服的呢？——接着又猛然打开了前门。没有听见门重新关上的声音，她们显然听任它洞开着，什么人家出了不幸的事情就总是这样。

格里高尔现在倒镇静多了。显然，他发出来的声音人家再也听不懂了，虽然他自己听来很清楚，甚至比以前更清楚，这也许是因为他的耳朵变得能适应这种声音了。不过至少现在大家相信他有什么地方不太妙，都准备来帮助他了。这些措施将带来的积极效果使他感到安慰。他觉得自己又重新进入人类的圈子，对大夫和锁匠都寄予了莫大的希望，却没有明白怎样分清两者之间的区别。为了使自己在即将到来的重要谈话中声音尽可能清晰些，他稍微清了清嗓子。他当然尽量压低声音，因为就连他自己听起来，这声音也不像人的咳嗽。这时候，隔壁房间里一片寂静。也许他的父母正陪着秘书主任坐在桌旁，在低声商谈，也许他们都靠在门上细细谛听呢。

格里高尔慢慢地把椅子推向门边，接着便放开椅子，抓住了门来支撑自己——他那些细腿的脚底上倒是颇有黏性的——他在门上靠了一会儿，喘过一口气来。接着他开始用嘴巴来转动插在锁孔里的钥匙。不幸的是，他并没有什么牙齿——他得用什么来咬住钥匙呢？——不过他的下颚倒好像非常结实。靠着这下颚他总算转动了钥匙，他准是不小心弄伤了什么地方，因为有一股棕色的液体从他嘴里流出来，淌过钥匙，滴到地上。"你们听，"门后的秘书主任说，"他在转动钥匙了。"这对格里高尔是个很大的鼓励，不过他们应该都来给他打气，他的父亲母亲都应该喊："加油，格里高尔。"他们应该大声喊道："坚持下去，咬紧钥匙！"他相信他们都在全神贯注地关心自己的努力，就集中全力死命咬住钥匙。钥匙需要转动时，他便用嘴巴衔着它，自己也绕着锁孔转了一圈，好把钥匙扭过去，或者不如说，用全身的重量使它转动。终于屈服的锁发出响亮的咔嗒一声，这使格里高尔大为高兴。他深深地舒了一口气，对自己说："这样一来我就不用锁匠了。"接着就把头搁在门柄上，想把门整个打开。

门是向他自己这边拉的，所以虽然已经打开，人家还是瞧不见他。他得慢慢地从对开的那半扇门后面把身子挪出来，而且得非常小心，以免背脊直挺挺地跌倒在房间里。他正在困难地挪动自己，顾不上做任何观察，却听到秘书主任"哦！"的一声大叫——发出来的声音像一股猛风——现在他可以看见那个人了，他站得最靠近门口，一只手遮在张大的嘴上，慢慢地往后退去，仿佛有什么无形的强大压力在驱逐他似的。格里高尔的母亲——虽然秘书主任在场，她的头发仍然没有梳好，还是乱七八糟地竖着——她先是双手合掌瞧瞧他父亲，接着向格里高尔走了两步，随即倒在地上，裙子摊了开来，脸垂到胸前，完全看不见了。他父亲握紧拳头，一副恶狠狠的样子，仿佛要把格里高尔打回到房间里去，接着他又犹豫不定地向起居室扫了一眼，然后用双手遮住眼睛，哭泣起来，连他那宽阔的胸膛都在起伏不定。

格里高尔没有接着往起居室走去，却靠在那半扇关紧的门的后面，所以他只有半个身子露在外面，还侧着探在外面的头去看别人。这时候天更亮了，可以清清楚楚地看到街对面一幢长得没有尽头的深灰色的建筑——这是一所医院——上面惹眼地开着一排排呆板的窗子；雨还在下，不过已成为一滴滴看得清的大颗粒了。大大小小的早餐盆碟摆了一桌子，对于格里高尔的父亲而言，早餐是一天里最重要的一顿饭，他一边看各式各样的报纸，一边吃，要吃上好几个钟头。在格里高尔正对面的墙上挂着一幅他服兵役时的照片，当时他是少尉，他的手按在剑上，脸上挂着无忧无虑的笑容，分明要人家尊敬他的军人风度和制服。前厅的门开着，大门也开着，可以一直看到住宅前的院子和最下面的几级楼梯。

“好吧。”格里高尔说，他完全明白自己是唯一多少保持镇静的人。“我立刻穿上衣服，等包好样品就动身。您是否还容许我去呢？您瞧，先生，我并不是冥顽不化的人，我很愿意工作；出差是很辛苦的，但我不出差就活不下去。您上哪儿去，先生？去办公室？是吗？我这些情形您能如实地反映上去吗？人总有暂时不能胜任工作的时候，不过这时正需要想起他过去的成绩，而且还要想到以后他又恢复了工作能力的时候，他一定会干得更勤恳、更用心。我一心想忠诚地为老板做事，这您也很清楚。何况，我还要供养我的父母和妹妹。我现在境况十分困难，不过我会重新挣脱出来的。请您千万不要火上浇油。请一定在公司里帮我说几句好话。旅行推销员在公司里不讨人喜欢，这我知道。大家以为他们赚的是大钱，过的是逍遥自在的日子。这种成见也犯不着特地去纠正。可是您呢，先生，比公司里的所有人都看得全面，是的，让我私下里告诉您，您比老板本人还全面，他是东家，当然可以凭自己的好恶随便不喜欢哪个职员。您知道得最清楚，旅行推销员几乎长年不在办公室，他们自然很容易成为闲话、怪罪和飞短流长的目标，可他自己却几乎完全不知道，所以防不胜防。直待他精疲力竭地转完一个圈子回到家里，这才亲身体验到连原因都无法找寻的恶果落到了自己的身上。先生，先生，您不能不说我一句好话就走啊，请表明您觉得我至少还有几分是对的呀！”

可是格里高尔才说头几个字，秘书主任就已经在踉跄倒退，只是张着嘴唇，侧过颤抖的肩膀直勾勾地瞪着他。格里高尔说话时，他片刻也没有站定，却偷偷地向门口踅去，眼睛始终盯紧了格里高尔，只是每次只移动一寸，仿佛存在某项不准离开房间的禁令一般。好不容易退入了前厅，他最后一步跨出起居室时动作好猛，真像是他的脚跟刚给火烧着了。他一到前厅就伸出右手向楼梯跑去，好似那边有什么神秘的救星在等待他。

格里高尔明白，如果要保住他在公司里的职位，不想砸掉饭碗，那就决不能让秘书主任怀着这样的心情回去。他的父母对这一点还不太了然；

多年以来，他们已经深信格里高尔在这家公司里要待上一辈子的，再说，他们的心思已经完全放在当前的不幸事件上，根本无法考虑将来的事。可是格里高尔却考虑到了。一定得留住秘书主任，安慰他，劝告他，最后还要说服他；格里高尔和他一家人的前途全系在这上面呢！要是妹妹在场就好了！她很聪明，当格里高尔还安静地仰在床上的时候她就已经哭了。总是那么偏袒女性的秘书主任一定会乖乖地听她的话；她会关上大门，在前厅里把他说得不再惧怕。可是她偏偏不在，格里高尔只得自己来应付当前的局面。他没有想到自己的身体究竟有什么活动能力，也没有想一想他的话人家仍旧很可能听不懂，而且简直根本听不懂，就放开了那扇门，挤过门口，迈步向秘书主任走去，而后者正可笑地用两只手抱住楼梯的栏杆。格里高尔刚要摸索可以支撑的东西，忽然轻轻喊了一声，身子趴了下来，他那许多只腿着了地。还没等全部落地，他的身子已经获得了安稳的感觉，从早晨以来，这还是第一次。他的脚底下现在是结结实实的地板了。他高兴地注意到，他的腿完全听从指挥，它们甚至努力地把他朝他心里所想的任何方向带去；他简直要相信，他所有的痛苦解脱的时候终于快来了。可是就在这一刹那间，当他摇摇摆摆一心想动弹的时候，当他离他母亲不远，躺在她对面地板上的时候，本来似乎已经完全瘫痪的母亲，这时却霍地跳了起来，伸直两臂，张开了所有的手指，喊道："救命啊，老天爷，救命啊！"一面又低下头来，仿佛想把格里高尔看得更清楚些，同时又偏偏身不由已地一直往后退，根本没顾及她后面有张摆满了食物的桌子；她撞上桌子，又糊里糊涂倏地坐了上去，似乎全然没有注意她旁边那把大咖啡壶已经打翻，咖啡也汩汩地流到了地毯上。

“妈妈，妈妈。”格里高尔低声说道，抬起头来看着她。这时他已经完全把秘书主任撇在脑后，他的嘴却忍不住咂巴起来，因为他看到了淌出来的咖啡。这使他母亲再一次尖叫起来。她从桌子旁边逃开，倒在急忙来扶她的格里高尔父亲的怀抱里。可是格里高尔现在顾不上他的父母，秘书主任已经在走下楼梯了，他的下巴探在栏杆上扭过头来最后回顾了一眼。格里高尔急走几步，想尽可能追上他，可是秘书主任一定是看出了他的意图，因为他往下蹦了几级，随即消失了，可是还在不断地叫喊“噢”，回声传遍了整个楼梯。不幸得很，秘书主任的逃走仿佛使一直比较镇定的父亲也慌乱万分，因为他非但自己不去追赶那人，或者至少别去阻拦格里高尔去追逐，反而右手操起秘书主任连同帽子和大衣一起留在一张椅子上的手杖，左手从桌子上抓起一张大报纸，一面顿脚，一面挥动手杖和报纸，要把格里高尔赶回到房间里去。格里高尔的恳求全然无效，事实上别人根本不理解；不管他怎样谦恭地低下头去，他父亲反而把脚顿得更响。另一边，他母亲不顾天气寒冷，打开了一扇窗子，双手掩住脸，尽量把身子往外探。一阵劲风从街上刮到楼梯，窗帘掀了起来，桌上的报纸被吹得簌簌乱响，有几张被吹落在地板上。格里高尔的父亲无情地把他往后赶，一面嘘嘘叫着，简直像个野人。可是格里高尔还不熟悉怎么往后退，所以走得很慢。如果有机会掉过头，他能很快回房间的，但是他怕转身的迟缓会使他父亲更加生气，他父亲手中的手杖随时会照准他的背上或头上给以狠狠的一击的。到后来，他竟不知怎么办才好，因为他绝望地注意到，倒退着走连方向都掌握不了，因此，他一面始终不安地侧过头瞅着父亲，一面开始掉转身子，他想尽量快些，事实上却非常迟缓。也许父亲发觉了他的良好意图，因此并不干涉他，只是在他挪动时远远地用手杖尖拨拨他。只要父亲不再发出那种让人无法忍受的嘘嘘声就好了。这简直要使格里高尔发狂。他已经完全转过去了，只是因为给嘘声弄得心烦意乱，甚至转得过了头。最后他总算对准了门口，可是他的身体又偏巧宽得过不去。但是在目前精神状态下的父亲，当然不会想到去打开另外半扇门好让格里高尔得以通过。他父亲脑子里只有一件事，就是尽快把格里高尔赶回房间。让格里高尔直立起来，侧身进入房间，就要做许多麻烦的准备，父亲是绝不会答应的。他现在发出的声音更加响亮，他拼命催促格里高尔往前走，好像他前面没有什么障碍似的。格里高尔听来他后面响着的声音不再像是父亲一个人的了。现在更不是闹着玩的了，所以格里高尔不顾一切狠命地向门口挤去。他身子的一边拱了起来，倾斜地卡在门口，腰部挤伤了，在洁白的门上留下了可憎的斑点。不一会儿他就被夹住了，不管怎么挣扎，还是丝毫动弹不得。他一边的腿在空中颤抖地舞动，另一边的腿却在地上给压得十分疼痛——这时，他父亲从后面使劲地推了他一把，实际上这倒是支援，使他一直跌进了房间中央，汩汩地流着血。在他后面，门砰的一声用手杖关上了，屋子里终于恢复了寂静。

II

直到薄暮时分，格里高尔才从沉睡中苏醒过来，这与其说是沉睡，不如说是昏厥。其实再过一会儿，他自己也会醒的，因为他觉得睡得很长久，已经睡够了，可是他仍觉得仿佛有一阵疾走的脚步声和轻轻关上通向前厅房门的声音惊醒了他。街上的电灯，在天花板和家具的上半部投下一重淡淡的光晕，可是在低处他躺着的地方，却是一片漆黑。他缓慢而笨拙地试了试他的触觉，只是到了这时，他才初次学会运用这个器官，接着便向门口爬去，想知道那儿发生了什么事。他觉得有一条长长的、绷得紧紧的不舒服的伤疤，他的腿事实上只能瘸着走了。而且有一条细小的腿在早晨的事件里受了重伤，现在是毫无用处地曳在身后——仅仅坏了一条腿，这倒真是个奇迹。

他来到门边，这才发现把他吸引过来的事实上是什么：食物的香味。因为那儿放了一只盆子，盛满了甜牛奶，上面还浮着切碎的白面包。他险些要高兴得笑出声来，因为他现在比早晨更加饿了。他立刻把头浸到牛奶里去，几乎把眼睛也浸没了。可是很快他又失望地缩了回来。他发现不仅吃东西很困难，因为柔软的左侧受了伤——他要全身抽搐地配合着才能把食物吃到口中——而且他也不喜欢牛奶了，虽然牛奶一直是他喜爱的饮料，他妹妹准是因此才给他准备的。事实上，他几乎是怀着厌恶的心情把头从盆子边上扭开，爬回到房间中央去的。

他从门缝里看到起居室的煤气灯已经点亮了，在平日，到这个时候，他父亲总要大声地把晚报读给母亲听，有时也读给妹妹听，可是现在却丝毫没有声息。也许是父亲新近抛弃大声读报的习惯了吧，他妹妹在谈话和写信中经常提到这件事。可是到处都那么寂静，虽然家里显然不是没有人。“我们这一家日子过得多么平静啊。”格里高尔自言自语道，他一动不动地瞪视着黑暗，心里感到很自豪，因为他能够让他的父母和妹妹在这样一套挺好的房间里过着蛮不错的日子。可是如果这一切的平静、舒适与满足都要恐怖地告以结束，那可怎么办呢？为了使自己不致陷入这样的思想，格里高尔活动起来了，他在房间里不断地爬来爬去。

在这个漫长的夜晚，有一次一边的门打开了一道缝，但马上又关上了，后来另一边的门也发生了这样的事：显然是有人打算进来，但是又犹豫不决。格里高尔现在紧紧地伏在起居室的门边，打算劝那个踌躇的人进来，至少也想知道那人是谁，可是门再也没有开过，他白白地等待着。清晨那会儿，门锁着，他们全都想进来，可是如今他打开了一扇门，另一扇门显然白天也是开着的，却又谁都不进来了，甚至连钥匙都插到外面去了。

一直到深夜，起居室的煤气灯才熄灭，格里高尔很容易就推想到，他的父母和妹妹久久清醒地坐在那儿，因为他清晰地听见他们蹑手蹑脚走开的声音。没有人会来看他了，至少天亮以前是不会了，这是肯定的，因此他有充裕的时间从容不迫地考虑他该怎样重新安排生活。可是这间高大空旷的房间使他充满了一种不可言喻的恐惧，虽然这就是他自己住了五年的房间——他自己还不大清楚是怎么回事，就已经不无害臊地急急钻到沙发底下去了。他马上就感到这儿非常舒服，虽然他的背稍有点被压住，他的头也抬不起来。他唯一感到遗憾的是身子太宽，不能整个藏进沙发底下。

他在那里待了整整一夜，一部分时间消磨在假寐上，腹中的饥饿时时刻刻使他惊醒，而在另一部分时间里，他一直浸沉在担忧和渺茫的希望中，但他想来想去，总是只有一个结论：那就是目前他必须静静地躺着，用忍耐和极度的体谅来协助家庭克服他在目前的情况下必然会给他们造成的不方便。

拂晓时分，其实还简直是夜里，格里高尔就有机会考验他的新决心是否坚定了，因为他的妹妹衣服还没有完全穿好就打开了通往客厅的门，表情紧张地向里面张望。她没有立刻看见他，可是一等她看到他躲在沙发底下——说到原因，他总得待在什么地方，他又不能飞走，是不是？——她大吃一惊，不由自主就把门砰地重新关上。可是仿佛是后悔自己方才的举动似的，她马上又打开了门，踮起脚走了进来，似乎她来看望的是一个重病人，甚至是陌生人。格里高尔把头探出沙发的边缘看着她。她会不会注意到他并非因为不饿而留着牛奶没喝，她会不会拿别的更合他的口味的东西来呢？除非她自动注意到这一层，他情愿挨饿也不愿唤起她的注意，虽然他有一股强烈的愿望，想从沙发底下冲出来，伏在她脚下，求她拿点食物来。可是妹妹马上就注意到了，她很惊讶，发现除了泼了些出来以外，盆子还是满满的。她立即把盆子端了起来，虽然不是直接用手，而是用手里拿着的布，她把盆子端走了。格里高尔好奇得要命，想知道她会换些什么来，而且还做了种种猜测。然而心地善良的妹妹实际上所做的却是他怎么也想象不到的。为了弄清楚他的嗜好，她给他带来了许多种食物，全都放在一张旧报纸上。这里有不新鲜的腐烂了一半的蔬菜，有昨天晚饭剩下来的肉骨头，上面还蒙着已经变稠硬结的白酱油，还有些葡萄干和杏仁，一块两天前格里高尔准会说吃不得的乳酪，一块陈面包，一块抹了黄油的面包，一块撒了盐的黄油面包。除了这一切，她又放下了那只盆子，往里倒了些清水，这盆子显然算是他专用的了。她考虑得非常周到，生怕格里高尔不愿当她的面吃东西，所以马上就退了出去，甚至还锁上了门，让他明白他可以安心地随意进食。格里高尔所有的腿都嗖地向食物奔过去。而他的伤口也准是已经完全愈合了，因为他并没有感到不方便，这使他颇为吃惊，也令他回忆起，一个月以前，他用刀稍稍割伤了一只手指，直到前天还觉得疼痛。“难道现在我感觉迟钝些了？”他想，紧接着便对着乳酪狼吞虎咽起来，在所有的食物里，这一种食物立刻强烈地吸引了他。他眼中含着满意的泪水，逐一地把乳酪、蔬菜和酱油都吃掉；可是新鲜的食物却一点也不给他以好感，他甚至都忍受不了那种气味，事实上他是把可吃的东西都叼到远一点的地方去吃的。他吃饱了，懒洋洋地躺在原处。这时他妹妹慢慢地转动钥匙，仿佛是给他一个暗示，让他退走。他立刻惊醒了，虽然他差不多睡着了，就急急地重新钻到沙发底下去。可是藏在沙发底下需要相当的自我克制的力量，即使只是妹妹在房间里这短短的片刻，因为这顿饱餐使他的身子有些膨胀。他只觉得地方狭仄，连呼吸都很困难。他因为透不过气，眼珠也略略鼓了起来。他望着没有察觉到任何情况的妹妹在用扫帚扫去不光是他吃剩的食物，甚至也包括他根本没碰的那些，仿佛这些东西现在根本没人要了，扫完后又急匆匆地全都倒进了一只桶里，把木盖盖上就提走了。她刚扭过身去，格里高尔就打沙发底下爬出来舒展身子，呼哧呼哧喘了几口气。

格里高尔就是这样由他妹妹喂养着，一次是清晨在他父母和使女还睡着的时候，另一次是在他们吃过午饭，他父母睡午觉而妹妹把使女打发出去随便干点杂事的时候。他们当然不会存心叫他挨饿，不过也许是他们除了听妹妹说一声以外对于他吃东西的情形根本不忍心知道吧，也许是他妹妹也想让他们尽量少操心吧，因为眼下他们心里已经够烦的了。

至于第一天上午大夫和锁匠是被用什么借口打发走的，格里高尔就永远不得而知了，因为既然他说的话人家听不懂，他们——甚至连妹妹在内——就不会想到他能听懂大家的话，所以每逢妹妹来到他的房间里，他听到她不时发出的几声叹息和向圣者做的喁喁祈祷，也就满足了。后来，她对这种情形略为有点习惯了——当然，完全习惯是绝对不可能的——这时，她间或也会让格里高尔听到这样好心的或者可以做这样理解的话。“嗨，他喜欢今天的饭食。”要是格里高尔把东西吃得一干二净，她会这样说。但是遇到相反的情形，并且这种情形越来越多了，她总是有点忧郁地说：“又是什么都没有吃。”

格里高尔虽然无法直接得到任何消息，却从隔壁房间里偷听到一些。只要听到一点点声音，他就急忙跑到那个房间的门后，把整个身子贴在门上。特别是在头几天，几乎没有什么谈话不牵涉到他，即使是悄悄话。整整两天，一到吃饭的时候，全家人就商量该怎么办；就是不是在吃饭的时候，也老是谈这个题目。那阵子家里至少总有两个人，因为谁也不愿孤单单地留在家里，至于全都出去那更是不可想象的事。就在第一天，女仆——还弄不太清楚她对这件事到底知道几分——来到母亲跟前，跪下来哀求让她辞退工作，当她一刻钟之后离开时，居然眼泪盈眶，感激不尽，仿佛得到了什么大恩典似的，而且谁也没有逼她，她就立下重誓，说这件事她永远一个字也不会对外人说。

女仆一走，妹妹就得帮着母亲做饭了，其实这事也并不太麻烦，因为事实上大家都简直不吃什么。格里高尔常常听到家里一个人白费力气地劝另一个人多吃一些，可是回答总不外是：“谢谢，我吃不下了。”或是诸如此类的话。现在似乎连酒也不喝了。他妹妹总是一次又一次地问父亲要不要喝啤酒，并且好心好意地说要亲自去买，她见父亲没有回答，便建议让看门的女人去买，免得父亲觉得过意不去，这时父亲断然地说一个“不”字，大家就再也不提这事了。

在头几天里，格里高尔的父亲便向母亲和妹妹解释了家庭的经济现状和远景。他常常从桌子旁边站起来，去取一些文件和账目，这些都放在一只小小的保险箱里，这是五年前他的公司破产时保存下来的。他对打开那把复杂的锁、战战兢兢地取出纸张又重新锁上的声音都听得清清楚楚。他父亲的叙述是格里高尔幽禁以来所听到的第一个愉快的消息。他本来还以为父亲的买卖什么也没有留下呢，至少父亲没有说过相反的话，当然，他也没有直接问过。那时，格里高尔唯一的愿望就是竭尽全力，让家里人尽快忘掉父亲事业崩溃使全家沦于绝望的那场大灾难。所以，他以不寻常的热情投入工作，很快就不再是个小办事员，而成为一个旅行推销员，赚钱的机会当然更多。他的成功马上就转化为亮晃晃、圆滚滚的银币，好让他当着惊诧而又快乐的一家人的面放在桌子上。那真是美好的时刻啊，这种时刻以后就没有再出现过，至少是再也没有那种光荣感了。虽然后来格里高尔挣的钱已经够维持一家人的生活，事实上家庭也的确是他在负担。大家都习惯了，不论是家里人还是格里高尔，收钱的人固然很感激，给的人也很乐意，可是再也没有那种特殊的温暖感觉了。只有妹妹和他最亲近，他心里有个秘密的计划，想让她明年进音乐学院。她跟他不一样，爱好音乐，小提琴拉得很动人。进音乐学院的费用当然不会少，这笔钱一定得另行设法筹措。他逗留在家的短暂期间，音乐学院这一话题在他和妹妹之间经常提起，不过总把它当作一个永远无法实现的美梦——只要听到关于这件事的天真议论，他的父母就感到沮丧。然而格里高尔已经痛下决心，准备在圣诞节之夜隆重地宣布这件事。

这就是他贴紧门站着倾听时涌进脑海的一些想法，这在目前当然都是毫无意义的空想了。有时他实在疲倦了，便不再倾听，而是懒懒地把头靠在门上，不过总是立即又得抬起来，因为他弄出的最轻微的声音隔壁都听得见，谈话也因此完全停顿下来。“他现在又在干什么呢？”片刻之后他父亲会这样问，而且显然把头转向了门，这以后，被打断的谈话才会逐渐恢复。

由于他父亲很久没有接触经济方面的事，他母亲也总是不能一下子就弄清楚，所以他父亲老是一遍又一遍地反复解释，使格里高尔了解得非常详细：他的家庭虽然破产，却有一笔投资保存下来——款子当然很小——而且因为红利没有动用，钱数还有些增加。另外，格里高尔每个月给的家用——他自己只留下几个零用钱——没有完全花掉，所以到如今也积成了一笔小数目。格里高尔在门背后拼命点头，为这种他没料到的节约和谨慎而高兴。当然，本来他也可以用这些多余的款子把父亲欠老板的债再还掉些，使自己可以少替老板卖几天命，可是无疑还是父亲的做法更为妥当。

不过，如果光是靠利息维持家用，这笔钱还远远不够——这项款子可以使他们生活一年，至多两年，不能再多了。这笔钱根本就不能动用，要留着以备不时之需，日常的生活费用得另想办法。他父亲的身体虽然还算健壮，但已经老了，他已有五年没做事，也很难期望他能有什么作为了。在他劳累的却从未成功过的一生里，他还是第一次过安逸的日子，在这五年里，他发胖了，连行动都不方便了。而格里高尔的老母亲患有气喘病，在家里走动都很困难，隔一天就得躺在打开的窗户边的沙发上，喘得气都透不过来，又怎能叫她去挣钱养家呢？妹妹还只是个十七岁的孩子，她的生活直到现在为止还是一片欢乐，关心的只是怎样穿得漂亮些，睡个懒觉，在家务上帮帮忙，出去找些不太花钱的娱乐，此外最重要的就是拉小提琴，又怎能叫她去给自己挣面包呢？只要话题转到挣钱养家的问题，最初格里高尔总是打开门，扑倒在门旁冰凉的皮沙发上，羞愧与焦虑得心中如焚。

他往往躺在沙发上，通夜不眠，一连好几个小时在皮面子上蹭来蹭去。他有时也集中全身力量，将扶手椅推到窗前，然后爬上窗台，身体靠着椅子，把头贴到玻璃窗上，他显然是企图回忆过去临窗眺望时所感到的那种自由。因为事实上，随着日子一天天过去，稍稍远一些的东西他就看不清了。从前，他常常诅咒街对面的医院，因为它老是逼近在他眼前，可是如今他却看不见了，倘若他不知道自己住在虽然僻静却完全是市区的夏洛蒂街，他真要以为自己的窗子外面是灰色的天空与灰色的土地浑然成为一体的荒漠世界了。他那细心的妹妹只看见扶手椅两回都靠在窗前就明白了。此后她每次打扫房间总把椅子推回到窗前，甚至还把里面那层窗子开着。

如果他能开口说话，感激妹妹为他所做的一切，他也许多少还能忍受她的怜悯，可现在他却受不住。她工作中不太愉快的那些方面，她显然想尽量避免。日子一天天过去，她的确逐渐达到了目的，可是格里高尔也渐渐地越来越明白了。她走进房间的样子就使他痛苦。她一进房间就冲到窗前，连房门也顾不上关，虽然她往常总是小心翼翼不让旁人看到格里高尔的房间。她仿佛快要窒息了，用双手匆匆推开窗子，甚至在严寒中也要当风站着做深呼吸。她这种吵闹急促的步子一天总有两次使得格里高尔心神不定。在这整段时间里，他都得蹲在沙发底下，打着哆嗦。他很清楚，她和他待在一起时，若是不打开窗子也还能忍受，她是绝对不会如此打扰他的。

有一次，大概在格里高尔变形一个月以后，其实这时她已经没有理由再在见到他时吃惊了，她比平时进来得早了一些，发现他正在一动不动地向着窗外眺望，所以他的模样更像妖魔了。要是她光是不进来格里高尔倒也不会感到意外，因为既然他在窗口，她当然不能立刻开窗了，可是她不仅退了出去，而且仿佛大吃一惊似的跳了回去，并且还砰地关上了门。陌生人还以为他是故意等在那儿要扑过去咬她呢。格里高尔当然立刻就躲到了沙发底下，可是他一直等到中午她才重新进来，看上去比平时更显得惴惴不安。这使他明白，妹妹看见他依旧那么恶心，而且以后也势必一直如此。她看到他身体的一小部分露出在沙发底下而不逃走，该是做出了多大的努力呀。为了使她不致如此，有一天他花了四个小时的劳动，用背把一张被单拖到沙发上，铺得使它可以完全遮住自己的身体，这样，即使她弯下身子也不会看到他了。如果她认为被单放在那儿根本没有必要，她当然会把它拿走，因为格里高尔这样把自己遮住又蒙上自然不会舒服。可是她并没有拿走被单，当格里高尔小心翼翼地用头把被单拱起一些看她怎样对待新情况的时候，他甚至仿佛看到妹妹眼睛里闪出了一丝感激的光辉。

在最初的两个星期里，他的父母亲鼓不起勇气进他的房间，他常常听到他们对妹妹的行为表示感激，而以前他们常常骂她，说她是个不中用的女儿的。可是现在呢，在妹妹替他收拾房间的时候，老两口往往在门外等着，她一出来就问她房间里的情形，格里高尔吃了什么，他这一次的行为什么样，是否有些好转的迹象。过了不久，母亲想要来看他了，起先父亲和妹妹都用种种理由劝阻她，格里高尔留神听着，也暗暗同意。后来，他们不得不用强力拖住她了，而她却拼命嚷道："让我进去瞧瞧格里高尔，他是我可怜的儿子！你们就不明白我非进去不可吗?"听到这里，格里高尔想也许还是让她进来的好，当然不是每天都来，每星期一次也就差不多了；她毕竟比妹妹更周到些，妹妹虽然勇敢，总还是个孩子，再说她之所以担当这件苦差事恐怕还是因为年轻稚气，少不更事罢了。

格里高尔想见见他母亲的愿望很快就实现了。在大白天，考虑到父母的脸面，他不愿趴在窗子上让人家看见，可是他在几平方米的地板上没什么好爬的，漫漫长夜里他也不能始终安静地躺着不动。此外，他很快就失去了对于食物的任何兴趣，因此，为了锻炼身体，他养成了在墙壁和天花板上纵横交错地爬来爬去的习惯。他特别喜欢倒挂在天花板上，这比躺在地板上强多了，呼吸起来也轻松多了，而且身体也可以轻轻地晃来晃去：倒悬的滋味使他乐而忘形，他忘乎所以地松了腿，直挺挺地掉在地板上。可是如今他对自己身体的控制能力比以前大有进步，所以即使摔得这么重，也没有受到损害。他的妹妹马上就注意到了格里高尔新发现的娱乐——他的脚总要在爬过的地方留下一种黏液——于是她想到应该让他有更多地方可以活动，得把碍路的家具搬出去，首先要搬的是五斗橱和写字台。可是一个人干不了；她不敢叫父亲来帮忙，家里的用人又只有一个十六岁的使女，女仆走后她虽说有勇气留下来，但是她求主人赐给她一个特殊的恩惠，让她把厨房门锁着，只有在人家特意叫她时才打开，所以她也是不能帮忙的；这样，除了趁父亲出去时求母亲帮忙之外，也没有别的法子可想了。老太太真的来了，一边还兴奋地叫喊着，可是这股劲头没等她来到格里高尔房门口就烟消云散了。格里高尔的妹妹当然先进房间，她来看看是否一切都很稳妥，然后再招呼母亲。格里高尔赶紧把被单拉低些，并且把它弄得皱褶更多些，让人看了以为这是随随便便扔在沙发上的。这一回他也不打沙发底下往外张望了，他放弃了见到母亲的快乐，她终于来了，这就已经使他喜出望外了。"进来吧，他躲起来了。"妹妹说，显然是搀着母亲的手在领她进来。此后，格里高尔听到了两个荏弱的女人使劲把那口旧柜子从原来的地方拖出来的声音，他妹妹只管挑重活儿干，根本不听母亲叫她当心累坏身子的劝告。她们搬了很久。在拖了至少一刻钟之后，母亲提出相反的意见，说这个橱柜还是放在原处的好，因为首先它太重了，在父亲回来之前是绝对搬不走的，而这样立在房间的中央当然只会更加妨碍格里高尔的行动，况且把家具搬出去是否就合格里高尔的意，这可谁也说不上来。她甚至还觉得恰恰相反呢。她看到墙壁光秃秃的，只觉得心里堵得慌，为什么格里高尔就没有同感呢。既然好久以来他就用惯了这些家具，一旦没有，当然会觉得很凄凉。最后她又压低了声音说——事实上自始至终她都几乎是用耳语在说话，她仿佛连声音都不想让格里高尔听到——他到底藏在哪儿她并不清楚——因为她相信他已经听不懂她的话了——"再说，我们搬走家具，岂不等于向他表示，我们放弃了他好转的希望，硬着心肠由他去了吗？我想还是让他的房间保持原状的好，这样，等格里高尔回到我们中间，他就会发现一切如故，也就能更容易忘掉这期间发生的事了。"

听到母亲这番话，格里高尔明白两个月不与人交谈以及单调的家庭生活已经把他的头脑弄糊涂了，否则他就无法解释，他怎么会真的希望把房间里的家具清出去。难道他真的要把放满祖传家具那么舒适的温暖的房间变成光秃秃的洞窟，好让自己不受阻碍地往四面八方乱爬，同时还要把做人时的回忆忘得干干净净作为代价吗？他的确已经濒于忘却一切，只是靠了好久没有听到的母亲的声音，才把他拉了回来。什么都不能从他房间里搬出去，一切都得保持原状。他不能丧失这些家具对他精神状态的良好影响，即使在他无意识地到处乱爬的时候家具的确挡住他的路，这也绝不是什么妨碍，而是大大的好事。

不幸的是，妹妹却有不同的看法；她已经惯于把自己看成是格里高尔事务的专家了，自然认为自己要比父母高明，这当然也有点道理，所以母亲的劝说只能使她决心不仅仅搬走柜子和书桌——这只是她的初步计划，而且还要搬走一切，只剩那张不可缺少的沙发。她做出这个决定当然不仅仅是出于孩子气的倔强和她近来自己也没料到的，花了艰苦代价而获得的自信心。她的确觉得格里高尔需要许多地方用于爬动，另一方面，他又根本用不着这些家具，这也是不言而喻的。另一个原因也可能是她这种年龄的少女的热烈气质，她们无论做什么事总要迷在里面，这个原因使得葛蕾特夸大哥哥环境的可怕，这样，她就能给他做更多的事了。对于一间由格里高尔一个人主宰的光有四堵空墙的房间，除了葛蕾特是不会有别人敢进去的。

因此，她不因为母亲的一番话而动摇自己的决心，母亲在格里高尔的房间里越来越不舒服，所以也拿不定主意，旋即不作声了，只是竭力帮她女儿把柜子推出去。如果不得已，格里高尔也可以不要柜子，可是写字台是非留下不可的。这两个女人哼哼着刚把柜子推出房间，格里高尔就从沙发底下探出头来，想看看该怎样尽可能温和、妥善地干预一下。可是真倒霉，是他母亲先回房间来的。她让葛蕾特独自在隔壁房间攥住柜子摇晃着往外拖，柜子当然是一动也不动。母亲没有看惯他的模样；为了怕她看了吓出病来，格里高尔马上退到沙发另一头去，可是还是使被单在前面晃动了一下。这就已经使她大吃一惊了。她愣住了，站了一会儿，这才往葛蕾特那儿跑去。

虽然格里高尔不断地安慰自己，说根本没有出什么大不了的事，只是挪动了几件家具，但他很快就不得不承认，这两个女人跑过来跑过去，她们的轻声叫喊以及家具在地板上的拖动，这一切给了他很大影响，仿佛动乱从四面八方同时袭来。尽管他拼命把头和腿都蜷成一团贴紧在地板上，他也不得不承认他忍受不了多久了。她们在搬清他房间里的东西，把他所喜欢的一切都拿走。安放他的钢丝锯和各种工具的柜子已经给拖走了。她们这会儿正在把几乎陷进地板去的写字台抬起来，他在商学院念书时所有的作业就是在这张桌子上做的，更早的还有中学的作业，还有，对了，小学的作业——他再也顾不上体会这两个女人的良好动机了。他几乎已经忘了她们的存在，因为她们太累了，干活时连声音也发不出来，除了她们沉重的脚步声以外，旁的什么也听不见。

因此他冲出去了——两个女人在隔壁房间正靠着写字台略事休息——他换了四次方向，因为他真的不知道应该先拯救什么；接着，他看见了对面的那面墙，靠墙的东西已给搬得七零八落了，墙上那幅穿皮大衣的女士像吸引了他。格里高尔急忙爬上去，紧紧地贴在镜面玻璃上。这地方倒挺不错，他那火热的肚子顿时觉得惬意多了。至少，这张完全藏在他身子底下的画是谁也不许搬走的。他把头转向起居室，以便两个女人重新进来的时候可以看到她们。

她们休息了没多久就已经往里走来了——葛蕾特用胳膊围住她母亲，简直是在抱着她。“那么，我们现在再搬什么呢？”葛蕾特说，向周围扫了一眼，她的眼睛遇上了格里高尔从墙上射来的目光。大概因为母亲也在场的缘故，她保持住了镇静，她向母亲低下头去，免得母亲的眼睛抬起来，说道：“走吧，我们要不要再回起居室去待一会儿？”她的意图格里高尔非常清楚，她是想把母亲安置到安全的地方，然后再来把他从墙上赶下来。好吧，让她来试试看吧！他抓紧了他的图片绝不退让。他还想对准葛蕾特的脸飞扑过去呢。

可是葛蕾特的话却已经使母亲感到不安了，她向旁边跨了一步，看到了印花墙纸上那一大团棕色的东西。她还没有真的理会到她看见的正是格里高尔，就用嘶哑的声音大叫起来：“啊，上帝，啊，上帝！”接着就双手一摊，倒在沙发上，仿佛听天由命似的，一动也不动了。“唉，格里高尔！”他妹妹喊道，对他又是挥拳又是瞪眼。自从变形以来，这还是她第一次直接对他说话。她跑到隔壁房间去拿什么香精来使母亲从昏厥中苏醒过来。格里高尔也想帮忙——要救那张图片，以后还有时间——可是他已经紧紧地粘在玻璃上，不得不使点劲儿才能够让身子移动；接着他就跟在妹妹后面奔进房间，好像他与过去一样，真能给她什么帮助似的；可是他马上就发现，自己只能无可奈何地站在她后面。妹妹正在许许多多小瓶子堆里找来找去，等她回过身来一看到他，真的又吃了一惊。一只瓶子掉到地板上，打碎了；一块玻璃片划破了格里高尔的脸，不知什么腐蚀性的药水溅到了他身上。葛蕾特才愣住一小会儿，就马上抱起所有拿得了的瓶子跑到母亲那儿去了。她用脚砰地把门关上。格里高尔如今和母亲隔开了，她就是因为他，也许快要死了。他不敢开门，生怕吓跑了不得不留下来照顾母亲的妹妹。目前，除了等待，他没有别的事情可做。他被自我谴责和忧虑折磨着，就在墙壁、家具和天花板上到处乱爬起来。最后，在绝望中，他觉得整个房间竟在他四周旋转，就掉了下来，跌落在大桌子的正中央。

过了一小会儿，格里高尔依旧软弱无力地躺着，周围寂静无声，这也许是一个吉兆吧。接着门铃响了。使女当然是锁在她的厨房里的，只能由葛蕾特去开门。进来的是他的父亲。“出了什么事？”他一开口就问，准是葛蕾特的神色把一切都告诉他了。葛蕾特显然把头埋在父亲胸口上，因为她的回答听上去闷声闷气的：“妈妈刚才晕过去了，不过这会儿已经好点了。格里高尔逃了出来。”“果然不出我的所料，”他父亲说，“我不是告诉过你们嘛，可是你们这些女人根本不听。”格里高尔清楚地感觉到他父亲把葛蕾特过于简单的解释想到最坏的方面去了，他大概以为格里高尔做了什么凶狠的事呢。格里高尔现在必须设法使父亲息怒，因为他既来不及也无法替自己解释。因此他赶忙爬到自己房间的门口，蹲在门前，好让父亲从客厅里一进来便可以看见自己的儿子乖得很，一心想立即回自己房间，根本不需要赶，要是门开着，他马上就会进去的。

可是父亲目前的情绪完全无法体会他那细腻的感情。“啊？”他一露面就喊道，声音里既有狂怒，同时又包含了喜悦。格里高尔把头从门上缩回来，抬起来瞧他的父亲。啊，这简直不是他想象中的父亲了。显然，最近他太热衷于爬天花板这一新的消遣，对家里别的房间里的情形就不像以前那样感兴趣了。他真应该预料到某些新的变化才行。不过，不过，这难道真是他父亲吗？从前，每逢格里高尔动身出差，他父亲总是疲惫不堪地躺在床上；格里高尔回来过夜总看见他穿着睡衣靠在一张长椅子里，他连站都站不起来，把手举一举就算是欢迎。一年里有那么一两个星期天，还得是盛大的节日，他也偶尔和家里人一起出去，总是走在格里高尔和母亲当中。他们走得已经够慢的了，可是他还要更慢。他裹在那件旧大衣里，靠着那把弯柄的手杖的帮助艰难地向前移动，每走一步都先要把手杖小心翼翼地支好。逢到他想说句话，往往要停下脚步，让卫护的人靠拢来。难道那个人就是他吗？现在他身子笔直地站着，穿一件有金色纽扣的漂亮的蓝制服，这通常是银行的杂役穿的；他那厚实的双下巴鼓出在上衣坚硬的高领子外面：从他浓密的睫毛下面，那双黑眼睛射出了神气十足、咄咄逼人的光芒；他那头本来乱蓬蓬的头发如今从当中整整齐齐、一丝不苟地分了开来，两边都梳得又光又平。他把那顶绣有金字——肯定是哪家银行的标记——的帽子远远地往房间那头的沙发上一扔，把大衣的下摆往后一甩，双手插在裤袋里，板着严峻的脸朝格里高尔冲来。他大概自己也不清楚要干什么，却把脚举得老高，格里高尔一看到他那大得惊人的鞋后跟简直吓呆了。不过格里高尔不敢冒险听任父亲摆弄，他知道从自己新生活的第一天起，父亲就是主张对他采取严厉措施的。因此他就在父亲的前头跑了起来，父亲停住他也停住，父亲稍稍一动他又急急地奔跑。就这样，他们绕着房间转了好几圈，并没有真出什么事；事实上这简直都不太像是追逐，因为他们都走得很慢。所以格里高尔也没有离开地板，生怕父亲把他的爬墙和上天花板看成是一种特别恶劣的行为。可是，即使就这样跑他也支持不了多久，因为他父亲迈一步，他就得动好多下。

他已经感到喘不过气来了，他从前做人的时候肺也不太强。他跌跌撞撞地向前冲，因为要把精力全部集中在奔走上，连眼睛都几乎睁不开来；在昏乱的状态中，除了向前冲以外，他根本没有想到还有别的出路。他几乎忘记自己是可以随便上墙的，但是在这个房间里放着凹凹凸凸精雕细镂的家具，把墙挡住了——正在这时，突然有一样扔得不太有力的东西飞了过来，落在他紧后面，又滚到他前面去。这是一只苹果。紧接着第二只苹果又扔了过来。格里高尔惊慌地站住了，再跑也没有用了，因为他父亲决心要轰炸他了。他把碗橱上盘子里的水果装满了衣袋，也没有好好地瞄准，只是把苹果一只接一只地扔出来。这些小小的红苹果在地板上滚来滚去，仿佛有吸引力似的，都在互相碰撞。一只扔得不太用力的苹果轻轻擦过格里高尔的背，没有带给他什么损害就飞走了。可是紧跟着马上飞来了另一只，正好打中了他的背并且还陷了进去。格里高尔挣扎着往前爬，仿佛能把这种可惊的莫名其妙的痛苦留在身后似的。可是他觉得自己好像被钉在原处，就六神无主地瘫倒在地上。在清醒的最后一刹那，他瞥见他的房门猛然打开，母亲抢在尖叫着的妹妹前头跑了过来，身上只穿着内衣，她女儿为了让她呼吸舒畅好缓过气来，已经把她衣服都解开了，格里高尔看见母亲向父亲扑过去，解松了的裙子一条接着一条都掉在地板上，她绊着裙子径直向父亲奔去，抱住他，紧紧地搂住他，双手围在父亲的脖子上，求他别伤害儿子的生命——可是这时，格里高尔的眼光已经逐渐黯淡了。

Ⅲ

格里高尔所受的重创使他有一个月不能行动——那只苹果还一直留在他身上，没人敢去取下来，仿佛这是一个公开的纪念品似的——他的受伤好像使父亲也想起了他是家庭的一员，尽管他现在很不幸，外形使人看了恶心，但是也不应把他看成是敌人。相反，家庭的责任正需要大家把厌恶的心情压下去，而用耐心来对待，只能是耐心，别的都无济于事。

他的创伤损害了，而且也许是永久地损害了他行动的能力，目前，他从房间的一端爬到另一端也得花好多好多分钟，活像个老弱的病人——说到上墙在目前更是谈也不用谈——可是，在他自己看来，他的受伤还是得到了足够的补偿，因为每到晚上——他早在一两个小时以前就一心一意等待这个时刻了，起居室的门总是大大地打开，这样他就可以躺在自己房间的暗处，家里人看不见他，他却可以看到三个人坐在点上灯的桌子旁边，可以听到他们的谈话，这大概是他们都同意的。比起早先的偷听，这可要强多了。

的确，他们的关系中缺少了先前那种活跃的气氛。过去，当他投宿在客栈狭小的寝室里，疲惫不堪，要往潮乎乎的床铺上倒下去的时候，他总是以一种渴望的心情怀念这种气氛的。他们现在往往很沉默。晚饭吃完不久，父亲就在扶手椅里打起瞌睡来；母亲和妹妹就互相提醒谁都别说话；母亲把头低低地俯在灯下，在给一家时装店做精细的针线活；妹妹已经当了售货员，为了将来找更好的工作，在利用晚上的时间学习速记和法语。

有时父亲醒了过来，仿佛根本不知道自己已经睡了一觉，还对母亲说：“你今天干了这么多针线活呀！”话才说完就又睡着了，于是娘儿俩又交换一下疲倦的笑容。

父亲的脾气真执拗，连在家里也一定要穿上那件制服，他的睡衣一无用处地挂在钩子上。他穿得整整齐齐，坐着坐着就睡着了，好像随时要去应差，即使在家里，也要对上司唯命是从似的。这样下来，虽则有母亲和妹妹的悉心保护，他那件本来就不是簇新的制服已经开始显得脏了，格里高尔常常整夜整夜地望着纽扣老是擦得金光闪闪的外套上的一摊摊油迹，老人就穿着这件外套极不舒服却又是极安宁地坐在那里沉入了梦乡。

一等钟敲十下，母亲就设法用婉言款语把父亲唤醒，劝他上床去睡，因为坐着睡休息不好，可他最需要的就是休息，因为他六点钟就得去上班。可是自从他在银行里当了杂役以来，不知怎的有了犟脾气，他总想在桌子旁边再坐上一会儿，可是又总是重新睡着，到后来得花九牛二虎之力才能把他从扶手椅弄到床上去。不管格里高尔的母亲和妹妹怎样不断用温和的话一个劲儿地催促他，他总要闭着眼睛，慢慢地摇头，摇上一刻钟，就是不肯站起来。母亲拉着他的袖管，对着他的耳朵轻声说些甜蜜的话，妹妹也扔下了功课跑来帮助母亲。可是格里高尔的父亲还是不上钩。他一味往椅子深处退去。直到两个女人抓住他的胳肢窝把他拉了起来，他才睁开眼睛，看看这个，又看看那个，而且总要说：“我过的是什么日子呀。这就算是我安宁、平静的晚年了吗？”于是就由两个人搀扶着挣扎站起来，好不费力，仿佛自己对自己都是一个沉重的负担，还要她们一直扶到门口，才挥挥手叫她们回去，独自往前走，可是母亲还是放下了针线活，妹妹也放下笔，追上去再搀他一把。

在这个操劳过度疲倦不堪的家庭里，除了做绝对必需的事情以外，谁还有时间替格里高尔操心呢？家计日益窘迫，使女也给辞退了，一个蓬着满头白发高大瘦削的老妈子一早一晚来替他们做些粗活，其他的一切家务事就落在格里高尔母亲的身上。此外，她还得做一大堆一大堆的针线活。连母亲和妹妹以往每逢参加晚会和喜庆日子总要骄傲地戴上的那些首饰，也不得不变卖了——一天晚上，家里人都在讨论卖得的价钱，格里高尔才发现了这件事。可是最使他们悲哀的就是没法从与目前的景况不相称的住所里迁出去，因为他们想不出有什么法子搬动格里高尔。可是格里高尔很明白，对他的考虑并不是妨碍搬家的主要原因，因为他们满可以把他装在一只大小合适的盒子里，只要留几个通气的孔眼就行了。他们彻底绝望了，还相信他们是注定要交上这种所有亲友都没交过的厄运，这才是使他们没有迁往他处的真正原因。世界上要求穷人的一切，他们都已尽力做了：父亲在银行里给小职员买早点，母亲把自己的精力耗费在替陌生人缝内衣上，妹妹听顾客的命令在柜台后面急急地跑来跑去，超过这个界限就是他们力所不及的了。把父亲送上了床，母亲和妹妹就重新回到房间，她们总是放下手头的工作，靠得紧紧地坐着，脸挨着脸，接着母亲指指格里高尔的房门，说："把这扇门关上吧，葛蕾特。"于是他重新被关入黑暗中，而隔壁的两个女人就涕泗交流起来，或是眼眶干枯地瞪着桌子；每逢到这样的时候，格里高尔背上的创伤总要又一次地使他感到疼痛难忍。

不管是夜晚还是白天，格里高尔都几乎不睡觉。有一个想法老是折磨着他：下一次门再打开时他就要像过去那样重新挑起一家的担子了。隔了这么久以后，他脑子里重又出现了老板、秘书主任、那些旅行推销员和练习生的影子，他仿佛还看见了那个奇蠢无比的听差、两三个在别的公司里做事的朋友、一个乡村客栈里的侍女，这是个一闪即逝的甜蜜的回忆；还有一个女帽店里的出纳，格里高尔殷勤地向她求过爱，但是让人家捷足先登了——他们都出现了，另外还有些陌生的或他几乎已经忘却的人。但是他们非但不帮他和他家庭的忙，还一个个都那么冷冰冰，格里高尔看到他们从眼前消失，心里只有感到高兴。另外，有的时候，他没有心思为家庭担忧，却因为家人那样忽视自己而积了一肚子的火。他自己也弄不清楚到底爱吃什么，却打算闯进食物储藏室去把本该属于他分内的食物叼走。他妹妹再也不考虑拿什么他可能最爱吃的东西来喂他了，只是在早晨和中午上班以前匆匆忙忙地用脚把食物拨进来，手头有什么就给他吃什么，到了晚上只是用扫帚一下子再把东西扫出去，也不管他是尝了几口呢，还是——这是最经常的情况——连动也没有动。她现在总是在晚上给他打扫房间，她的打扫不能再草率了。

墙上尽是一缕缕灰尘，到处都是成团的尘土和脏东西。起初格里高尔在妹妹要来的时候总待在特别肮脏的角落里，他的用意也算是以此责难她。可是即使他再蹲上几个星期也无法使她有所改进——她跟他一样完全看得见这些尘土，可就是决心不管。不但如此，她新近脾气还特别暴躁，这也不知怎的传染给了全家人，这种脾气使她认定自己是格里高尔房间唯一的管理人。他的母亲有一回把他的房间彻底扫除了一番，其实不过是用了几桶水罢了——房间的潮湿当然使得格里高尔大为狼狈，他摊开身子阴郁地一动不动地躺在沙发上——就是母亲为这事也受了罪。那天晚上，妹妹刚察觉到他房间所发生的变化，就怒不可遏地冲进起居室，而且不顾母亲举起双手苦苦哀求，竟号啕大哭起来。她的父母——父亲当然早就从椅子里惊醒站立起来了——最初只是无可奈何地愕然看着，接着也卷了进来：父亲先是责怪右边的母亲，说打扫格里高尔的房间本来是女儿的事，她真是多管闲事；接着又尖声地对左边的女儿嚷叫，说以后再也不让她去打扫格里高尔的房间了；而母亲呢，却想把父亲拖到卧室里去，因为他已经激动得不能控制自己了；妹妹哭得浑身发抖，只管用她那小拳头擂打桌子；格里高尔也气得发出很响的嗤嗤声，因为没有人想起关上门，省得他看到这一场好戏，听到这么些吵闹。

可是，即使妹妹因为一天工作下来疲惫不堪，已经懒得像先前那样去照顾格里高尔了，母亲也没有自己去管的必要，格里高尔倒也根本不会被忽视，因为现在有那个老妈子了。这个老寡妇结实精瘦的身体使她经受了漫长的一生中所有最厉害的打击，她根本不怕格里高尔。她有一次完全不是因为好奇，而纯粹是出于偶然打开了他的房门，看到了格里高尔，格里高尔吃了一惊，便四处奔跑起来，其实老妈子根本没有追他，只是叉着手站在那儿罢了。从那时起，一早一晚，她总不忘记花上几分钟把他的房门打开一些来看看他。起先她还用自以为亲热的话招呼他，比如："来呀，嗨，你这只老屎蜣螂！"或者是："瞧这老屎蜣螂哪，吓！"对于这样的攀谈格里高尔置之不理，只是一动不动地待在原处，就当那扇门根本没有开。与其容许她兴致一来就这样无聊地滋扰自己，还不如命令她天天打扫他的房间呢，这粗老妈子！有一次，是在清晨——急骤的雨点敲打着窗玻璃，这大概是春天快来临的征兆吧——她又来啰唆了，格里高尔好不恼怒，就向她冲去，仿佛要咬她似的，虽然他的行动既缓慢又软弱无力。可是那个老妈子非但不害怕，反而把刚好放在门旁的一张椅子高高举起，她的嘴张得老大，显然是要等椅子往格里高尔的背上砸下去才会闭上。“你又不过来了吗？”看到格里高尔掉过头去，她一面问，一面镇静地把椅子放回墙角。

格里高尔现在简直不吃东西了。只有在他正好经过食物时才会咬上一口，作为消遣，每次都在嘴里嚼上一个小时，然后吐掉。起初他还以为他不想吃是因为房间里凌乱不堪，使他心烦，可是他很快也就习惯了房间里的种种变化。家里人已经养成习惯，把别处放不下的东西都塞到这儿来，这些东西现在多得很，因为家里有一个房间租给了三个房客。这些一本正经的先生——他们三个全都蓄着大胡子，这是格里高尔有一次从门缝里看到的——什么都要井井有条，不光是他们的房间里得整齐，因为他们既然已经是这个家庭的一员了，他们还要求整个屋子所有的一切都得如此，特别是厨房。他们无法容忍多余的东西，更不要说脏东西了。此外，他们自己用得着的东西几乎都带来了。

因此就有许多东西多了出来，卖出去不值钱，扔掉也舍不得。这一切都千流归大海，来到了格里高尔的房间。同样，连煤灰箱和垃圾箱也来了。凡是暂时不用的东西都干脆给那老妈子扔了进来，她做什么事都那么毛手毛脚：幸亏格里高尔往往只看见一只手扔进来一样东西，也不管那是什么。她也许是想等到什么时机再把东西拿走吧，也许是想先堆起来再一起扔掉吧，可是实际上东西都是她扔在哪儿就在哪儿，除非格里高尔有时嫌碍路，把它推开一些，这样做最初是出于必须，因为他无处可爬了，可是后来却从中得到越来越多的乐趣，虽则在这样的长途跋涉之后，由于忧郁和极度疲劳，他总要一动不动地一连躺上好几个小时。

由于房客常常要在家里公用的起居室里吃晚饭，有许多个夜晚房门都得关上，不过格里高尔很容易也就习惯了，因为晚上即使门开着他也根本不感兴趣，只是躺在自己房间最黑暗的地方，家里人谁也不注意他。不过有一次老妈子把门开了一道缝，门始终微开着，连房客进来吃饭点亮了灯的时候也是如此。他们大模大样地坐在桌子的上首，在过去，这是父亲、母亲和格里高尔吃饭时坐的地方，三个人摊开餐巾。应该把自己藏起来才是，因为他房间里灰尘积得老厚，稍稍一动就会飞扬起来，所以他身上也蒙满灰尘，背部和两侧都沾满了绒毛、发丝和食物的渣脚，走到哪里就带到哪里；他现在对一切都无动于衷，已经不屑于像过去有个时期那样，一天翻过身来在地毯上擦上几次了。尽管现在这么邋遢，他却厚着脸皮走前几步，来到起居室一尘不染的地板上。

显然，谁也没有注意到他。家里人完全沉浸在小提琴的音乐声中。房客呢，他们起先双手插在口袋里，站得离乐谱那么近，以至于都能看清乐谱了，这显然对他妹妹是有所妨碍的，可是过不了多久他们就退到窗子旁边，低着头窃窃私语起来，使父亲向他们投来不安的目光。的确，他们表示得不能再露骨了，他们已经对原以为是优美悦耳的小提琴演奏失望，他们已经听够了，只是出于礼貌才让自己的宁静受到打扰。从他们不断把烟从鼻子和嘴里喷向空中的模样，就可以看出他们的不耐烦。可是格里高尔的妹妹琴拉得真美。她的脸侧向一边，眼睛专注而悲哀地追循着乐谱上的音符。格里高尔又往前爬了几步，而且把头低垂到地板上，希望自己的目光也许能遇上妹妹的视线。音乐对他有这么大的魔力，难道因为他是动物吗？他觉得自己一直渴望着某种营养，而现在他已经找到这种营养了。他决心再往前爬，一直来到妹妹的跟前，好拉拉她的裙子让她知道，她应该带了小提琴到他房间里去，因为这儿谁也不像他那样欣赏她的演奏。他永远也不让她离开他的房间，至少，只要他还活着；他那可怕的形状将第一次对自己有用；他要同时守望着房间里所有的门，谁闯进来就啐谁一口；他妹妹当然不受任何约束，她愿不愿和他待在一起那要随她的便；她将与他并排坐在沙发上，俯下头来听他吐露他早就下定的要送她进音乐学院的决心，要不是他遭到不幸，去年圣诞节——圣诞节准是早就过了吧？——他就要向所有人宣布了，而且他是完全不容许任何反对意见的。在听了这样的倾诉以后，妹妹一定会感动得热泪纵横，这时格里高尔就要爬上她的肩膀去吻她的脖子，由于出去做事，她脖子上现在已经不系丝带，也没有高领子。

"萨姆沙先生！"当中的那个房客向格里高尔的父亲喊道，一面不多说一句话地指着正在慢慢往前爬的格里高尔。小提琴声戛然而止，当中的那个房客先是摇着头对他的朋友笑了笑，接着又瞧起格里高尔来。父亲并没有来赶格里高尔，却认为更要紧的是安慰房客，虽然他们根本没有激动，而且显然觉得格里高尔比小提琴演奏更为有趣。他急忙向他们走去，张开胳膊，想劝他们回到自己房间去，同时也是挡住他们，不让他们看见格里高尔。他们现在倒真的有点儿恼火了，也说不上来到底是因为老人的行为呢还是因为他们如今才发现住在他们隔壁的竟是格里高尔这样的邻居。他们要求父亲解释清楚，也跟他一样挥动着胳膊，不安地拉着自己的胡子，万般不情愿地向自己的房间退去。格里高尔的妹妹从演奏给突然打断后就呆若木鸡。她拿了小提琴和弓垂着手不安地站着，眼睛瞪着乐谱，这时也清醒过来。她立刻打起精神，把小提琴往坐在椅子上喘得透不过气来的母亲的怀里一塞，就冲进了房客的房间，这时，父亲像赶羊似的把他们赶得更急了。可以看见被褥和枕头在她熟练的手底下在床上飞来飞去，不一会儿就铺得整整齐齐。三个房客尚未进门她就铺好了床溜出来了。老人好像又一次让自己的犟脾气占了上风，竟完全忘了应该对房客尊敬。他不断地赶他们，最后来到卧室门口，当中的那个房客都用脚重重地顿地板了，才使他停下来。那个房客举起一只手，一边也对格里高尔的母亲和妹妹扫了一眼，他说："我要求宣布，由于这个住所和这家人家的可憎的状况，"——说到这里他斩钉截铁地往地板上啐了一口——"我当场通知退租。我住进来这些天的房钱当然一个也不给；不但如此，我还打算向您提出对您不利的控告，所依据的理由——请您放心好了——也是证据确凿的。"他停了下来，瞪着前面，仿佛在等待什么似的。这时，他的两个朋友也就立刻冲上来助威，说道："我们也当场通知退租。"说完，为首的那个就抓住把手砰的一声带上了门。

格里高尔的父亲用双手摸索着踉踉跄跄地往前走了几步，跌进了他的椅子，看上去仿佛打算摊开身子像平时晚间那样打个瞌睡，可是他的头分明在颤抖，好像自己也控制不了，这证明他根本没有睡着。在这些事情发生前后，格里高尔还是一直安静地待在房客发现他的原处。计划失败带来的失望，也许还有极度饥饿造成的衰弱，使他无法动弹。他很害怕，心里算准这样极度紧张的局势随时都会导致对他发起总攻击，于是他就躺在那儿等待着。就连听到小提琴从母亲膝上、从颤抖的手指掉到地上，产生共呜，他还是毫无反应。

“亲爱的爸爸妈妈，”妹妹说话了，一面用手在桌子上拍了拍，算是引子，“事情不能再这样拖下去了。你们也许不明白，我可明白。对着这个怪物，我没法开口叫他哥哥，所以我的意思是：我们一定得把他弄走。我们照顾过他，对他也算是仁至义尽了，我想谁也不能责怪我们有半分不是了。”

“她说得对极了。”格里高尔的父亲自言自语。母亲仍旧因为喘不过气来憋得难受，这时候又一手捂着嘴干咳起来，眼睛里露出疯狂的神色。妹妹奔到母亲跟前，抱住了她的头。父亲的头脑似乎因为葛蕾特的话而茫然不知所从了。他直挺挺地坐着，手指抚弄着他那顶放在房客吃过饭还未撤下去的盆碟之间的制帽，还不时看看格里高尔一动不动的身影。

“我们一定要把他弄走，”妹妹又一次明确地对父亲说，因为母亲正咳得厉害，根本连一个字也听不见，“他会把你们拖垮的，我知道准会这样。咱们三个人都已经拼了命工作，再也受不了家里这样的折磨了。至少我是再也无法忍受了。”说到这里，她痛哭起来，眼泪都落在母亲脸上，于是她又机械地替母亲把泪水擦干。

“我的孩子，”老人同情地说，心里显然非常明白，“不过我们该怎么办呢？”

格里高尔的妹妹只是耸耸肩膀，表示虽然她刚才很有自信心，可是哭过一场以后，又觉得无可奈何了。

“如果他能懂得我们的意思。”父亲半带疑问地说；还在哭泣的葛蕾特猛烈地挥了一下手，表示这是不可思议的。

“如果他能懂得我们的意思，”老人重复说，一面闭上眼睛，考虑女儿的反面意见，“我们倒也许可以和他谈妥。不过事实上——”

“他一定得走，”格里高尔的妹妹喊道，“这是唯一的办法，父亲。你们一定要抛开这个念头，认为这就是格里高尔。我们好久以来都这样相信，这就是我们一切不幸的根源。这怎么会是格里高尔呢？如果这是格里高尔，他早就会明白人是不能跟这样的动物一起生活的，他就会自动地走开。这样，我虽然没有了哥哥，可是我们就能生活下去，并且会尊敬地纪念着他。可现在呢，这个东西把我们害得好苦，赶走我们的房客，显然想独霸所有的房间，让我们都睡到沟壑里去。瞧呀，父亲，”她立刻又尖声叫起来，“他又来了！”

在格里高尔所不能理解的惊慌失措中她竟抛弃了自己的母亲，事实上她还把母亲坐着的椅子往外推了推，仿佛是为了离格里高尔远些，她情愿牺牲母亲似的。接着她又跑到父亲背后，父亲被她的激动弄得不知如何是好，也站了起来张开手臂仿佛要保护她似的。

可是格里高尔根本没有想吓唬任何人，更不要说自己的妹妹了。他只不过是开始转身，好爬回自己的房间去，不过他的动作瞧着一定很可怕，因为在身体不灵活的情况下，他只有昂起头来一次又一次地支着地板，才能完成困难的向后转的动作。他的良好的意图似乎给看出来了，他们的惊慌只是暂时性的。现在他们都阴郁而默不作声地望着他。母亲躺在椅子里，两条腿僵僵地伸直着，紧并在一起，她的眼睛因为疲惫已经几乎全闭上了；父亲和妹妹彼此紧靠地坐着，妹妹的胳膊还围在父亲的脖子上。

“也许我现在又有气力转过身去了吧。”格里高尔想，又开始使劲起来。他不得不时时停下来喘口气。谁也没有催他，他们完全听任他自己活动。一等他掉转了身子，他马上就径直爬回去。房间和他之间的距离使他惊讶不已，他不明白自己身体这么衰弱，刚才是怎么不知不觉就爬过来的。他一心一意地拼命快爬，几乎没有注意家里人连一句话或是一下喊声都没有发出，以免妨碍他的前进。只是在爬到门口时他才扭过头来，也没有完全扭过来，因为他颈部的肌肉越来越发僵了，可是也足以看到谁也没有动，只有妹妹站了起来。他最后的一瞥是落在母亲身上的，她已经完全睡着了。

还不等他完全进入房间，门就给仓促地推上，闩了起来，还上了锁。后面突如其来的响声使他大吃一惊，身子下面那些细小的腿都吓得发软了。这么急急忙忙的是他的妹妹。她早已站起身来等着，而且还轻快地往前跳了几步，格里高尔甚至都没有听见她走近的声音。她拧了拧钥匙把门锁上以后就对父母亲喊道："总算锁上了！"

"现在又该怎么办呢？"格里高尔自言自语，向周围的黑暗扫了一眼。他很快就发现自己已经完全不能动弹了。这并没有使他吃惊，相反，他依靠这些又细又弱的腿爬了这么多路，这倒真是不可思议。其他也没有什么不舒服的地方了。的确，他整个身子都觉得酸疼，不过疼痛也好像正在逐渐减轻，以后一定会完全不疼的。他背上的烂苹果和周围发炎的地方都蒙上了柔软的尘土，早就不太难过了。他怀着温柔和爱意想着自己的一家人。他消灭自己的决心比妹妹还强烈呢，只要这件事真能办得到。他陷在这样空虚而安谧的沉思中，一直到钟楼上敲响了半夜三点。从窗外的世界透进来的第一道光线又一次地唤醒了他的知觉。接着他的头无力地颓然垂下，他的鼻孔里也呼出了最后一丝摇曳不定的气息。

清晨，老妈子来了——一半因为力气大，一半因为性子急躁，她总把所有的门都弄得乒乒乓乓，也不管别人怎么经常求她声音轻些，别让整个屋子的人在她一来以后就睡不成觉——她照例向格里高尔的房间张望一下，也没发现什么异常之处。她以为他故意一动不动地躺着装模作样，她对他做了种种不同的猜测。她手里正好有一把长柄扫帚，所以就从门口用它来拨撩格里高尔。这还不起作用，她恼火了，就更使劲地捅，但是只能把他从地板上推开去，却没有遇到任何抵抗，到了这时她才起了疑窦。很快她就明白了事情的真相，于是睁大眼睛，吹了一下口哨。她不多逗留，马上就去拉开萨姆沙夫妇卧室的门，用足气力向黑暗中嚷道："你们快去瞧，它死了，它躺在那踹腿儿了。一点气儿也没有了！"

萨姆沙先生和太太从双人床上坐起身体，呆若木鸡，直到弄清楚老妈子的消息到底是什么意思，才慢慢地镇定下来。接着他们很快就爬下了床，一个人爬一边，萨姆沙先生拉过一条毯子往肩膀上一披，萨姆沙太太光穿着睡衣——他们就这么打扮着进入了格里高尔的房间。同时，起居室的房门也打开了，自从收了房客以后葛蕾特就睡在这里。她衣服穿得整整齐齐，仿佛根本没有上过床，她那苍白的脸色更是证明了这一点。"死了吗？"萨姆沙太太说，怀疑地望着老妈子，其实她满可以自己去看个明白的，但是这件事即使不看也是明摆着的。"当然是死了。"老妈子说，一面用扫帚柄把格里高尔的尸体远远地拨到一边去，以此证明自己的话没错。萨姆沙太太动了一动，仿佛要阻止她，可是又忍住了。"那么，"萨姆沙先生说，"让我们感谢上帝吧。"他在身上画了个十字，那三个女人也照样做了。葛蕾特的眼睛始终没离开那具尸体，她说："瞧他多瘦呀。他已经有很久什么也不吃了。东西放进去，出来还是原封不动。”的确，格里高尔的身体已经完全干瘪了，现在他的身体再也不由那些腿脚支撑着，所以可以不受妨碍地看得一清二楚了。

“葛蕾特，到我们房里来一下。”萨姆沙太太带着忧伤的笑容说道，于是葛蕾特回过头来看看尸体，就跟着父母到他们的卧室里去了。老妈子关上门，把窗户大大地打开。虽然时间还很早，但新鲜的空气里也可以察觉一丝暖意。毕竟已经是3月底了。

三个房客走出他们的房间，看到早餐还没有摆出来觉得很惊讶——人家把他们忘了。“我们的早饭呢？”当中的那个房客恼怒地对老妈子说。可是她把手指放在嘴唇上，一言不发很快地做了个手势，叫他们上格里高尔的房间去看看。他们照着做了，双手插在不太体面的上衣的口袋里，围住格里高尔的尸体站着，这时房间里已经大亮了。

卧室的门打开了。萨姆沙先生穿着制服走出来，一只手搀着太太，另一只手搀着女儿。他们看上去有点像哭过似的，葛蕾特时时把她的脸偎在父亲的怀里。

“马上离开我的屋子！”萨姆沙先生说，一面指着门口，却没有放开两边的妇女。“您这是什么意思？”当中的房客说，往后退了一步，脸上挂着谄媚的笑容。另外那两个把手放在背后，不断地搓着，仿佛在愉快地期待着一场稳操胜券的恶狠狠的殴斗。“我的意思刚才已经说得很明白了。”萨姆沙先生答道，同时挽着两个妇女笔直地向房客走去。那个房客起先静静地坚守着自己的岗位，低头望着地板，好像他脑子里正在产生一种新的思想体系。“那么我们就一定要走。”他终于说道，同时抬起头来看看萨姆沙先生，仿佛他既然这么谦卑，对方也应对自己的决定做出新的考虑才是。但是萨姆沙先生仅仅睁大眼睛很快地点点头。这样一来，那个房客真的跨着大步走到门厅里去了，好几分钟以来，那两个朋友就一直在旁边听着，也不再摩拳擦掌，这时也赶紧跟着他走出去，仿佛害怕萨姆沙先生会赶在他们前面进入门厅，把他们和他们的领袖截断似的。在门厅里，他们三人从衣钩上拿起帽子，从伞架上拿起手杖，默不作声地鞠了个躬，就离开了这套房间。萨姆沙先生和两个女人因为不相信——但这种怀疑马上就证明是多余的——便跟着他们走到楼梯口，靠在栏杆上瞧着这三个人慢慢地然而确实地走下长长的楼梯，每一层楼梯一拐弯他们就消失了，但是过了一会儿又出现了；他们越走越远，萨姆沙一家人对他们的兴趣也越来越小，当一个头上顶着一盘东西、得意扬扬的肉铺小伙计在楼梯上碰到他们随着又走过他们身旁以后，萨姆沙先生和两个女人立刻离开楼梯口，回到自己的家，仿佛卸掉了一个负担似的。

他们决定这一天完全用来休息和闲逛。他们干活干得这么辛苦，本来就应该有些调剂，再说他们现在也完全有这样的需要。于是他们在桌子旁边坐了下来，写三封请假信，萨姆沙先生写给银行的管理处，萨姆沙太太给她的东家，葛蕾特给她公司的老板。他们正写到一半，老妈子走进来说她要走了，因为早上的活儿都干完了。起先他们只是点点头，并没有抬起眼睛，可是她老在旁边转来转去，于是他们不耐烦地瞅起她来了。“怎么啦?”萨姆沙先生说。老妈子站在门口笑个不住，仿佛有什么好消息要告诉他们，但是人家不寻根究底地问，她就一个字也不说。她帽子上那根笔直竖着的小小的鸵鸟毛，此刻居然轻浮地四面摇摆着，自从雇了她，萨姆沙先生看见这根羽毛就心烦。“那么，到底是怎么回事?”萨姆沙太太问了，只有她在老妈子的眼里还有几分威望。“哦，”老妈子说，简直乐不可支，都没法把话顺顺当当地说下去，“这么回事，你们不必操心怎么弄走隔壁房里的东西了。我已收拾好了。”萨姆沙太太和葛蕾特重新低下头去，仿佛是在专心地写信。萨姆沙先生看到她一心想一五一十地说个明白，就果断地举起一只手阻住了她。既然不让说，老妈子就想起自己也忙得紧呢，她满肚子不高兴地嚷道:“回头见，东家。”急急地转身就走，临走又把一扇扇的门弄得乒乒乓乓直响。

“今天晚上就告诉她以后不用来了。”萨姆沙先生说，可是妻子和女儿都没有理他，因为那个老妈子似乎重新驱走了她们刚刚获得的安宁。她们站起身来，走到窗户前，站在那儿，紧紧地抱在一起。萨姆沙先生坐在椅子里转过身来瞧着她们，静静地把她们观察了好一会儿。接着他嚷道:“来吧，喂，让过去的都过去吧，你们也想想我好不好。”两个女人马上答应了，她们赶紧走到他跟前，安慰他，而且很快就写完了信。

于是他们三个一起离开公寓，已有好几个月没有这样的情形了。他们乘电车出城到郊外去，车厢里充满温暖的阳光，只有他们这几个乘客。他们舒服地靠在椅背上谈起了将来的前途，仔细一研究，前途也并不太坏，因为他们过去从未真正谈过彼此的工作，现在一看，工作都蛮不错，而且还很有发展前途。目前最能改善他们情况的当然是搬一个家，他们想找一所小一些，便宜一些，地点更合适、也更易于收拾的公寓，要比目前格里高尔选的这所更加实用。正当他们这样聊着，萨姆沙先生和他太太在逐渐注意到女儿的心情越来越快活以后，老两口儿乎同时突然发现，虽然最近女儿经历了那么多的忧患，脸色苍白，但是她已经成长为一个身材丰满的美丽的少女了。他们变得沉默起来，而且不自觉地交换了个互相会意的目光，心里下定主意，该快给她找个好女婿了。仿佛要证实他们新的梦想和美好的打算似的，在旅途终结时，他们的女儿第一个跳起来，舒展了几下她那充满青春活力的身体。

李文俊　译

这篇小说完成于1912年12月，1915年首次发表在月刊《白色书页》10月号上。

在流放地

“这是一架不寻常的机器。”那军官对旅行家说，同时用赞赏的眼光瞧了瞧那架其实他早就非常熟悉的机器。旅行家似乎仅仅因为礼貌关系，才接受司令官的邀请，来参观一个不服从上级，侮辱上级，因而被判处死刑的士兵的处决。流放地当地的人对这次处决并没有表示什么兴趣。反正，在这个四周都是光秃秃悬崖的沙砾的小深山坳里，除了军官、旅行家、罪犯和一个兵士以外，就没有别人了。罪犯现出一副蠢相，张着大嘴，头发蓬松，脸上显出迷惘的神情。兵士手里拿着一根沉重的铁链，大链子控制了犯人的脚踝、手腕和脖子上的小链子，小链子之间又都有链条连接着。不论从哪方面看，这个罪犯都很像一条听话的狗，使人简直以为尽可以放他在周围山上乱跑，只要临刑前吹个口哨就召回来了。

旅行家对这架机器兴趣不大，在军官最后一遍检查的时候，他只是在犯人后面踱来踱去，几乎掩饰不住自己的冷淡。那军官一会儿钻到深深陷在地里的机器的底部，一会儿爬上梯子去看上面的部件。这本应是机械工人的事，可是军官却干得非常起劲，不知是他特别欣赏这架机器呢，还是别有原因，所以不能托给别人。“成了！”他终于喊道，并从梯子上爬了下来。他显得格外有气无力，呼吸时得张大嘴巴，还把两条精致的女用手绢塞在军服的领口里。“在赤道地区，这样的制服实在太厚了。”旅行家说，却没有像军官希望的那样，问问机器方面的事。“当然是的。”军官说，一面在预先倒好的一桶水里洗他那双油腻腻的手，“不过这对我们来说就是祖国，我们不愿意忘记祖国。现在请你看看这架机器。”他随即又说，同时在毛巾上擦干手，又指指机器。“这以前，还有几个动作需要人来操作，可是从现在起就完全是自动的了。”旅行家点点头，走在他的后面。军官为了怕发生什么偶然事件使自己下不了台，又加了几句：“当然，机器有时不免要出些毛病；我希望今天不致如此，不过我们也不能不估计到这种可能性。这架机器应该连续工作十二小时。不过要是真的出了事，也一定是小毛病，马上就可以修好的。”

“您不坐下吗？”最后他问道，一面从一大堆藤椅里抽出一张，端给旅行家——这是旅行家无法拒绝的。他现在坐在坑边上，目光向坑里怏怏地投了一眼。坑不太深。在坑的一边，挖出的土堆成了一堵墙，在另一边就耸立着那架机器。军官说：“我不知道司令官有没有对您解释过这架机器。”旅行家含混地挥了挥手。军官正好求之不得，因为这样他就可以亲自解释了。他拉住一个曲柄，把身子靠在上面，说道：“这架机器是我们前任司令官发明的。我从最初开始试验时就参与这事，一直到最后完成都有份。不过发明的荣誉还是应该归他一个人。您听说过我们的前任司令官吗？没有？那么，如果我说整个流放地的组织机构都是他一手缔造的，这并不算夸大其词。我们这些他的朋友甚至在他死以前就相信，流放地的机构已经十全十美，即使继任者脑子里有一千套新计划也会发现，至少在好多年里，他连一个小地方也无法改变。我们的预言果然完全应验了，新的司令官不得不承认这是事实。您没有见到过老司令官，这真可惜！——不过，”军官打断了自己的话，“我只管乱扯，却忘了眼前他的这架机器。您可以看到，它包括三个部分。随着岁月的流逝，每个部分都有了通用的小名。底下的部分叫作‘床’，最高的部分叫‘设计师’，在中间能上下移动的这个部分叫作‘耙子’。”“‘耙子’？”旅行家问。他听得不很用心，在这全无阴影的山谷里阳光那么强烈，叫人思想很难集中。他更加佩服那个军官了，军官虽然一本正经地穿着紧腰身的军服外套，满身都是一道道的绦带，外加沉甸甸的肩章，可还是那样热忱地往下说着，此外，还拿了一只扳子走来走去拧紧螺丝帽。至于小兵，他的情形和旅行家差不多。他把犯人的铁链绕在自己的两只手腕上，身子支着步枪，耷拉着头，对什么都不注意。旅行家并没有感到惊异，因为军官说的是法语，无论兵士还是犯人当然是一句法国话也不懂。但囚犯却仍然努力地谛听军官的解释，这倒是很有意思的。他一面发困，一面还是死死地盯着军官手指指向的地方，每逢旅行家提出问题打断军官的话，他也和军官一样向四处张望。

“是的，就叫‘耙子’，”军官说，“这是个很恰当的名称。它上面安着针，就跟耙齿似的，整个部分的作用也和耙子差不多，虽然它只局限在一个地方操作，也正因如此，设计起来就需要更高明的技巧。不过，您反正很快就会懂得的。犯人就躺在这儿的‘床’上——我想在发动机器以前先解释一下，这样您就能更好地了解它的工作程序了。而且，‘设计师’上有个钟齿轮快磨损了，机器一开动就吱吱嘎嘎地吵个不休，您说话时连自已都听不见。不幸的是，这儿很难配到零件——嗯，我刚才说过了，这是‘床’。它上面铺满了粗棉花，以后您会知道这有什么用。犯人就躺在粗棉花上，脸朝下，当然，衣服差不多都得脱光；这是绑住他双手的皮带，这是绑脚的，这是绑脖子的，这就可以把他紧紧地捆住。这儿，在床头上，有个毛毡的小口衔，我刚才说过，犯人先是脸朝下地躺在这儿，所以口衔正好塞到他嘴里。这是为了不让他叫，不让他咬舌头。犯人当然不得不把毛毡衔在口中，不然他的脖子就会给皮带勒断。”“这是粗棉花吗？”旅行家问道，身子向前弯了弯。“是的，当然是的，”军官微笑着说，“您自己摸摸看。”他握住旅行家的手向床伸去。“这是特制的粗棉花，所以看上去和普通的不一样，我马上就告诉您它有什么作用。”旅行家已经开始对这架机器有些感兴趣了，他一只手放在眼睛上挡住阳光，抬起头来仔细看着机器。这是个庞然大物。“床”和“设计师”大小相同，看上去像两只黑黢黢的箱子。“设计师”悬在“床”上两米高的地方；这两个部件四角绑在四根铜棍子上，棍子在太阳光下熠熠发亮。在这两个箱子之间，“耙子”就顺着一根钢条上下移动。

那军官方才几乎没有注意到旅行家的冷淡，现在却非常清楚地察觉对方开始出现的兴趣，所以他停住解释，让人家有时间静静地观察。那罪犯在模仿旅行家，他无法将手放在眼睛上，只得在阳光下抬头凝望。

“那么，人先躺下来。”旅行家说，往椅背上一靠，叉起了腿。

“对。”军官说，把帽子往后推了推，用手摸摸他那发烫的脸庞，“请您注意！‘床’和‘设计师’上都安了电池。安在‘床’上是因为它本身有需要，‘设计师’上的那个是为了‘耙子’。一等犯人被拴紧在皮带上，‘床’

就开始动。它立刻颤动起来，震动得非常快，左右上下都移动。您在医院里一定见过类似的机器，只是我们的‘床’的动作都是精确地计算好的，您明白吗？它们得和‘耙子’的动作完全一致。‘耙子’才是真正的处决工具。”

“对这个人是怎么判决的呢？”旅行家问。

“您连这个也不知道？”军官惊愕地问，咬了咬嘴唇。“请原谅，我的解释真是太零乱了。我真的要请您原谅。您明白吗？一向都是司令官亲自解释的，可是新的司令官逃避了这个责任。可是对您这样 位重要的参观者——”旅行家想用两只手来谢却这种光荣，然而军官还是坚持说——“这样一位重要的参观者，却连我们的判决是什么都没有说，这倒是一个新的发展，这真叫——”他正想用火气更大的话，可是又抑制住了，仅仅说：“人家没有把这一点通知我，这不是我的错。不过从各方面说，我当然是最适宜于给您解释审判过程的人，因为我这里有”——他拍了拍自己胸前的口袋——“我们前任司令官亲笔绘制的草图。”

“司令官自己绘制的图？”旅行家问，“那他不是一身什么都兼了吗？他难道既是军人，又是法官，又是工程师、化学师和制图师？”

“他的确是的。”军官说，同意地点点头，脸上泛出一种朦胧迷惘的神色。接着他细细察看自己的手，手好像不够干净，不能就这样接触图纸，所以他又到水桶那儿去重新洗过。接着他抽出一只小皮夹子，说：“我们判得并不算太重。不管犯人触犯的是什么戒律，我们就用‘耙子’把这条戒律写在他的身上。这个犯人，比方说吧，”——军官指了指那个人——“他的背上将要写上：尊敬上级！”

旅行家瞥了犯人一眼：军官指着他的时候，他垂着头站着，分明是在用心谛听别人的话；然而他那闭紧的厚嘟嘟的嘴唇在不住翕动，这就完全表明他一个字也听不懂。旅行家的头脑里涌出了许多疑问，可是看到犯人，他仅仅问："他知道自己的判决是什么吗？""不知道。"军官说，急于要往下解释，可是旅行家打断了他："他不知道对他所做的判决？""不知道。"军官重复道，他停住了片刻，仿佛是让旅行家再想想自己的问题，然后说："根本没有必要告诉他，他会从自己的身上得知的。"旅行家不想再问什么了，可是他发觉犯人的目光转向了他，仿佛在问他是否赞同这样荒唐的行为。本来他已经靠在椅背上了，这样一来，他又把身子往前探探，提出了另一个问题："不过他一定知道自己被判决了？""这他也不知道。"军官说道，朝旅行家笑笑，似乎在等待他再说一些不可思议的话。"不知道，"旅行家说，一面指指前额，"那么他也无从知道他的辩护是否有用了？""他根本没有机会提出辩护。"军官说，他把目光转向远方，免得旅行家听到对理所当然的事情的解释觉得不好意思。"可是他总得有机会给自己辩护吧。"旅行家说道，并且从椅子上站起身来。

军官明白他对机器的解说有长期被打断的危险，因此他走到旅行家前面，拉住他的手臂，另一只手向犯人指指。犯人感到自己分明成了注意的中心，就马上站得笔直——而小兵也把链条扯了扯——军官说："事情是这样的。我被任命为流放地的法官，虽然我还年轻，因为我是前任司令官在一切流放事务上的助手，对这架机器知道得也最多。我的指导原则是：对犯罪无须加以怀疑。别的法庭不能遵照这个原则，因为他们那里意见不一致，而且还有高级法庭的监督。这里就不同了，至少，在前任司令官的时代可以这样说。新上任的那位当然露出想干涉我的判决的意思，可是到目前为止我还是把他顶了回去，今后一定还顶得住。您要我解释一下这个案子吗？这非常简单，跟所有的案子一样。有个上尉今天早上向我报告，派给他做勤务兵睡在他门口的这个人值勤时睡着了。您知道吗？他的责任是每小时敲钟的时候起来向上尉的门口敬礼。这个工作不算重，但是很有必要，因为他既是哨兵又是勤务兵，两方面都必须机灵。昨天晚上那个上尉想考察这个人有没有偷懒。两点钟敲响的时候他推开房门，发现这个人蜷成一团睡着了。他拿起马鞭抽他的脸。这个人非但不起来求饶，反而抱住主子的腿，摇他，还嚷道：'把鞭子丢开，不然我要活活把你吃了。'这就是罪证。上尉一小时前来找我，我写下了他的报告，填上判决词，然后下令把这个人锁起来。这一切都很简单。要是我先把这个人叫来审问，事情就要乱得不可开交。他就会说谎，倘若我揭穿他的谎话，他就会撒更多的谎来圆谎，就这样没完没了。可现在呢，我抓住了他，不让他抵赖。您现在清楚了吧？不过我们是在浪费时间，应该开始执行了，可是机器我还没有解释完呢。"他把旅行家按回到椅子里，又走到机器前，说："您可以看到，'耙子'的形状是和人的身体相符的；这是对付躯体的'耙子'，这是对付腿的'耙子'，至于头部只有这个小小的长钉子。这清楚了吧？"他和颜悦色地向旅行家俯着身子，急于提供最详尽的说明。

旅行家想起"耙子"不由得眉头一皱。司法程序方面的解释并没有使他满意。他只好提醒自己说，这儿不过是流放地，采取非常措施是必要的，而且军纪也是必须坚决遵守的。他还觉得对于新司令官可以寄予一定的希望，他显然主张采用——虽然是逐步地——一种新的司法程序，而这是这个军官狭隘的思想所不能理解的。这一系列的思想又促使他提出另一个问题："司令官亲自参加处决吗？""不一定。"军官说，这个直愣愣的问题触到了他的痛处，他那和善的神色暗淡下去了。"正因如此我们必须抓紧时间。虽然我很不情愿，但我还是得把说明缩短些。不过当然，到明天，当机器收拾干净以后——容易脏是它的一个缺点——我可以补述所有的细节。现在我们只能拣重要的说——当犯人躺在'床'上，'床'开始震动的时候，'耙子'向他的身体降落下来，它是自动调节的，所以针尖刚刚能触到他的皮肤；一接触以后，钢带就立刻硬起来，成为一根坚硬的钢条。接着工作就开始了。一个外行的旁观者根本分不清各种刑罚之间的区别。'耙子'操作时看起来都是一样的。它颤动时，针尖刺破了随着'床'而震动的身体上的皮肤。为了便于观察处决的具体过程，'耙子'是用玻璃做的。把针安到玻璃上去在技术上是个问题，可是经过多次试验之后我们克服了这个困难。对我们来说，根本没有什么困难是克服不了的，您明白吗？现在，谁都可以透过玻璃观察身体上刺出来的字了。您愿意走近一些看看这些针吗？"

旅行家慢慢地站起来，走过去，俯身在"耙子"的上面。"您瞧，"军官说，"有两种排列成各种形式的针。每根长针旁边搭配了一根短针。长针管刺字，短针喷出一泡水来把血洗掉，使刺的字清清楚楚。接着，血和水就通过小沟流进大沟，最后又从排水管流到坑里去。"军官的手指一直沿着血和水的路线转了一遍。为了尽量逼真，他还把双手凑在排水管的出口上，仿佛在接流出来的东西，在他这样比画的时候，旅行家把头缩了回来，一只手在背后摸索，想坐回到椅子上去。使他恐惧的是，他看到犯人跟在他后面也接受军官的邀请，到近处去观看“耙子”了。那犯人攥着链子把昏昏欲睡的兵士拖向前来，自己俯身在玻璃上。可以看到，他那狐疑不定的眼睛想看明白那两个上等人瞧的是什么，可是因为听不懂解释，根本摸不着头脑。他东张张西望望，目光不住地在玻璃上溜来溜去。旅行家想把他赶走，因为他这种做法似乎是不被许可的。可是军官用一只手坚定地阻住他，另一只手从土堆上抄起一块土朝兵士身上扔去。兵士吓了一跳，睁开了眼睛，看到犯人竟如此大胆，就扔下步枪，脚跟使劲地抵住地面，把犯人往后拖，犯人一趔趄，立刻倒了下来。兵士接着站在那儿低下头来，瞧这个套着锁链的人怎样挣扎得发出吭啷吭啷的声音。“把他拉起来！”军官嚷道，因为他发现旅行家的注意力大大地分散到犯人身上去了。事实上旅行家不知不觉中竟把整个身子靠在“耙子”上，专心致志地在观察犯人的遭遇。“对他当心点！”军官又喊道。他绕过机器跑了过来，亲自抓住犯人的胳肢窝，由兵士帮着把他拖了起来，犯人的两只脚还不住地往下滑溜。“现在我全明白了。”旅行家在军官回到身边时说。“只除了最重要的部分，”军官答道，抓住旅行家的手臂朝上面指点着，“在‘设计师’里全是些控制‘耙子’的动作的齿轮，判决规定刺什么字，机关就怎么调节。我仍然沿用前任司令官所拟定的指导计划。就在这儿。”说着，他从皮夹里抽出几张纸来——“不过我很抱歉，不能让您拿在手里看，这些就是我最珍贵的财产了。请您坐下，我拿在您面前给您看，这样您就可以把什么都看个一清二楚。”他摊开了第一张纸。旅行家本想说几句夸奖的话，可是他看到的只不过是许许多多线乱七八糟地交叉在一起，像迷宫一样，纸上布得密密麻麻，简直看不到还有空白。“您看呀。”军官说。“我看不清。”旅行家说。

“不过这不是很清楚的吗？”军官说。“这很巧妙，”旅行家模棱两可地说，“可是我看不明白。”“对了，”军官笑着说，又重新拿走图纸，“这可不是给小学生临摹的习字本。得好好研究才行。我相信您最后也会弄明白的。当然，不是马马虎虎刺几个字就算了。我们不打算把人一下子就杀死，而是一般地说，在十二个小时之后，转折点预定在第六个小时上。因此，在真正的字的周围得雕上许许多多的花，字本身只不过在身体周围绕上窄窄的一圈，身体其他地方都用来刻装饰性的图案。您现在能够欣赏‘耙子’和整部机器的工作了吧？——您瞧瞧！”他奔上梯子，转动了一个轮子，向下面喊道：“注意，靠边上站！”接着一切都发动了。倘若不是轮子发出吱吱嘎嘎的声音，一切倒都很美妙。轮子的吵声似乎使军官吃惊，他对它挥了挥拳头，又向旅行家摊了摊手，表示抱歉，接着又迅速地爬下来，从底下注视机器的操作。有些只有他一个人看得见的部件依旧不大对头。他又爬上去，两只手在“设计师”里拨弄了一阵，然后不走梯子，却从杆子上滑下来，为的是快一些，他放开嗓子，对着旅行家的耳朵大嚷，以便压过一切嘈杂的声音：“你看明白了吗？‘耙子’开始写字了；等它在人的背上刻下草稿以后，那层粗棉花就转动，慢慢地把人的身体翻过来，好让‘耙子’有新的地方刻字。这时写上了字的那一部分鲜肉就裹在粗棉花里，粗棉花专门用来止血，使得‘耙子’可以把刺上的字再加深。接着身子继续旋转，‘耙子’边上的这些牙齿把粗棉花从伤口上撕下来，扔进坑里，让‘耙子’继续工作。就这样，整整十二个小时，字刻得越来越深。头六个小时里，犯人依旧生气勃勃的，只是觉得很痛苦。两个小时以后，毡口衔拿掉了，因为犯人再也叫不动了。而在这里，在床头用电烤热的盆子里，将倒下一些热腾腾的米粥，犯人如果想吃，可以用舌头爱舐多少就舐多少。从来没有人错过这个机会。我经验也算得上丰富了，可就不记得有一个错过的。只是大约在第六个小时上，犯人才失去了任何食欲。这时，我往往跪在这里观察事情的发展。犯人很少有把最后一口粥吞下去的，他只是让它在嘴里滚来滚去，然后吐在坑里。这时我就得闪开，不然他就会啐在我的脸上。可是一到第六个小时他就变得多么安静！连最愚蠢的人也感到茅塞顿开。这个过程是从眼睛开始，从那儿扩张出去的。在这个时刻连我都禁不住想投身到'耙子'底下去呢。这时没有别的情况，只是犯人开始理会身上所刺的字了，他噘起了嘴仿佛是在谛听。您也看到，就算用眼睛来辨认所刺的字也很困难，可是我们这儿的人是凭自己的伤口来辨认的。这当然是件难事，他花六个小时才做到这一点。到这时，'耙子'已经几乎把他刺穿了，他给扔到坑里，掉在血、水和粗棉花中。这时，判决算是执行完了，于是我们——那个小兵和我，就把他埋了。"

旅行家一直让自己的耳朵朝着军官，双手插在背心口袋里，观察机器的操作。犯人也在瞧，只是一点也不明白。他身子微微前俯，在专心地看活动着的针，这时军官向兵士做了个手势，兵士从背后一刀划破了犯人的衬衫和裤子，衣服掉了下来；他想抓住往下掉的衣服把自己赤裸裸的身子遮住，可是兵士把他举起来，抖落了他身上剩下的一丝丝破片。军官关上机器，犯人就在这突然的寂静中被放在了"耙子"底下。铁链子松开了，皮带却绑紧了。起先，犯人几乎还觉得松了一口气呢，可是紧接着"耙子"往下降了降，因为这个人瘦得很。针尖碰到他的时候，他皮肤上滑过一阵冷战。兵士忙着拴紧他的右手，他把左手也盲目地伸了出来，手正好指向旅行家所站的地方。军官不断斜过眼睛瞟瞟旅行家，好像要从他脸上看出他对这次处决有什么印象，至少，这件事是对他解释得非常草率的。

系手腕的皮带断了，也许是兵士把它抽得太紧了吧。军官只得亲自来过问，兵士把断了的皮带拿起来给他看。军官向他走过去，说话了，脸仍旧朝着旅行家："这是一架很复杂的机器，所以总免不了这儿那儿要出些毛病，不过这不应该影响对它的总的看法。不管怎么说，换根皮带是最容易不过的事，我干脆用链条吧，这样，右手上微弱的振动当然会受到一些影响。"在捆铁链时，他又说："维修机器的经费现在大大地削减了。在前任司令官的时代，我可以随意支配一笔特别为这架机器规定的费用。另外，还有一家商店专门出售种种修配的零件。我得承认我用这些零件时简直太浪费了，我指的是过去，而不是现在，新司令官正是这样血口喷人的，他随时都在找碴儿攻击我们传统的做法。如今他亲自掌管机器的费用了，倘若我派人去领根新皮带，他们竟要把断了的旧皮带拿去做证，而新皮带呢，要过十天才发下来，而且东西很次，根本不是什么好货色。可是机器没有皮带我又怎么能工作呢，这件事就没人管了。"

旅行家私自盘算道：明白地干涉别人的事总是凶多吉少。他既非流放地的官员，又不是统辖这个地方的国家的公民。要是他公开谴责这种死刑，甚至真的设法阻止，人家可以对他说：你是外国人，请少管闲事。那他只有目瞪口呆的份儿，除非赶紧打圆场，说自己对此亦甚为惊讶，因为他旅行的目的仅仅是考察，绝对无意干涉别人伸张正义的做法。可是如今他的内心却跃跃欲试。审判程序的不公正和处决的不人道是明摆着的。也没有人能说他在这件事里有什么个人的利害关系，他与犯人素昧平生，既非同胞，他甚至也根本不同情这人。旅行家持有最高总部的介绍信，在这里受到礼遇，人家请他来参观处决，这件事本身似乎就说明他的意见一定会受到欢迎。更何况他听得再清楚不过，司令官并不支持这种处分，而且对军官抱着几乎是敌对的态度。

这时，旅行家听到军官狂怒地大吼一声。他刚刚好不容易把毡口衔塞进犯人的嘴里，犯人却禁不住一阵恶心，闭上眼睛呕吐起来。军官急忙把他从口衔那儿拖开，想把他的头按在坑上，可是已经太迟了，呕出来的东西已经流满了机器。“全是司令官的错！”军官喊道，毫无意识地摇着面前的铜杆子，“机器给弄得像猪圈一样了。”他用颤抖的手把发生的事指给旅行家看。“我不是每回都一连几小时地向司令官解释，犯人在行刑之前必须饿一整天吗？可是我们的温和的新方针却不以此为然。司令官周围的太太小姐总要让犯人塞饱甜腻腻的糖果才放他走。他从小就是靠臭鱼长大的，现在倒要吃糖果！不过这也罢了，我可以不管这种闲事，可是他们为什么不发新的口衔呢，我已经申请了三个月了。犯人衔着百把个人临死前淌过口水啃啮过的口衔，又怎能不恶心呢？”

犯人垂倒了头，显得很平静；兵士正忙着用犯人的衬衫擦机器。军官向旅行家逼近，旅行家朦胧地感到不安，退后了一步，可是军官捉住他的手，把他拉到一边去。“我想和您推心置腹地谈几句话，”他说，“行吗？”“当然啦。”旅行家说，接着就垂下目光来恭听。

“您正在欣赏的审判和处决的方式在我们这儿已经没有人公开支持了。我是唯一的拥护者，同时，也是老司令官传统唯一的信徒。我也再不指望进一步推广这样的做法了，维持现状就已经耗尽了我所有的精力。老司令官生前，流放地到处都是他的信徒，他的信仰力量我还保持了几分，可是他的权力我手里一星星也没有，这就难怪那些信徒都悄悄地溜走了。他们人数倒还不少，可是谁也不敢承认。要是今天这个行刑的日子里您到茶馆去听他们聊天，您听到的也许尽是些闪烁其词的话，这就是那些信徒说的。可是在现任司令官和他的新方针的统治下，他们对我毫无用处。现在我请问：难道因为这个司令官和那些影响着他的女士们，这样一个杰作，一个毕生的杰作”——他指指机器——“就该消灭不成？难道应该听任这样的事发生吗？即使是一个只到我们岛上来几天的陌生人，难道也应该听之任之吗？可是时间已经紧迫了，人家对我当法官这件事快要发动攻击了：司令官的办公室里已经开过会，我是被排斥在外的；连您今天的来临在我看来也是一个意味深长的步骤；他们都是胆小鬼，把您这个陌生人当作挡箭牌。要是在以前，逢到行刑，那是什么气势！早一天，这儿就满坑满谷都挤满了人，都是来看热闹的；一清早，司令官就和女眷们来了；军乐队吹吹打打惊醒了整个兵营；我向上级报告一切都已准备就绪；集合起来的军官——高级军官没有一个敢缺席的——排列在机器周围，这堆藤椅就是那个时代的可怜的遗迹。那时候，机器擦得锃光锃亮，几乎每一次行刑，我在零件方面都得到新的补充。司令官就在千百个观众——他们一直站到那边的山冈上，全都踮起了脚——面前亲自把犯人带到‘耙子’底下。今天让一个小兵做的事当时是我的工作，是一个审判长的工作，可这在我还是一个光荣。接着行刑开始了！哪里有什么影响机器操作的噪声。有许多人根本不瞧，他们闭上眼睛躺在沙地上；他们都知道：现在正义得到了伸张。在一片阒寂中，人们听到的只有犯人给口衔塞得发闷的呻吟声。如今机器使人发出的呻吟也不够劲，一经口衔的抑止更是什么都听不见了。可是当年从刺字的针上会流出一种酸液，这在今天已经不许用了。嗯，第六个小时终于来到了！人人都希望在近处看，我们可没法答应既有的请求。司令官英明得很，他规定儿童可以享受特殊权利；我呢，当然，因为公务在身，有特权一直留在前面——我往往蹲在这儿，一只手抱着一个小娃娃。我们是多么心醉神迷地观察受刑的人脸上的变化呀，我们的脸颊又是如何地沐浴在终于出现但又马上消逝的正义的光辉之中啊！那是多么美好的时代啊，我的同志！”军官显然忘了他在跟谁说话，他抱住旅行家，把头压在他肩膀上。旅行家大为狼狈，不耐烦地越过军官的头向别处望去。兵士已经打扫完了，现在正把钵子里的粥倒入盆子。犯人这时好像完全恢复过来了，一看见倒粥就用舌头去舐。兵士不断把他推开，因为这粥显然要到以后才能吃，可是他自己却不按规定，一双脏手伸进了盆子，当着犯人贪婪的脸捧起粥吃了起来。

军官很快就镇定了下来。“我本来不想使您不愉快，”他说，“我知道如今人家听了也无法相信真有过那样的时代了。不过，至少机器还在运转，它本身还是有用的。虽然它孤零零地矗立在这个山沟里，它本身还是起作用的。最后，尸首还会以令人难以置信的轻飘飘的姿态掉进土坑，虽然不像以前，有千百个人苍蝇似的簇拥在四周。那会儿，我们不得不在土坑边上竖起一道坚固的栏杆，栏杆早就给推倒了。”

旅行家不想与军官面对面，他转过身去漫无目标地四处乱望。军官还以为他在观看山沟荒凉到何种田地呢，因此他握住旅行家的双手，使他转过脸来，盯住他的眼睛，问道：“您明白这是多么不像话了吧？”

可是旅行家什么也没有说。军官让他独自沉默了一会儿，自己叉开了腿，双手搁在屁股上，一动不动地站着，眼睛凝望着地上。然后他向旅行家鼓励地笑了笑，说道："昨天司令官邀请您的时候我离您很近，我听见他对您说的话。我知道司令官的为人，马上就看穿了他的动机。虽然他大权在握，完全可以采取措施来反对我，可是他还不敢，不过他一定是打算利用您的看法，一个声名显赫的外国人的看法来反对我。他都掂斤播两地算计过了：今天是您来到岛上的第二天，您根本不了解前任司令官和他的做法，您一向受到欧洲的思想方法的拘囿，也许您一般地在原则上反对死刑，对这种杀人机器更是不以为然，而且您又会看到公众对这种处决并不拥护，仪式是那么的简陋——处决的机器又是破败不堪——那么，看到这一切以后，（司令官想）您岂不是很可能不赞同我的做法吗？倘若您不赞同，您是不会隐瞒自己看法的（我仍然站在司令官的立场上说），因为您这个人是相信自己经过反复推敲而得出的结论的。是的，您见识过也知道尊重各个民族的种种奇风异俗，因此不会像在自己国内那样，用激烈的方式反对我们的做法。不过司令官也不需要这样。随随便便地甚至漫不经心地提上一句也就够了。其实，只要能让他冠冕堂皇地达到目的，您的话根本无须代表您真正的意思。他会用一些刁滑的问题来挑拨您，这我敢打包票。而他那些女眷就会坐在您四周，竖起耳朵听。于是您就会说：'在我们国家里，审判程序不是这样的'或'在我们国家里，对犯人做出判决以前总要先经过审问的'或'我们从中世纪以来就不用酷刑了'。这些话全都很对，在您看来都很自然，对我的做法没有表示您的意见，也没有一点点贬义。可是司令官的反应又是如何呢？我可以清清楚楚地看到，我们的好司令如何立即推开椅子，冲向阳台，我也可以看见那些女士怎样跟着簇拥在他后面，我还可以听见他的声音呢——女士们称之为雷霆的声音——嗯，他的话准是这样的：‘一位有名的西方旅行家，他是派出来考察世界各国刑事审判程序的，他刚才说我们执行法律的传统做法是不人道的。出诸这样一位人物的这样的意见使我再也无法支持过去的做法了。因此，我命令，从今天起……’等等，等等。您也许会提出异议，说您从来没有说过这样的话，您也没有说我的做法不人道。相反，您的丰富经验使您相信，这是最人道、最符合人类尊严的，而且您非常欣赏这架机器——可是已经太晚了，您连阳台都挤不进去，因为那儿都给女士们塞满了。您想引起人们的注意，您想大叫，可是一位女士的纤手会来掩住您的嘴——于是，我的以及老司令的心血就这样完蛋了。”

旅行家只好忍住了笑：如此说来，他原来设想中那样困难的竟这么轻而易举就能解决了。他支吾其词地说：“您把我的影响估计得过高了。司令官看过我的介绍信，他知道我不是什么刑事审判的专家。如果我要发表意见，这不过是我个人的看法而已，不会比任何普通人的重要，更谈不上压过司令官。而且，据我了解，司令官在这个流放地掌有至高无上的权力。如果他对您的做法真如您所想的这么不赞同，那么我怕即使没有我的微不足道的推动，您的传统也维持不了多久了。”

军官是不是终于明白了呢？不，他还没有领悟。他强调地摇摇头，急促地向犯人和兵士扫了一眼，他们都赶忙从粥盆旁闪开。军官走到旅行家跟前，不看他的脸，却把眼睛盯在他大衣上的某个地方，声音比以前更低地说：“您不了解司令官。您还是感到——请原谅这种说法——自己在我们所有人面前是局外人，不过，请原谅我，您的影响是怎样估计也不为高的。当我听说您一个人来参观行刑时，我真是高兴极了。司令官这样安排的目的是要给我一个打击，我却要把它变得对自己有利。要是有一大群人来参观行刑，那就不免会有许多窃窃私语和鄙夷的眼光——这会分散您的注意力，现在呢，您能专心听到我的解释，看到机器，这会儿又在观察处决。您无疑已经做出了自己的判断。如果您还有些小地方不够明确，一看行刑就都会解决的。现在我向您提出一个请求：帮助我反对司令官！”旅行家不让他说下去。“这我怎么做得到呢？”他嚷道，“这是根本不可能的。我既不能帮助您也无法阻止您。”

“不，您能的。”军官说。旅行家有些不安地看到军官把拳头握了起来。“不，您能的。”军官重复地说，更加坚决了。“我有个一定会成功的计划。您以为您的影响微不足道，我却知道这是举足轻重的。不过即使假定您是对的，那么为了保存这个传统，不也应该试一试您那也许真是微不足道的影响吗？那么，就请您听听我的计划吧。您得做的第一件事就是对您今天参观后的观感尽量保持沉默。您什么都不要说，除非人家直接问到您；即使说也应该又短又一般，让人家感到您不愿谈这个问题，您对这事很不耐烦，要是控制不住谈起来，一定很激烈。我并不是要您说谎，我绝无此意。您只需敷衍了事地答上两句，例如‘是的，我看过行刑了’或‘是的，人家对我解说过了’。这就行了，不用再多。您自然有理由流露出不耐烦的情绪，但和司令官不一样。当然，他会误解您的意思，把它解释得合乎自己的脾胃。这正是我的计划的关键。明天，司令官的办公室里将要举行一次高级军官的大会，由司令官主持。司令官这种人当然最喜欢把这样的会弄得很招摇。他授意盖了一个楼座，上面旁观者总挤得水泄不通。我虽然万分厌恶，但还是不得不参加这个会。嗯，不管情形怎样，您反正会接到邀请的——要是您今天照我的话做，人家一定会更迫切地请您出席。不过倘若因为什么神秘的原因，您没有接到邀请，您必须跟他们提一声，这样一来，您就准能参加了。到明天，您就会和女士们一起坐在司令官的包厢里。他不时抬起头来，看看你的确在那儿。在讨论了一些琐碎可笑的事情以后——这大抵是港口方面的事务，除了港口就没有别的！——这完全是摆摆样子，让听众感到我们的司法程序也仅仅是议程中的一项而已。如果司令官不提这件事，或是把它搁在后面，我就设法把它提出来。我要站起来报告今天的处决已经执行了。我话不会多，只不过是个声明。这样的声明是不寻常的，可是我还是要做。司令官会跟往常一样，温和地笑笑，向我表示感谢，接着他就无法抑制自己了，他要抓住这个大好时机。'刚才我们听到报告说，'他会说这样的或是类似的话，'执行了一次死刑。我只想补充一点，这次行刑是在一位客人的目击之下举行的。这是一位有名的旅行家，大家知道，他的访问给我们的流放地带来了光荣。他的出席也增加了我们今天会议的重要性。我们现在是否应该请这位大名鼎鼎的旅行家给我们谈谈，他对我们传统的行刑方式以及审判程序有什么看法呢？'这当然会引起一片喝彩，大家一致同意，其中最热烈的就是鄙人。接着司令官向您鞠了一个躬，说道：'那么让我以在座同仁的名义，向您提出请求。'于是您走到包厢的前面。您得把手放在大家都看得见的地方，不然女士们会捉住您的手，握紧您的手指的——这时您终于能够当众说出您的看法了。我不知道自己在等待这个时刻到来的紧张心情中是怎样度过的。您演说时，根本不用抑制自己的感情，把真理大声地宣扬出来好了。您从包厢里探出身子，把您的看法、您的不可动摇的信念向司令官叫嚷出来好了，是的，就是叫嚷。不过也许您不愿这样做，这不合您的脾气，在你们国家里也许人们不是这样干的，不过，这也不要紧，这也一样能博得效果。您连站都不用站起来，只要说很少几句话，甚至声音低得像耳语，只让您下面那些军官听得见，这就够了。您甚至不用提处决缺乏公众的支持、齿轮吱嘎作响、皮带断了、口衔污秽不堪，不用，这一切都由我来负责。哈，您相信我好了，如果我的控诉不把他赶出会场，也会迫使他跪下来承认道：老司令官啊，我对你甘拜下风了——这就是我的计划，您能帮助我实现吗？您当然是愿意的喽，不仅愿意，您简直是非帮助不可呀。”于是军官抓住旅行家的两只胳膊，重重地喷着气，盯紧了他的脸。他最后那句话嚷得那么响，连兵士和犯人都注意起来了。虽然他们一句话也听不懂，却中止了吃粥，一面咀嚼本来塞了一嘴的东西，一面瞧着旅行家。

一开始，旅行家就很清楚他该怎么回答——他一生中已有太多的经验，根本不需在这里犹豫不决了，他基本上是正直无畏的。然而现在，面对着小兵和犯人，他倒迟疑了足足有抽一口气的时间。最后，他终于按照必然的说法回答了：“不行。”军官眨了好几次眼，却没有把目光转开。“您愿意听我解释吗？”旅行家问。军官不吭一声地点点头。“我不赞成您的审判方式，”于是旅行家说道，“即使在您对我表示信任之前——当然任何情况之下我也绝对不会辜负您的信任——我就已经在考虑：干预是不是我的责任，我的干预有没有一丝成功的希望。我明白我该向谁去说：当然是向司令官。您使我把事情看得更清楚了，不过倒没有使我加强决心；相反，您真诚的信念倒使我有些感动，不过当然还是影响不了我的看法。”

军官沉默了片刻，他转向机器，抓住一根铜杆子，接着，他稍稍后仰，凝视着“设计师”，似乎要使自己相信一切都很正常。兵士和犯人似乎领悟了什么。犯人向兵士做了一个表示，虽然他被皮带紧紧地勒住，行动很困难；小兵向他弯下身去；犯人轻声说了几句话，兵士点了点头。

旅行家又走到军官跟前，说：“您还不知道我打算怎么办呢。我当然要把自己对审判方式的看法告诉司令官，不过不在公开的会议上，而是在私底下。我也不打算在这里久待和参加什么会议，我明天一清早就走，至少是要上船。”

军官仿佛并不在听。“那么您觉得这样的审判方式不能使人信服了。”他自言自语，又微微一笑，仿佛是老人在笑孩子气的无聊似的，笑完了他又径自继续沉思起来。

“那么说时候到了。”最后，他说，突然用明亮的眼睛瞧着旅行家，眼睛里一半是挑衅，一半是呼吁。“什么时候到了？”旅行家不安地问道，可是得不到回答。

“你自由了。”军官用当地的话对犯人说。那人起先还不相信。“是的，你被释放了。”军官说。犯人的面容第一次真正地活泼起来。这难道是真的吗？这会不会仅仅是军官忽发奇想，马上又会反悔呢？是不是外国人向他求情成功了呢？是怎么回事呢？他脸上表露出这种种疑问。不过这样的时间并不长。不管到底是怎么回事，只要做得到，他当然希望真的得到自由，他开始在“耙子”容许的范围内挣扎起来了。

“你要把我的皮带挣断了，”军官喊道，“安静地躺着！我们很快就会把皮带解松的。”于是他做了个手势叫兵士帮忙，就动手解起来。犯人不作一声暗自笑着，他一会儿把脸转到左边向着军官，一会儿又转向右面小兵那边，同时也没有忘记旅行家。

“把他拖出来。”军官命令道。因为有“耙子”，这得多加小心才行。

犯人沉不住气，背上已经擦破了几处。

从这时起，军官就几乎不注意犯人了。他走到旅行家跟前，重新掏出小皮包，把里面的那些纸翻来翻去，找到了他要的那张，展开来给旅行家看。“您念念看。”他说。“我没法念，”旅行家说，“我刚才就跟您说我看不清这些字。”“仔细看看怎么样。”军官说，他和旅行家挨得很近，这样他们就可以一块念了。可是这样还是不行，于是他就用小手指把字画出来，好让旅行家顺着念下去，他的手指凌空悬在纸上，仿佛怕把纸面玷污了。旅行家也真的努力地尝试了一番，想至少在这方面讨讨军官的喜欢，可是他还是没法念下去。于是军官一个字母一个字母地拼出来，接着把词儿念了出来。“‘要公正！’这儿这样写着，”他说，“您现在当然能往下念了。”旅行家向纸凑得那么近，军官怕他碰上，就把纸抽开一些；旅行家没吭声，不过显然他仍旧没法辨认。“‘要公正！’这儿是这么写的。”军官又说了一遍。“也许是吧！”旅行家说，“我可以相信您。”“那么，好吧。”军官说，至少在一定程度上满意了，于是他拿了纸爬上梯子。他非常小心地把纸放进“设计师”的内部，仿佛在调整所有齿轮的位置。这是一个很棘手的工作，而且一定牵动了非常小的齿轮，因为有一阵子军官的脑袋完全埋到“设计师”里面去了，这说明他需要非常精细地调整这架机器。

旅行家在下面目不转睛地望着他，连脖子都发僵了，眼睛也因天上炫目的太阳而酸疼不堪。兵士和犯人这时在一块儿忙着什么。那个人的衬衣和裤子本来都扔在坑里了，兵士用刺刀尖把它们挑了出来。衬衣脏得叫人作呕，犯人在水桶里把它洗了洗。等他把衬衣和裤子穿上，他和兵士都忍不住哈哈大笑起来，因为那件上衣当然已经从后面割开了。也许犯人觉得自己有义务要引兵士发笑，所以在小兵面前把自己那穿了破上衣的身子转了又转，兵士乐不可支，蹲在地上直打自己的膝盖。可是他们为了对上等人表示尊敬，很快就控制住自己的快乐。

军官终于结束了高处的工作，他带着微笑重新检查了机器的每一个小小的部件，“设计师”的盖子本来一直是敞着的，可是现在他却把它关上了，接着，他爬下梯子，先看看坑，然后又瞧瞧犯人，满意地注意到衣服已经给拿了出来，接着他到水桶跟前去洗手，可是等他看到桶里的水脏得叫人恶心，已经为时太晚，他因为无法洗手，感到很不愉快，最后只得把手插到沙土里去——这个权宜之计并不使他高兴，可是也别无他法了——然后，他站起身来开始解制服上衣的扣子。解到一半，他塞在领子里的两条女用手绢掉进了自己的手里。“两条手绢还给你。”他说，把它们扔给了犯人。然后又向旅行家解释道：“是女士送的。”

他先是扔下制服上衣，接着一件件扔下所有的衣服，尽管分明很急躁，但是每一件衣服拿在手里时都是恋恋不舍的，他甚至还用手指爱抚地摸摸外衣上的银绦带，把一个穗子抖抖整齐。这种爱抚的动作显得很突兀，因为他每脱下一件衣服就马上不情愿地急急地往坑里一扔。他身上最后一件东西是他的短剑和挂剑的皮带。他从鞘里抽出剑，折断了它，把碎片、剑鞘和皮带捧在一起，扔进了坑，他扔得那么猛，使坑里发出挺响的吭啷吭啷声。

现在，他一丝不挂地站着。旅行家咬住嘴唇，一声不吭。他非常清楚下一步将发生什么事，可是他毫无权力阻止军官。如果军官这么珍惜的司法方式真的快完了——也许这还是他干涉的结果呢，他感到自己对这件事不无关系——那么，军官这样做是对的；如果易地而处，旅行家也不会走别的路。

兵士和犯人起先不明白出了什么事，最初，他们甚至没有往这边看。犯人能把手绢拿回来，觉得很高兴，可是他也没能高兴多久，因为兵士突然出人意料地把手绢一把抢走了。现在犯人想从兵士的皮带底下把手绢抢回来，可是兵士看得很紧，因此他们两人就半开玩笑地扭打起来。直到军官脱光衣服站着，这才引起他们的注意。那犯人察觉到什么重大的变化快要发生了，他似乎特别吃惊。刚才发生在他身上的事马上要发生在军官身上了，也许还会进行到底呢。显然是外国旅行家下的命令。这真是报应。虽然他自己受刑没有受到头，可是他报仇却要报个彻底。他脸上漾出一股心满意足的无声的笑容，久久都没有消散。

军官终于往机器走去了。大家早就知道他对机器了解得一清二楚，可是现在看到他怎么操纵机器，机器又怎样服从指挥，仍然不免大吃一惊。他的手只需摸摸“耙子”，让它起落几次，就把高度调整得对自己正合适了；他仅仅碰了碰“床”的边缘，它就已经颤动起来了；口衔也抬高来迎合他的嘴，可以看得出军官对这口衔还是有些勉强，可是他只是躲闪了一小会儿，很快就屈服了，把口衔纳进了嘴里。一切都准备好了，只有皮带垂在两边，可是这显然没有用，军官是根本不用捆的。可是犯人注意到了松弛的皮带，在他看来不把皮带扣上，处决就不够完满，于是他急切地向兵士打了个招呼，他们一起奔过去把军官拴紧。军官已经伸出一只脚要去踢操纵杆，好发动“设计师”；他看见两人走来，就缩回脚让人家把他系紧。可是现在他够不着操纵杆了，兵士和犯人都不知道在哪儿，旅行家则是下定决心连一个手指都不动的。然而这也根本没有必要，皮带刚一拴紧，机器就动起来了：“床”颤动着，针在皮肤上面闪烁着，“耙子”在一起一落。旅行家凝目看了好一会儿才想起“设计师”里有个轮子本该发出吱嘎声的，可是一切都很安静，连一点点轻微的噪声也听不见。

正因为机器操作起来那么静，人们都几乎不去注意机器了。旅行家观察起兵士和犯人来。在这两人里，犯人精力更旺盛些，机器上的一切都引起他的兴趣，他一会儿弯下腰来，一会儿踮起了脚，他的食指一直伸出在前面，把种种细节指给兵士看。这使旅行家很烦恼。他本来是决心在这儿留到最后一刻的，可是看到这两个人的模样他受不住了。“回去吧。”他说。兵士倒很情愿，可是犯人把这个命令看成了惩罚。他合起双手央求让他留下来，看到旅行家摇摇头不肯让步，他甚至跪了下来。旅行家看到光是下命令已然无效，正想走过去把他们撵走。这时他听到头上“设计师”里发出一种声音。他抬起头来看看。莫非那个齿轮要出事不成？可是完全不是那么回事。“设计师”的盖子缓缓升起，接着又啪嗒一声地打了开来。一只齿轮的牙齿露了出来，逐渐升高，很快整个齿轮都看得见了；仿佛有一个巨大的力量在挤那“设计师”，所以齿轮也无处容身了。齿轮升高、升高，来到了“设计师”的边缘，掉了下来，在沙子上滚了一会儿，然后就躺平了。可是紧跟着又有第二个齿轮升了起来，后面又随着升起了许许多多大大小小的齿轮，在一刹那间，它们也都走上第一个齿轮的老路，大家随时都以为“设计师”准是出空了，可是另一套大大小小的齿轮又升起在眼前，它们跌落下来，在沙土上往前滚，最后又躺平下来。这现象使犯人把旅行家的命令完全抛诸脑后，齿轮把他迷住了，他一次次地想抓住齿轮，同时也叫兵士来帮忙，可是又一次次惊慌地把手缩回去，因为总有另一只齿轮跳跳蹦蹦地滚过来，吓跑了他——至少在刚开始滚的时候是这样。

在另一面，旅行家感到忧心忡忡：机器显然快要粉身碎骨了，它那静悄悄的操作只是一种假象。他总感到自己该帮帮军官的忙，因为军官再也管不了自己了。可是滚动着的齿轮吸引了他全部的注意力，他都忘了瞧瞧机器别的部分了。这时，最后一个齿轮既然总算离开了“设计师”，他就赶快弯身到“耙子”上去，却不料看到了一件新的、更糟心的没有料到的事。原来“耙子”并没有在写字，却只是在乱戳乱刺，“床”也没有把身体翻过来转过去，却只是颤巍巍地把身体送到针尖上去。

旅行家想，如果可能，他打算让整个机器停下来，因为现在已经不是军官所希望的那种精巧的受刑了，这根本就是谋杀。他伸出双手，可是这时“耙子”又把军官的身体升了起来，转向一边，这本来是第十二个小时上才应该发生的事。血流成了一百道小河，并没有混杂着水，喷水的水泵也失去了效用。如今，最后一个动作也不能完成了，身子没有从长长的针上落下来，它悬在土坑的上空，不断地流血，却不掉下来。“耙子”也想恢复原位，可是好像自己也注意到没能摆脱负担，所以还是停在土坑的上空。“来帮帮忙!”旅行家向那两个人喊道，他自己已经抓住了军官的脚。他想，他这边拉脚，那两个人在对面抱头，这就可以慢慢地把军官从针上卸下来。可是那两人下了决心不过来：犯人甚至把身子转了过去。旅行家不得不走上前去强迫他们站到军官头部那儿去。在这里，他几乎违背自己的意志看了看死者的脸。面容一如生前，也没有什么所谓罪恶得到赦免的痕迹。别人从机器中所得到的，军官可没有得到。他的嘴唇紧闭，眼睛大睁，神情与生前一模一样，他的脸色是镇定而自信的，一根大铁钉的尖端穿进了他的前额。

旅行家，后面跟着小兵和犯人，来到了流放地最早的建筑物的前面，兵士指着其中的一所房子，说道："这就是茶馆。"

这所房子的底层是个又深又低的洞窟似的房间，四壁和天花板都被烟熏得乌黑。它的整个门面全向大路敞开着。流放地的房屋都颓败不堪，连司令官的宫殿式的总部也不例外。这家茶馆虽然没什么不同，却给了旅行家这样一个印象，仿佛这是一个古迹，他感到了历史的力量。他向它走近，后面跟着两个伙伴，穿过了门前街上的空桌子，吸到了屋子里流出的凉爽阴冷的空气。"那老头儿就葬在这儿，"兵士说，"神父不肯让他躺到公墓里去。有一个时候，大家都想不出该葬在哪里，到后来，他们就把他埋在这儿。那个军官绝对不会告诉你的，因为这自然是他平生最丢脸的事。有好几回，他甚至想在晚上把老头儿挖出来呢，可是每一回都给人撵走了。""坟墓在哪儿？"旅行家问，他觉得很难相信兵士的话。可是兵士和犯人都立刻同时跑到他前面，伸出手朝坟墓所在地点指去。他们把旅行家一直带到里面的墙根，有些顾客在那儿的几张桌子旁坐着。他们看来都是码头工人，身强力壮，留着短短的又亮又黑的浓胡子。他们谁也没穿外衣，衬衫也是破破烂烂的，都是些贫贱穷苦的汉子。旅行家走近时，有几个人站了起来，贴紧墙壁，瞪着眼瞧他。“是个外国人，”这句话轻轻地在他周围传来传去，“他想看看坟墓。”他们把一张桌子推向一边，桌子底下真的有一块墓碑。这是块很简陋的碑石，很低，所以完全可以藏在桌子底下。碑上有些很小的铭文，旅行家得跪下来才能看清。上面写的是：“老司令官长眠于此。他的信徒迫于时势只得匿名建坟立碑。有预言云：若干年后，司令官必将复活，率领信徒由此出发，收复流放地。要保持信心，等待时机！”旅行家读完就站起身来，他看见周围所有站在一旁的人都在微笑，仿佛也都念过了铭文，觉得非常可笑，正期待着他也抱有同感。旅行家不睬这件事，只是散发了一些小钱给他们，等桌子推好，重新盖住了坟，他也就离开茶馆向港口走去。

兵士和犯人在茶馆里碰上些熟人，被留了下来。可是他们准是很快就摆脱了，因为旅行家才走到通向小船的长石级的半路，他们就在后面追来了。他们大概想在最后一分钟逼他把他们带走。当他在水边和一个摆渡的争论送他上轮船得多少钱时，这两个人直从石级上冲下来，一声不吭，因为他们不敢声张。可是等他们来到水边，旅行家已经上了小船，船夫也刚刚把船从岸边撑了开去。他们本来可以跳到船上来的，可是旅行家从船板上拿起一根打了个大结的绳子，威胁他们，这才阻住了他们。

李文俊　译

这篇小说写于1914年10月，1919年5月莱比锡库尔特·沃尔夫出版社首次发行。

乡村教师（巨鼹）

那些像我这样见了一只普普通通的小鼹鼠都感到讨厌的人，倘若见到那只大鼹鼠，一定会厌恶致死的。几年前曾有人在一个小村子的附近见到过那只大鼹鼠，而那个小村子也就此一度出了名。现在那个村子当然早已又为人们所遗忘，和那整个现象一样湮没无闻了。那个现象根本就没有弄清楚，而人们也没有怎么费劲去搞清楚它。当初那些本应过问这件事的人却令人不解地疏忽了它，没有人比较透彻地研究过它，因此它也就被人们忘却了。可是，那些人对无足轻重得多的事情倒是非常操心的。那个村子离铁路线很远，但这无论如何也不能成为他们可以疏忽的理由。许多人出于好奇心远道而来，甚至从外国来到这里，而那些不只应该有好奇心的人反倒不来。是啊，要不是个别的普通老百姓，即那些忙于日常工作而没有喘息机会的人，要不是那些人无私地关心这件事情的话，有关那个现象的传闻很可能就不会传播开来。必须承认，大凡传闻，平常几乎是不胫而走的，这一次简直是凝滞不动了，若不是人们使劲推动了一下，它是不会传播开来的。但是这肯定也不是不去探索这件事情的理由，相反，恰恰是这个现象不也需要加以研究吗？可是人们不去研究它，却让那位上了年纪的乡村教师写了仅有的那么一篇论述那件事情的文章，那位乡村教师固然是个很称职的人，但毕竟学识有限，根基浅薄，无法对那个现象做出彻底而又适当的描述，更不用说提供说明了。那篇小文章印了出来，大批出售给了当初来参观那个村子的人，并且获得了某些好评。但是那位教员心中有数，他知道自己在没有得到任何人支持的情况下所做出的一星半点的努力终究是毫无价值的。如果说他仍然不放松努力，并把这件按其性质看一年比一年更难有结果的工作当作他毕生的事业的话，那么，这一方面证明了那个现象产生的影响有多么巨大，另一方面也证明了一个不起眼的乡村老教师是多么有毅力、多么忠实于他的信念。但是他却曾遭到过权威人士的非难。他给自己的那篇文章所做的一个小小的增补便是这方面的一个证明。当然，那个增补是几年以后才做的，那时候几乎谁也记不得文中涉及的事情的始末根由了。在那个增补里，乡村教师也许不是用巧妙的言辞，而是用诚实的态度，令人信服地控诉了他在那些最不应该不明事理的人身上所见到的那种懵懂无知。他一语中的地数落那些人道：“不是我，而是他们说话像乡村老教师。”他曾专程登门拜访过一位学者，在增补中他援引了那位学者的话。他没有写明那位学者的姓名，但有种种蛛丝马迹，让别人能猜得着那位学者是谁。几个星期前教师就提出要拜会那位学者，并克服了很大的困难，总算可以同那位学者见面了。可是刚一见面他就发现，在他这件事情上，学者囿于一种无法克服的成见。乡村教师按照文章的内容提出要作长篇报告，可是，那位学者听的时候却是那么心不在焉。这表现在他假装思索片刻后所说的那番话里：“您那个地方，泥土黑油油的特别肥。嗯，所以那泥土也就给鼹鼠提供了特别丰富的养料，于是鼹鼠就长得出奇的大。”“但总不至于有这么大呀！”教师大声说道，一边用手在墙上比画了两米长，他出于愤慨未免有点儿夸张。“哦，有这么大呀！”学者答道，显然他觉得这件事整个儿都非常滑稽。教师带回家去的就是这样一个答复。

他讲到，晚上他的妻子以及六个孩子怎样冒着雪在公路上等候他，他怎样不得不向他们承认，他的希望已经彻底成了泡影。

我读到有关学者对教师的态度的消息时，还根本没有读过教师的那篇主要文章。但是我马上决定自己动手去收集、整理我能查明的有关那件事情的全部资料。我不能拿拳头去威吓那个学者，我至少可以用我的文章为教师辩护吧，说得更确切些，我将不过分强调教师是一个正直的人，但要突出教师是个无权无势的人，怀着善良的意愿。我承认，后来我为这个决定而后悔了，因为随后不久我便感觉到，实施这个决定必然会使我陷入一种特殊的境地。一方面，我的影响力也不大，远不足以促使学者改变看法，甚或扭转公众舆论，使之有利于教师。而另一方面，教师准保会看出，我关心的不是他的那个主要的意图，即证实那只大鼹鼠确曾出现过，我关心的是为他的正直的品性辩护，而他却又觉得，他为人正直，这是不言而喻的，不需要任何辩护。到头来，我这个本想声援教师的人便会为他所不解，很可能非但帮不了他的忙，自己反倒需要一个新的帮助者，而这样的帮助者多半是不会有的。此外，我下的这个决心，是自告奋勇写一篇有分量的文章。我要让人心服口服，那我就不能援引教师的文章，因为教师本人都未能让人信服嘛。他那篇文章只会使我受到迷惑，所以在我自己的文章未完成以前我避免去读它。甚至，我连一次招呼都没跟教师打过。不过，通过中间人他对我所从事的研究也有所耳闻，可是他不知道，我是在顺着他的思路干还是在和他对着干。是啊，他甚至多半还以为是后者呢，尽管后来他矢口否认，我却有证据，证明他曾给我设置过种种障碍。他设置起障碍来很容易，因为我是被迫去重复他已经进行过的研究，因此他总是可以先我一招。不过，这却是对我的研究方法所能做出的唯一公正的指责了，而且是一种不可避免的指责。但是由于我立论严谨，敢于自我否认，那种指责也就显得非常软弱无力了。除此以外，我的文章却没有受到过教师的任何影响，在这一点上我也许甚至过于吹毛求疵，简直就好像迄今为止还没有人研究过这件事情似的，似乎我是第一个听目击者做证的人，是第一个整理那些材料的人，是第一个从中得出结论的人。后来我在读教师的那篇文章时——那文章的标题很冗长:《一只鼹鼠，其身体之大，前所未见》——我果真发现，在一些关键问题上我们的意见并不一致，尽管我们两人都自以为已经证明了那件主要的事情，即证明了那只鼹鼠的存在。不管怎么说，因为那些意见分歧，我未能建立起我曾竭力希望建立的那种同教师的友好关系。从他那方面几乎产生了某种敌意。他虽然始终对我谦逊而恭顺，但是人们却可以越发明显地觉察出他的真实的心情。因为他认为，我已经完全损害了他和那件事情的利益，我自以为帮了他的忙或者可能帮了他的忙，这说得好听点是天真，其实多半还是自负或诡计呢。尤其是，他不时地指出，迄今为止他所有的反对者不是根本不表示反对，就是仅仅在私下或者至少也只是在口头上表示反对，而我竟认为有必要将我全部的反对意见立刻付印。此外，那些尽管只是粗略地，但却是真正研究过那件事情的为数不多的反对者倒是起码要先听听他的，也就是教师的意见，即在这个问题上的权威意见，然后才发表自己的看法，而我却从毫无系统地收集起来的、部分是以讹传讹的资料里引出了结论，这些结论即便基本上是正确的，但必然既不能令民众信服，也不能令有教养的人信服。可是，在这方面，只要有那么一点不能令人信服的地方，就会带来最严重的后果。

虽然他的这种指责遮遮掩掩，但我很容易就能对此做出答复——譬如我可以说，他的那篇文章才是不可靠到了顶点——但要消除他在其他方面提出的怀疑，这就不容易了，这也就是我一般对他采取克制态度的原因。这就是说，他在心底里认为，我是想毁坏他的名誉，使他当不成第一个公开宣布存在大鼹鼠的人。现在就他个人来说根本没有什么荣誉可言，人家只觉得他可笑罢了，而且觉得这种可笑的人也越来越少了，我当然是不想去争当那种可笑的人的。可是另外我曾在我那篇文章的序言里明确宣称过，任何时候教师都应该被认为是那只鼹鼠的发现者——其实他才不是那个发现鼹鼠的人呢——我还声明，只是那种对教师命运的同情心理才促使我撰写了那篇文章。“这篇文章的目的是”——我就是这样过于激昂慷慨地结束我的文章的，但这符合我当时的激动心情——“设法使教师的文章得到应有的传播。这个目的一经达到，我的名字便应该立刻从这件事情中抹掉，因为我只是短暂地，而且仅仅表面地被卷入到这件事情中去的。”所以说，我是直截了当地拒绝更多地参与此事的，仿佛我有什么本事，预先料到了教师的那个令人难以置信的责难似的。尽管如此，他却恰巧在这段文字里找到了非难我的把柄，我不否认，在他所说的话里，说得更确切一点，在他所做的暗示里，似乎有那么一点根据，这是我好几次都已经注意到了的。我也不否认，在有些方面他对我比在他的文章里表现出更为敏锐的洞察力。他声称，我的序言是口是心非。如果我果真旨在传播他的文章，那我为什么不一心一意去研究他和他的文章？为什么我不指出那篇文章的长处，即它的雄辩的说服力？为什么我不局限于强调指出这个发现的意义并加以阐述？为什么我完全置那篇文章于不顾，硬是自己要去发现什么新东西？不是都已经发现过了吗？难道在这方面还有什么需要发现的吗？可是如果我果真以为必须再做一次发现，那么为什么我在序言里那么郑重其事地宣布我不曾做过什么发现呢？本来把这说成是假谦虚也就可以了，可是不行，这件事性质更为恶劣。他说我贬低这一发现——我注意它，目的只是为了贬低它，我研究过它以后便将它搁在一边了。围绕这件事的纷争也许已经稍稍平静一点了，如今我又在兴风作浪，但同时使教师的处境变得比任何时候都更加困难。为他正直的品性辩护，这对教师有什么意义呢！他关心的是那件事情，仅仅是那件事情而已。可是那件事情却让我给出卖了，因为我不理解它，因为我对它估计得不对，因为我不懂得它。它远远超出我的理解力。他坐在我面前望着我，那张年老有皱纹的脸上现出安详的神色，然而只有上述那些意见才是他的真实想法。不过，说他只关心那件事情，这不对，他甚至相当贪图虚荣而且也想捞钱。考虑到他家里人口众多，这也是很可以理解的。尽管如此，他觉得我对那件事情相对来说兴趣极其微小，因此他相信，他不用说什么过分离奇的假话便可以把自己说成是毫无私心的人。果不其然，我在心里对自己说，这个人的这些指责根本上只能归因于他在某种程度上是用双手紧紧抱住他那只鼹鼠，将每一个只是伸着手指头想挨近他的人都说成是叛徒。我这么想的时候，内心一点自我满足的感觉也没有。不是那么回事，他的态度不是用悭吝，至少不是单单用悭吝所能解释得了的，倒不如说那是一种愤慨，是他所做出的巨大努力以及那些努力的毫无成效在他心中激起的那种愤慨。但是也不能一切都用愤慨来解释。也许我对这件事情的兴趣确实太小了。一般人不感兴趣，对此教员已经习以为常，一般来说他对此是感到难过的，但已不再事事都往心里去了。但这里却终于出现了一个用不寻常的方式关心这件事情的人，而居然连这个人也不了解那件事。这一点我根本就不想否认，我这是赶鸭子上架的。我不是动物学家，如果是我自己发现了那只鼹鼠，那么也许我会从内心深处感到振奋，可是那只鼹鼠不是我发现的。一只那么大的鼹鼠肯定是件稀罕事，不过人们也不能要求全世界的人老是把注意力集中在它上面，更何况鼹鼠的存在未曾用确凿的证据加以证实过，人们无法把那只鼹鼠拿出来给人看。我也承认，即使我是那个发现鼹鼠的人，我也绝不会像我这样心甘情愿为教师效劳似的去为那只鼹鼠奔走呼喊的。

假如我的文章取得成功，那么我和教师之间的不一致可能很快就消除了。但是文章偏偏又没有获得成功。也许文章写得不够好，说服力不够，我是个商人，撰写这样一篇文章，我力不从心，比教师写一篇文章还感到吃力，尽管就掌握这个领域全部必要的知识而言我远比教师强。对于文章的不成功也还可以另做解释，也许文章发表的时机不利。发现那只鼹鼠这件事，当时都未能引起广泛的重视，如今这件事一方面时间还不算离得太远，人们还不至于完全忘记，所以也不会对我的文章感到十分惊异，可是另一方面，时间却又隔得够久的了，原先曾有过的那种淡漠的兴趣已经全然消失了。那些压根儿就对我的文章感到担心的人，怀着几年前就曾支配过这场讨论的那种绝望心情，心想现在大概又该开始为这件枯燥乏味的事情枉费唇舌了，而有些人甚至把我的文章误看成是教师的文章。在一份有分量的农业杂志上登了如下一段话，幸而这一段话登在杂志的末尾并且是用小号字刊印的："又给我们寄来了关于那只大鼹鼠的那篇文章。我们记得，几年前我们就曾对它捧腹大笑过。自那以后，文章的作者没有变聪明，我们也没有变愚蠢。不过，要我们第二回笑，我们可是笑不出来了。我们倒是要问一问我们的教师联合会，一个乡村教师除了追求大鼹鼠以外，是否就没有更有益的事可做的了。"一场不可原谅的误会！人们既没有读过那第一篇，也没有读过这第二篇文章，那些先生只是匆忙间偶然看到大鼹鼠和乡村教师这两个可怜巴巴的词儿，便站出来俨然以公众利益代表的身份讲话了。按理说，有许多事情本来是完全可以办好的，但是由于和教师互相缺乏了解，我竟没有办成。我反而试图尽量对他隐瞒那份杂志的事。但是那件事他很快就发现了，他给我寄来了一封信，表示愿意在圣诞节期间来看望我。我从那封信的一段话里就看出了苗头。信中他写道："世界上的人品质恶劣，而有人却在推波助澜。"他的意思是说，我属于这个品质恶劣的世界，但是我不安于我身上固有的恶劣品质，竟还去给这个世界推波助澜，这就是说，从事活动，把那种普遍的恶劣品质诱发出来，使其得逞于一时。好吧，既然已经做出了必要的决定，现在我就可以心平气和地等待，心平气和地看着他怎样到来，看他怎样比平素更不讲礼貌、默不作声地坐在我的对面，小心翼翼地从他那件古里古怪的棉袄的胸袋里掏出那份杂志，并把它翻开，推到我面前。"我读过了。"我说，一边将那份杂志原封未动地推了回去。"您读过了！"他叹口气说道，他有教师的重复别人答话的这个老习惯。“我当然不会甘愿忍受这种事情的。”他继续说道，激愤地用指头敲敲那份杂志，一边直愣愣地望着我，仿佛我持着相反的意见似的。我想说什么话，对此他大概有所预感。我以为，没有他这话，从其他的迹象上我也一样会看出，他对我的意图常常有一种非常正确的感觉，但不对它让步、不受它迷惑。当时我对他说的话，现在我几乎可以逐字逐句复述出来，因为谈话完毕后我曾马上把谈话内容记了下来。“您请便吧，”我说，“从今天起我们分道扬镳。我相信，对此您既不会感到意外，也不会感到不合时宜。眼前这份杂志上的这段评论不是我做出这个决定的原因，它只不过是最终坚定了我的这个决心罢了。真正的原因在于，我本来以为我出面会对您有利，可是现在我认识到我在各方面都使您受到了损失。为什么会变成这样，这我不知道，对于成功和失败的原因总是可以做多种解释的，不要只寻找那些于我不利的解释。想想您自己吧，把这件事情通盘地细细观察一下，您也是怀着一片好心，却遭到了失败。这话我不是说着玩的，我说可惜您与我的联系也可算作是您的一个失败，我这话是针对我自己说的。我现在退出这件事，这既不是怯懦，也不是背叛，甚至可以说，这样做不是没有内心斗争的。我非常尊敬您的人格，这从我的文章中就可以看出，在某些方面您已经成了我的教师，我都快要喜欢上那只鼹鼠了。尽管如此，我还是往旁边靠靠，您是发现者，不管您怎么做，我都是在妨碍您获得可能获得的荣誉，我在吸引失败并将失败转嫁到您的身上。至少您是这样认为的吧？够啦。我可以接受的唯一处罚，就是我请求您原谅，我在这里向您做的这一番自白，我也可以在公开的场合，譬如说在这份杂志上再做一遍，如果您要求这样做的话。”

这就是我当时所说的话，这些话并不完全诚恳，但是别人却不难从中听出诚恳的心意来。我的这个声明对他所产生的影响与我所预料的大致相同。大凡老年长者对小辈来说性格上都有某种迷惑性、欺骗性：别人在他们身边过着平静的生活，以为彼此的关系毫无问题，别人也了解那些盛行的意见，并且一再得到证实，这种平和的关系是可靠的，认为这一切都是不言而喻的；可是，如果突然间发生了某种决定性的事件而那长期存在的平静应该发挥作用的时候，那些年老长者却像陌生人一样挺身而出，他们持有更加深邃、更加强烈的意见，现在才算正式亮出了他们的旗帜，于是人们怀着惊恐在那旗帜上读到了新的至理名言。这种惊恐主要由于老人现在所说的话确实合理得多，意义更加深远，更加合乎情理，仿佛其不言而喻的程度会增长似的。在这件事情上的极大的欺骗性恰恰在于，从根本上来看，他们现在所说的话正是他们以前一向所说的，而且一般人事先还就是料想不到会是这样。我十之八九已经把他的性情脾气摸透了，所以他现在说的话并不完全出乎我的意料之外。“孩子，”他说，一边将他的手放在我的手上友好地搓着，“您怎么会想到要去参与这件事情的呢？——我头一次听说这件事，马上就和我的妻子谈了。”他挪动椅子，坐得离开桌子一点，张开双臂，眼睛望着地上，就好像他的妻子身材十分矮小，在那儿下面站着，他则正在和她说话。“这么多年了，我对她说道：‘我们都是孤军作战，可是现在城里似乎有一个有地位的赞助者在为我们辩护，城里的一个名叫某某的商人。现在我们该感到非常高兴了吧，嗯？城里的一个商人非同一般。如果是一个卑微的农民相信我们，说出他的看法，这对我们不会有什么用处的，因为农民干的事总是不正派、不体面的，农民说乡村老教师说得对也罢，农民不合体统地啐一口也罢，二者所产生的效果是相同的。如果不是一个而是一万个农民站出来说话，那么，效果可能更坏。城里的一个商人则不然，这样的一个人有着广泛的社会联系，即使只不过是他随便说说的话，也会广为流传，新的赞助者便会来关心这件事，譬如有一个人会说：我们也可以向乡村教师学习学习，第二天就会有一大批人窃窃私语了，看那些人的外表，决计料想不到他们会这样的。现在有了资助这件事的资金了，一个人筹款，别人把钱交到他手里，人们认为，必须把乡村教师从村里请出来。他们来了，并不计较我的相貌，把我接走，由于妻子和孩子们舍不得我，人家便把他们也一同接走了。你观察过城里人吗？不停地叽叽喳喳。如果他们在一起排成一行，这叽叽喳喳声便从右到左，从左到右，此起彼伏，不绝于耳。就这样，他们叽叽喳喳地将我们抬上了马车，他们简直连向我们大家点点头打个招呼的时间都没有。坐在车大座上的那位先生扶了扶夹鼻眼镜，挥动马鞭，我们便乘车走了。大家向那村子挥手告别，那样子就好像我们还在那儿，就好像我们不是坐在他们中间似的。从城里有几辆马车向我们迎面驶来，车上的人心情特别焦急。当我们相互靠近的时候，他们从座位上站起来，伸长脖子，想看我们。那个筹款的人总管一切，提醒大家保持冷静。我们进城的时候，已是一支浩浩荡荡的车队了。我们曾以为欢迎仪式已经过去，却不料到了旅馆前面欢迎仪式才刚刚开始。在城里，一人振臂高呼，响应者顿时云集。一人有了忧愁，众人立刻前来相帮。他们互相商量，互相取长补短。并非所有这些人都能乘马车，他们等候在旅馆前面，另外有些人虽然本来是可以乘马车的，但是他们自觉不乘。这些人也在等候。真是不可思议，那个筹款的人多么有魄力。'”

我平心静气地听他说话，是的，在听他说话的时候，我内心变得越来越平静。我把所有我尚还拥有的我那篇文章的文本堆在桌上，只缺了很少几本，因为最近我发出了一封信，要求收回所有寄出去的文本，大多数文本我都收到了。顺便提及，许多方面的人士彬彬有礼地给我来信说，他们完全不记得曾收到过这样一篇文章，万一果真曾寄来过，那么很遗憾，他们准是把它给弄丢了。这样倒也好，归根到底，我图的也不是别的嘛。只有一个人请求我允许他把那篇文章当作绝世珍品留在自己身边，保证遵照我信中的意愿，在今后二十年内不给任何人看。那封信乡村教师根本还没有见过。我感到高兴，有他这一席话，我便可以无所顾虑地把信给他看了。不过，即使没有他这一席话，我也大可不必为此担忧，因为我在信中措辞十分谨慎，丝毫没有忽视乡村教师以及那件事情的利益。信中几句关键的话是这样写的：“我请求收回那篇文章，并不是因为我放弃我在该文中陈述的意见或者也许认为其中有些看法错误或者哪怕只是认为那些看法无法加以证明。我的请求有着仅仅是个人的，然而却是无可辩驳的理由，可是我的这个请求决不能说明我对这件事情的态度。我特请注意这一点，方便的话，也请将此意代为传播。”

我眼下还用双手捂住了那封信，说道：“因为没有出现这样的结果，您就要责怪我吗？您为什么要这样干呢？我们不要互相怀着怨恨分手。要看到，您虽然做了一个发现，但是这个发现并不是盖世无双的，因此您所遭的不公正的对待也并不是无可比拟的。我不了解学术界的章程，但是我相信，即便在最顺利的情况下，您也不会受到哪怕只是稍稍近似于您向您那位可怜的妻子所描述的那种接待。如果说我期望这篇文章会有什么效果的话，那么我是以为，也许有一个教授会注意我们，他会委托某一个年轻大学生去调查那件事；这位大学生会去找您并用他自己的方法复查一遍您和我所做的调查结果，末了他会，如果他觉得复查结果值得一提的话——这里应该指出，所有的年轻大学生都疑心很重——那么他就会自己写出一篇文章，对您所写过的内容进行科学论述。然而，即便实现了这个希望，也还是没有取得多大成绩。大学生的那篇文章，为这样一件奇特的事件做了辩护，也许因此就会遭到大家的嘲笑。您从这份农业杂志的这个例子上可以看出，这种事很容易发生，而且科学杂志在这方面更显得无情。这也可以理解，教授对自己、对科学、对后世肩负着重大责任，他们不能对每个新发现都欣喜若狂。我们这种人在这方面比他们优越。可是我现在不谈这些，我愿意设想，大学生的文章取得成功了。那又会发生什么事呢？人们也许会怀着尊敬几次提及您的名字，这多半也会有利于提高您的地位，人们会说：'我们的乡村教师有眼力。'这份杂志，如果有记忆力和良心的话，就得向您公开道歉，也就会有一个好心的教授设法给您弄到一份奖学金，人们也确实可能会试图调您进城，给您在一所市立国民小学安排一个工作，以便给您提供利用市里拥有的科学资料来进修的机会。但是如果要我直言不讳的话，那么我必须说明，我以为，人们仅仅是试试看而已。人们把您召唤到这里来，您也来了，以一个普通申请者的身份，这样的申请者多着呢，不会有什么隆重的接待。人们和您交谈，赞赏您的真诚的努力，可是同时却也看到，您是一个上了年纪的人了，在您这个年龄开始搞科学研究，是毫无希望的。人们看出，您与其说是按计划还不如说是偶然做出了您的那个发现，您根本无意于超出这个个别事件的范围以外去做什么进一步的研究。那么，出于这些原因，人们也许会让您留在村里。您的发现当然会有人去继续加以研究的。因为您那个发现并不是那样微不足道，一经受到重视便不会轻易被人忘掉。但是您再也不会听到多少有关那个发现的情况了，您听到的，您几乎都理解不了。每一个新发现将立刻被纳入科学宝库的总体之中，因此在某种程度上也就不再是一种发现了，它便整个地升华了，消失了，人们得有一种经过科学训练的眼力才能将其辨认。有人会将一个新发现同一些我们从未听说过的原理联系在一起，在学术争论中，同这些原理联系在一起的新发现又会被抛到九霄云外去。我们怎么会理解这种事呢？譬如，我们在旁听一次学术讨论会时，以为是在讨论那个发现，而其实讨论的完全是别的事情；下一回我们以为是讨论别的事，不是讨论那个发现，可是讨论的却恰巧正是那个发现。

“您明白这个道理吗？您会留在村里，可以用您拿到的钱稍稍改善一下您家里的伙食和衣着，但是您的发现者的权利就会被剥夺，而且您还没有任何理由对此进行反抗，因为那个发现是到了城里才发挥出真正的效力来的。人们也许决不会对您忘恩负义，人们大概会在做出那个发现的地方盖一个小小的纪念馆，它会成为村子里的一处名胜，您则是掌管钥匙的人，一如科学工业的仆人们惯于佩戴奖章，人们也会授给您一枚佩戴在胸前的小奖章，这样，您连荣誉勋章也有了。这一切都有可能，可是这一切是您所希望的吗？”

他没有正面回答，而是完全正确地反问道：“这么说，您曾力图为我谋求过这些东西喽？”

“也许是的。”我说，“我当时采取的行动是没有经过认真考虑的，所以现在我也无法明确地回答您。我想帮助您，但是事情失败了，甚至是我所干的事情中失败得最惨的一次，因此现在我想退出，并尽力设法把我所干的事情一笔勾销，就好像我从未插手过那样。”

“那么好吧。”乡村教师说道，一边掏出烟斗装上了一袋烟，他身上所有的衣袋里都装着烟叶子。“您自愿关心过这件吃力不讨好的事情，现在也是自愿退出。这一切都做得完全正确！”“我不是个顽固不化的人。”我说，“您觉得我的建议有什么不妥当的地方吗？”“没有，一点也没有。”乡村教师说道，这时他的烟斗已经冒起烟来。我受不了他的烟叶的那股气味，便站起来，在房间里走来走去。从以前的几次商谈中我已经习惯了乡村教师对我沉默寡言，他一旦来了便不想挪动身子离开我的房间。有时候这曾使我感到十分惊愕；他还想要点什么东西吧，我总是这样认为，并且给他钱，而他通常也都接受。但是他总要待够了才走。通常是在抽完那袋烟以后，他便晃晃悠悠绕着圈手椅转，随后又规规矩矩、毕恭毕敬地将那把圈手椅挪到桌子旁边，从墙角拿起他的那根结节拐杖，热烈地握握我的手，走了。可是今天，他坐在那儿一声不吭，我简直讨厌极了。如果一个人，如同我已经所做的那样，一旦向另一方表示了彻底分手的意向，而且对方认为这样完全正确，那么那个人就得尽快处理完那尚需共同一起解决的不多的事务，不要漫无目的一声不吭地坐在人家面前，惹人生厌。如果有人从背后看一眼这个固执的小老头儿，看他怎样坐在我的桌子旁边，他一定会认为简直没有任何办法能把这个小老头儿从房间里弄走。

张荣昌　译

这篇小说写于1914年12月，没有写完。1935年勃洛德加了个《巨鼹》的标题，首次把它发表在卡夫卡短篇遗著集《一场斗争的描述》中。

万里长城建造时

万里长城止于中国的最北端。工程从东南和西南两头发端，伸展到这里相联结。这种分段修建的办法在东西两支劳动大军的内部也以小的规模加以实行。方法是：二十来个民工为一小队，每队担负修建约五百米长的一段，邻队则修建同样长度的一段与他们相接。但等到两段城墙连接以后，并不是接着这一千米的城墙的末端继续施工，而是把这两队民工派到别的地段去修筑城墙。使用这种方法当然就留下了许多缺口，它们是渐渐地才填补起来的，有些甚至在长城已宣告竣工之后才补全。据说有一些缺口从来就没有堵上，这当然只是一种说法，它可能仅仅是围绕长城而产生的许许多多传说之一，由于工程范围之大，后人是无法凭自己的眼睛和尺度来验证这种说法的，至少对于个人来说是这样。

人们一开始就会这样认为的吧：建造长城时把它连成一气，或者至少在两个主体部分之内连成一气，这从哪方面说都是更为有利的。众所周知，长城之建造旨在防御北方民族。但它造得并不连贯，又如何起到防御作用呢？甚至，这样的长城非但不能起到防御作用，这一建筑物本身就存在着经常性的危险。这一段段城堞孤零零地矗立于荒无人烟的地带，会轻易地一再遭到游牧民族的摧毁，尤其是这些游牧民族当时看到筑墙而感到不安，便像蝗虫一般以难以置信的速度转辗迁徙，因此他们对于工程的进展有可能比我们筑墙者自己还要看得清楚。尽管如此，建筑的方法除了现在这个样子也许没有别的途径可想。为了理解这点，必须考虑下列各点：长城要起几百年的防御作用；这是一项极为细致的工程，因此，利用有史以来各民族的建筑智慧和建筑者个人的持续的责任感对于工作是十分必要的前提。虽然，那些较简单的劳动，可以从民众中雇用无知识的民工，那些想多挣钱的男人、妇女和儿童，但是，每四个民工就需要一个在建筑专业方面受过训练的人去领导，此人对工程的全局和底细须有深切的领会。工效越大，则要求越高。这样的人事实上都在应命，尽管数量不敷工程的需要，但数目确实很大。

这项建筑不是草率动工的。在破土前五十年，在整个需要围以长城的中国，人们就把建筑艺术，特别是砌墙手艺宣布为最重要的科学了，一切其他技术，只要与此有关的，一概加以赞许。我还清楚地记得，我们在孩提时，两脚刚刚能站稳，就在老师的小园子里，老师命我们用鹅卵石建造一种墙，记得当时老师如何撩起长袍，朝这堵墙冲来，当然一切都推倒了，由于我们的墙造得太单薄，他严厉地训斥我们，以致我们号哭着四散跑回父母的身边。这件事的本身是微不足道的，但很能反映那时的时代精神。

我很幸运，当我以二十岁的年龄通过初级学校最后一关考试的时候，长城的建筑刚刚开始。谓之幸运，因为有许多人当年在自己所称心的课程中取得了最好的成绩，却常年无法施展他们的知识，他们头脑里有最宏伟的建筑蓝图，却一筹莫展，久而久之，知识也大量荒疏了。那些好容易当了施工领班的人，哪怕是最低一级的，到了工地，也觉得是值得的。那是一些泥水匠，他们对于工程已经考虑得很多，并且还继续不停地考虑下去。是他们让人在墙基上放下第一块石头，他们以此感到自己和长城互为一体了。自然，这样一些泥水匠除了渴望着把工作彻底完成外，也迫不及待地想看到长城最后以完美无缺的面貌诞生。民工是不会有这种迫不及待的心情的，他们只管拿工资。那些高级领班，甚至是中级领班眼看工程多方面进展也足令他们精神上为之一振了。但对于那些基层的、精神上远远超过他们表面上那微小的任务的领班人员，就得事先为他们考虑到别的情况，譬如你不能让他们在一个离家几百里、荒无人烟的山区，经年累月，一块接一块地往墙上砌石头。这种辛苦的，然而甚至一辈子都看不到完工的工作会使他们绝望，首先使他们失去工作效率。因此人们采取了分段建造的办法。五百米长城约在五年内可以完成，然后那些领班通常已经精疲力竭，百无聊赖，对自己、对长城、对整个世界都失去了信心。因此，当他们还沉浸在庆祝一千米长城会合的兴奋之中时，就已经被派到老远老远的地方去了，旅途上他们看到一段段完工的长城突兀而起，经过上级领队的大本营，接受了勋章，见到了从深谷下涌来的新的劳动大军的欢呼，见到了为做脚手架而伐倒的树林，看到山头被凿成无数的砌墙的石块，看到虔诚的信徒在圣坛上诵唱，祈祷长城的竣工。所有这一切慰平了他们的烦躁情绪。在家乡过了一段安闲生活，使他们养精蓄锐，每个建筑者所拥有的威望，他们的报告在邻里间所获得的信任，那些质朴、安分的老乡对长城有朝一日完成的确信不移，所有这一切把心灵的弦又拉紧了。于是，像永远怀着希望的孩子，他们告别家乡，重返岗位，为民众事业效劳的欲望又变得不可遏止了。他们一大早就出发，半个村子的乡亲陪送他们很长一段路程，都认为这是必须的。一路上人们三五成群，挥动着旗帜，他们第一次看到了他们国家是多么辽阔，多么富庶，多么美丽，多么可爱。每个国民都是同胞手足，就是为了他们，大家在建筑一道防御的长城，而同胞们也倾其所有，终身报答。团结！团结！肩并着肩，结成民众的连环，热血不再囿于单个的体内，少得可怜地循环，而要欢畅地奔腾，通过无限广大的中国澎湃回环。

因此，分段而筑的办法是可以理解的，但此外还有别的理由。我对这个问题这样久久不肯放过，这也是不足为奇的，此乃整个长城建筑的一个核心问题，尽管初看起来无足轻重。如果我要把当时的思想和经历介绍出来的话，我恰恰对这一问题不能追究到足够的深度。

首先，我们必须得说，当时长城所完成的业绩，比起巴贝尔塔的建筑毫不逊色，显然，天意也，至少根据人类的计算，它与巴贝尔塔的建筑完全相反。我之所以提及这点，是因为在该建筑动工之初，有一位学者写了一本书，对这两项建筑做了详尽而精确的比较。他在书中试图证明，巴贝尔塔之所以没有最后建成，绝不是由于大家所说的那些原因，或者至少在这些公认的原因中没有最重要的那几条。他的论证不仅依据文字记载，而且据称他还做了实地调查，并且发现，巴贝尔塔的倒塌在于基础不牢，因而必然失败。从这一点上来看，我们的时代远胜于古代。今天，几乎每个受过教育的人都是专门的泥水匠，在打基础方面是不会有错失的。但这位学者却根本不朝这个方向去论证，而是断言，在人类历史上只有长城才会第一次给一座新巴贝尔塔创造一个稳固的基础。因此，先筑长城，而后才建塔。这本书当时人手一册，但我承认，我至今仍然不甚明白，他是怎样设想那座塔的建造的。长城连一个圆圈都没有形成，而不过是四分之一或者半个圆圈，难道这就可以作为一座塔的基础了吗？这只能从精神角度去理解。然而，长城又是为了什么呢？它是某种实实在在的东西，是千千万万人的生命和辛劳的成果。为什么在那本著作中要写上那座塔的计划——显然是迷雾一般的计划——和一个个具体的建议：即应如何集中民众的力量参加强大的新的工程？

那时候，人们头脑中充满许多混乱的东西，这本书仅仅是一个例子而已；之所以这样，也许正是因为人们想把这样多的可能性都汇集到一个目的上。人的本质说到底是轻率的，天性像尘埃，受不了束缚；如果他把自己束缚起来，不久便会疯狂地猛烈挣脱束缚，把长城、锁链以及自身都扯得粉碎。

很可能，这些对建造长城甚至是相悖的考虑，主事者在决定分段而筑的时候，并非没有顾及。我们——我在这里以许多人的名义讲话——实际上是在研究了最高领导的命令以后才认识了自己本身的，并且发现，没有上级的领导，无论是学校教的知识还是人类的理智，对于伟大整体中我们所占有的小小的职务是不够用的。在上司的办公室里——它在何处，谁在那里，我问过的人中，过去和现在都没有人知道——在这个办公室里，人类的一切思想和愿望都在转动，而一切人类的目标和成功都以相反的方向转动。但透过窗子，神的世界的光辉正降落在上司的手所描画的那些计划之上。

因此，公正的旁观者并不认为，领导者要是真的愿意，他们对构成长城连贯而筑的那些困难会克服不了。所以结论只能是：分段而筑乃领导者有意为之。可是，分段而筑仅仅是一种权宜之计，并没有实际意义。如果结论是：领导者存心要干某种没有实际价值的事的话——奇妙的逻辑！——一点不假，而且他们还从其他方面为自己找理由。今天谈论这些事也许不会有危险了。当时许多人，甚至最优秀的人都有这个秘密的原则：竭尽全力去理解领导者的指令，但一旦到达某种限度，就要适可而止，进行思考。这是一条十分明智的原则，在之后经常重复出现的比较中，它还可以得到进一步的解释：不要因为有害于你，就停止进一步思考，而且谁也没有把握说，将来一定会有害于你。这里根本不能说有害，也不能说无害。事情之于你，犹如春天之于河流。河流在春天里上涨着，变得更强大，更有力地肥沃着两岸的土地，并且获得它固有的本质，以一条真正的河流的面貌继续注入大海，因而在大海眼里它与别人的身份更平等了，也更受大海的欢迎了——你要把领导者的指令思考到这个程度。但接着，河流泛滥于两岸，失去了它的轮廓和面貌，减慢了它的流速，违背它自己的本质，在内陆形成一个个小海洋，毁坏一片片农田，但是这种扩展并不能持久，后又重新涌回岸内，甚而至于到了跟着来的炎热季节干涸枯竭，一片惨状——你不要把领导的指令思考到这个地步。

当年，在建筑长城期间，这个比方也许是格外恰当的，但对于我现在的学术报告来说，它只有有限的价值。我的考查仅仅是历史性的；从早已消逝了的雷雨云层里已经发不出闪电了，因此我可以寻找一种分段而筑的说明，这个说明要比当时人们借以满足的那一种有过之而无不及。我的思考能力的界限是够狭小的，但这里需要驰骋的领域却是无限的。

万里长城是防御谁的呢？防御北方民族。我生长在中国的东南方，那里没有北方民族能威胁我们。我们在古书里面读到他们，他们本性中所具有的残忍使我们坐在平和的树荫下喟然长叹。我们在艺术家真实描绘的图画上，看到那一张张狰狞的脸面，张得大大的嘴巴，长长的獠牙，眯缝斜视的眼睛像是已经看中了猎获物，马上要抢来供嘴巴撕裂、咬啮似的。要是孩子撒泼，我们就给他们看这些图画，于是他们吓得边哭边往你怀里躲。但是，关于这些北方国家，除此之外我们就不知道了。我们从未见到过他们，假如留在自己村子里，我们永远也见不着他们，即使他们骑着烈马径直追赶我们——国土太大了，没等到追上我们，他们就将消失得无影无踪。

既然如此，那么我们为什么离乡背井，辞别双亲，离开饮泣的妻子、待学的孩儿，到遥远的城市去受训，我们的思想甚至飞到北方的长城？为什么呢？去问首领吧。他们了解我们，他们心头翻江倒海，忧虑重重，他们懂得我们，懂得我们卑微的营生，看见我们大伙一齐坐在低矮的茅屋里，看见家父傍晚时分的祈祷，也许高兴，也许不高兴。如果允许我对领导阶层发表这样一种看法的话，那么我得说，领导阶层早就存在了，他们聚集到一块，不是像那些高级官吏，由于一场美好的晨梦的激发而心血来潮，匆匆召集一次会议，又草草做出决议，当晚就叫人击鼓将居民从床上催起，去执行那些决议，哪怕是仅仅为了搞一次张灯结彩，以欢庆一位昨天对主子表示了恩惠的神明，而在明天，彩灯一灭，就立刻把他们鞭赶到黑暗的角落里去。与此不同，领导阶层确实是古已有之，而造长城的决策在那时就定下来了。那些天真的北方民族，他们还以为这是为了他们而造的呢，那位值得尊敬的、无辜的皇帝也以为那是他下令造的。关于建筑长城之事，我们所知并非如此，并且保持缄默。

在当年建筑长城期间和自那以后直至今天，我几乎完全致力于比较民族史的研究——有一些问题可以说必须用这个方法才能搞透彻——并且发现，我们中国人有某些民间的和国家的机构特别明确，而有些又特别含混。研究它们的原因，尤其是后一种现象的原因，对我产生过极大的吸引力，今天仍然如此，而长城的建筑实质上也是跟这些问题相关的。

最为含混不清的机构莫过于帝国本身了。当然，在京城，就是说在朝廷范围内对这个问题是有所了解的，尽管也是现象多于真实。在高等学校教国家法和历史的老师也自以为他们在课堂上讲的这些事情是千真万确的，并能继续把这些知识传授给学生。学校的级别越是接近基层，人们便越不怀疑自己的知识，这已成了当然之事，半文明的教育把那多少世代以来深深打进人们头脑的信条奉为崇山，高高地围绕着它们起伏波动，这些信条虽然没有失去其永恒的真理，但在这种烟雾弥漫中，它们也是永远模糊不清的。

然而，在我看来恰恰是有关帝国的问题应该去问一问老百姓，因为他们才是帝国的最后支柱呢。这里我当然只能还谈我的家乡，除了神祇和那一年到头如此富有变化而好看的祭神仪式外，我们想到的就是皇帝。但不是当前的皇帝，或者倒不如说，如果我们认识这位皇帝，或者对他有所了解的话，我们本来就已经想到他了。唯一的新奇之处是，我们总是想方设法在这件事上打听到某种情况，可是说来也怪，几乎不可能打听到任何事情，向走过那么多地方的香客打听不到，向远近的村庄打听不到，向那些不仅航行在我们的小溪上，而且也航行在各条圣河上的艄公也打听不到。诚然，听到的不少，但一件也不能落实。

我们的国家是如此之大，任何童话也想象不出她的广大，苍穹几乎遮盖不了她——而京城不过是一个点，皇宫则仅是点中之点。作为这样国度的皇帝却自然又是很大，大得凌驾于世界一切之上的。可是，那活着的皇帝跟我们一样是一个人，他跟我们一样躺在一张卧榻上，诚然，卧榻是很宽大的，但也可能是很窄很短的。同我们一样，他有时也伸展四肢，如果他很累的时候，也张开他那线条柔和的嘴巴打呵欠。但我们在千里迢迢的南方，都快到达西藏高原了，如何知道这一切呢。再说，纵使有消息抵达我们这里，也已经太晚了，早已失去时效了。皇帝周围总是云集一批能干而来历不明的廷臣，他们以侍仆和友人的身份掩盖着奸险的用心，他们抵制君权，总是设法用毒箭把皇帝从轿舆上射下来。君权是不灭的，但皇帝个人是会倒毙的，甚至整个王朝最终也要垮台，处于奄奄一息之中的。关于这些争斗和痛苦老百姓是永远不会知道的，他们像迟到者，像初到城市的人站在拥挤的小巷的尽头，安闲自得地嚼着所带的食物，而在前面，在市中心的广场上，他们的主子正在受刑。

有一个传说对这一状况做了很好的描述：皇帝向你这位可怜的臣民，在皇天的阳光下逃避到最远的阴影下的卑微之辈，他在弥留之际恰恰向你下了一道谕令。他让使者跪在床前，悄声向他交代了谕旨；皇帝如此重视他的谕令，以至于还让使者在他耳根复述一遍。他点了点头，以示所述无误。他当着给他送终的满朝文武大臣——所有碍事的墙壁均已拆除，帝国的巨头伫立在那摇摇晃晃、又高又宽的玉墀之上，围成一圈——皇帝当着所有这些人派出了使者。使者立即出发；他是一个孔武有力、不知疲倦的人，一会儿伸出这只胳膊，一会儿又伸出那只胳膊，左右开弓地在人群中开路；如果遇到抗拒，他便指一指胸前那标志着皇天的太阳；他就如入无人之境，快步向前。但是人口是这样众多，他们的家屋无止无休。如果是空旷的原野，他便会迅步如飞，那么不久你便会听到他响亮的敲门声。但事实却不是这样，他的力气白费一场；他仍一直奋力地穿越内宫的殿堂，他永远也通不过去；即便他通过去了，那也无济于事；下台阶他还得经过奋斗，如果成功，仍无济于事；还有许多庭院必须走遍；过了这些庭院还有第二圈宫阙；接着又是石阶和庭院；然后又是一层宫殿：如此重重复重重，几千年也走不完；就是最后冲出了最外边的大门——但这是决计不会发生的事情——面临的首先是帝都，这世界的中心，其中的垃圾已堆积如山。没有人在这里拼命挤了，即使有，他所携带的也是一个死人的谕旨——但当夜幕降临时，你正坐在窗边遐想呢。

同样，我们的百姓对于皇帝既深怀失望，又充满希望，他们不知道哪个皇帝在当朝，甚至对于朝代的名称都还存在疑问。在学校里许多这样的朝代一个接一个地都学过，可是在这方面普遍是不清楚的，其程度之严重，连最好的学生都未能避免。在我们的各个村子里，早已死去的皇帝，大家以为他还坐在龙位上；新近牧师在祭坛上宣读了一份诏书，而颁发这份诏书的皇帝只活在歌谣里。我们最古老的历史上的许多战役现在才刚刚揭晓，街坊欣喜若狂，带着这则新闻奔走相告。那些皇妃靡费无度，与奸刁廷臣勾勾搭搭，野心勃勃，贪得无厌，纵欲恣肆，恶德暴行就像家常便饭。年代过得越久远，这一切情形被渲染得越可怕，一旦村民得知，几千年前一个皇后如何痛吮她丈夫的鲜血，不禁失声悲鸣。

老百姓就是这样把以往的统治者弄得面目全非，把今天的统治者与死人相混淆。如果有朝一日——一生中只要能遇上一次——来了一位钦差大臣巡视本省，偶尔来到我村，代表当权者发布敕令，稽查税收，检查教学，向牧师询问我们的行为，然后在他上轿之前向聚集来的村民发一通长篇训诫，于是每个人脸上都掠过一丝笑意，悄悄地向旁人递个眼色，弯下身去与孩子们一起，以便不让当官的察看。有人想：怎么，他讲起一个死人来就像讲一个活人一样，这位皇帝确实早已死了，王朝也已经消火了，这位官老爷在拿我们寻开心吧。但是我们装作好像什么也没有觉察，以便不得罪他。我们需要认真听从这现今的长官，因为不这样做就是犯罪。在匆匆离去的钦差的轿子后头，从已经瓦解的骨灰坛中专横地升起一个乡村老爷的形象。

与此相似，我们这里的人通常很少遭遇当代的战争和国家的革命。此刻我想起青年时代的一件事。在毗邻的、但是很遥远的一个省份爆发了起义。原因我已记不起来了，这在现在也并不重要，那里每天都有暴乱发生，那是些很激动的民众。当时有一次，一个途经那个省的乞丐把一张起义的传单带到我父亲的家里。那天正好是节日，宾客挤满了我们的房间，牧师坐在中央，钻研着那张传单，忽然大家都笑了起来，传单在一片拥挤中被撕得粉碎。那个显然已被大大款待了一番的乞丐，被人推着赶出了房间，大家都开了心，并且跑回去享受美好的节日。为什么呢？原来邻省的方言与我们的基本上是不同的，这在某些书面语言的款式中也看得出来，它们使我们觉得有一种古音古调的特点。几乎没等牧师念上两页，人们已经做了决定了。古老的事情早已听过，昔日的伤痛早已消弭。记得在我看来虽然乞丐的话无可辩驳地说出了可怖的生活，但大家却笑着直摇头，什么也不愿听。我们这里的人就是这样来抹杀今天的现实的。

假如有人根据这些现象断定，我们实际上根本没有皇帝，那么他离真理并不太远。我得反复说：也许没有比我们南方的百姓更为忠君的了，但是忠诚并没有给皇帝带来好处。虽然在村口的小圆柱上盘曲着一条圣龙，自古以来就正对着京城方向喷火以示效忠——可是对村里的人来说，京城比来世还要陌生。难道真有一个村子，房屋鳞次栉比，盖满一片又一片原野，从我们的小冈峦上看去一望无际，并且昼夜都挤满了人吗？我们难以想象有这样一个都城，难以相信京城和皇帝是一回事，就好比不好理喻一朵千百年来在太阳底下静静地游动的云彩一样。

我们持这样一些看法，结果我们的生活就颇为自由，无拘无束。但这并不是不道德，在我所走过的地方我几乎从未遇到过比我的家乡更为纯洁的道德——然而，这是一种不受任何现今法律管束的生活，它只听从古代留传给我们的训诫。

我并不想以点概面，决不断言我省所有上万个村落甚或全中国所有五百省份的情形都是如此。但也许我可以根据我在这一带所读到的许多文字记载，以及根据我自己的种种观察——特别是在建筑长城的问题上，关于人的材料给了一个敏感者以通晓几乎一切省份的人的灵魂的机会——根据这一切也许我可以说：这些人对于皇帝的看法跟我的家乡的人的看法时时处处都有一种共同的基本特征。我绝不认为持这种看法算得上什么美德，正好相反。不错，这种看法的产生主要应归咎于政府。自古以来它缺乏能力，或者顾此失彼，没有把帝国的机构搞到这样明确的程度，使得帝国最遥远的边疆都能直接地并不断地起作用。但另一方面，这当中百姓在信仰和想象力上也存在弱点，他们未能使帝国从京城的沉沦中起死回生，并赋予现实精神，把它拉到自己的胸前；但臣仆的胸脯并不想起更好的作用，不过是感受一下这种接触，让帝国从它胸前消逝。

因此持这种看法并非美德。尤为引人注目的是：恰恰是这种弱点似乎成了联合我们民众的最重要的手段之一。是的，如果敢用这句话来表达的话：这种看法就是我们赖以生存的基础。要在这里对 种责难究分阐述埋由，据说不仅有违我们的良心，而且——令人气愤得多——我们休想站得住脚。因此之故，对这个问题的考查我暂时不想继续下去了。

叶廷芳　译

这篇小说写于1914年3—4月间，显而易见没有写完。卡夫卡生前在1919年出版的《乡村医生》短篇小说集中，曾发表过其中的一个寓意深刻的所谓传说，标题为“皇帝的谕旨”。1931年勃洛德以“万里长城建造时”为标题收进卡夫卡短篇遗著集首次发表。

致科学院的报告

可敬的科学院院士先生们：

承蒙诸位垂爱，邀请我向贵院呈交一份关于我过去所经历的、人猿生涯的报告，我感到不胜荣幸。

我深愧无法满足诸位的要求。自从我脱离人猿生涯，已近五年了，从历书上来看，这段时间仿佛很短，事实上，尽管我的日子过得如同白驹过隙，时光流逝起来还是极其迟缓。诚然，我生活中有优秀教练的伴随，也不乏金玉良言的劝诫，以及喝彩叫好声和乐队的管弦声，然而根本上我还是孤独的，因为我的那些监护人为了造成一种印象，总与我保持一个距离。如果我一直死抱住我的出身，执着于少年时代的记忆，我绝不会取得目前的成绩。老实说，“不固执”就是我羁绊自己的至高无上的第一诫；虽则我是只自由的人猿，但是我甘心接受这样的约束。其后果呢，当然是过去的影子越来越淡薄。倘若人类许可，我原本也可以经由一道长得足以跨越天地的桥梁回复到原来的生活，可是我既然驱策自己在造化规定的事业上努力前进，我背后的那个入口也就逐渐缩小变窄；我觉得在人类的世界里更加舒服，格外舒畅；来自我的“过去”跟在我后面的那股强风开始变弱；到今天，它仅仅是一丝吹拂着我的脚跟的微风了；而远处的入口，也就是风所发出和我自己所来自的地方，已变得那么狭窄，即使我有足够的力量与意志想回去，在穿越入口时也非落个遍体鳞伤不可。一句话，用我喜欢的形象的语言来说，一句话：先生们，你们过去的人猿生涯——你们经历中的别的事情也一样——和你们现在之间的距离，不见得比我过去与目前之间的距离大多少。可是世上每一个生物都有搔脚跟的癖好，从小小的黑猩猩到伟大的阿喀琉斯莫不皆然。

然而如果把要求降低一些，我还可以满足诸位的愿望，为诸位效劳是我求之不得的事。我学会的第一件事便是握手，握手是表示诚恳的意思。既然这样，今天，当我达到事业的高峰时，我愿意在第一次握手所表示的诚恳之外再添上几句诚恳的话语。我在这儿要告诉贵院的事实上并没有任何新内容，当然不会符合诸位的要求，也不能表达我的好意——然而，虽则如此，我的叙述还是应该能够表明：一只往昔的人猿需要遵循什么道路，才能进入人类的世界，并且取得安身立命之道。但是，倘若我不敢肯定自己正确，倘若我在文明世界所有大舞台上的行为不是全然无懈可击，我是不敢用下面琐碎的细节来烦渎诸位的倾听的。

我的原籍是黄金海岸。至于捕获到我的经过，那就得借助于旁人的证词了。海京伯公司派出的一个打猎探险队——顺便插一句，后来我与探险队的队长一起干掉过许多瓶上好的红酒——埋伏在海岸附近的一个丛林里，恰巧我和一伙人猿在傍晚时分下来喝水。他们向我们开枪，我是唯一被击中的人猿。我身上中了两枪。

一处是在面颊上，是个轻伤，可是留下了一个光秃秃的大红疤，使我得到了“红彼得”的诨号，这个称呼够可怕的，与我完全不相称，只有人猿才想得出这样的名字，仿佛我和那个要把戏的人猿彼得——他不久前才去世，在地方上还有些小名气——唯一的不同就是我面上有个红疤似的。不过，此乃插话而已。

第二颗子弹打在我大腿上。这伤势可不轻，直到今天我的腿还有点瘸。最近，我在报上看到一篇文章，那是一万个专拿我出气的空谈家中的一个写的，文章说我还没有能完全控制住自己的人猿本性；证据是每逢参观者来访问时，我总爱脱下裤子给他们看子弹是从何处穿过去的。写这篇文章的人的手指真该一根一根地让子弹打断。至于我，只要我愿意，当然可以在任何人面前脱下裤子；你们不会看到别的，除了梳理得很顺的毛和一个伤疤——请允许我为了特殊的用途挑选一个特殊的词儿，以免引起误会——一颗漫无目标的子弹所造成的伤疤。一切都是光明磊落的，什么都不用隐瞒，当痛苦的真实受到怀疑时，高明的人自然会摈弃华丽的装饰。不过倘若那篇文章的作者胆敢在来访者面前脱下裤子，那情形就大相径庭了，我敢担保他不会这样干。既然如此，我也请这位文雅的先生不必多管我这个粗坯的闲事！

在挨了这两枪之后，我恢复知觉时才发现自己来到了海京伯轮船中舱的一只笼子里——我就是从这时开始逐渐有记忆的。这笼子并非四面都是铁栅的那种，而是钉在柜子上的，只有三面是铁栅，第四面就是柜子。笼子低得我站不直，而且又窄得我坐不下去。因此，我只得弯着膝盖跪着，身子无时无刻不在颤抖；也许有个时期我谁也不愿见，只想待在黑暗中吧，我总是把脸朝向柜子，所以笼子的铁栅都嵌进了我背部的皮肉。在捉到野兽后的最初阶段，用这种方法囚禁野兽应该是有其优点的吧，我通过自身的经历也无法否认，从人类的角度来看，这也的确是唯一可行的办法。

可是当时我并不作如是观。我生平第一次发觉自己没有了出路，至少是没有简捷的出路。紧贴在我面前的是那个柜子，一块块木板紧紧地接在一起。的确，木板间有一条缝，我刚发现的时候还天真得狂喜地大吼了一声呢，可是那条裂缝小得连尾巴都塞不进去，不论人猿有多少气力也休想把它撑大一些。

应该说，我发出的声音小得迥乎异常，这也是后来听别人告诉我的，人家从我的声音里得出这样的结论：要么是我很快就会死去，要么是我能够度过第一个阶段，训练起来准定非常听话。我也真的度过了这个阶段。我绝望地啜泣，痛苦地捕捉跳蚤，悲惨地把一只椰子舐来舐去，不住地用脑袋撞柜子，逢到有人走近就对他吐吐舌头——在新生活的第一个阶段里我就是这样打发日子的。可是凌驾在这一切之上的只有一个感觉：没有出路。当然，我现在只能用人类的语言表达当初作为人猿时的感觉，所以表达得并不准确，可是虽然我无法恢复往昔人猿生涯的真实感受，我刚才所说的情况无疑还是虽不中，亦不远矣。

这以前，我对什么都很有办法，可是现在却一筹莫展。我给拴住了。就算我给钉死在一个地方，我自由行动的权利也不至于比现在更小些。怎么会落到这步田地的呢？搔搔足趾之间的嫩肉，我找不到答案。用背脊死命地顶铁条，直到自己险些给勒成两半，我还是得不到答案。我一无出路，但是我必须找到出路，否则我就活不下去。老是这样面对着柜子——我这条命非断送不可。可是在海京伯马戏团看来，柜子跟前恰恰是最配人猿待的地方——既然如此，那我只得不当人猿了。

这真是一个周密而清晰的结论啊，我准是用尽肚子的能耐构思出来的，因为人猿是用肚子思考的。

我担心人们不太了解我所说的“出路”指的究竟是什么。我是就最完整也是最通俗的意义上来用这个词的。我故意不用“自由”之类的字样。我指的并非任何方面都无拘无束海阔天空的感觉。也许因为我是人猿吧，我知道这意味着什么。我也见过渴望自由的人。可是就我来说，不论过去还是现在，我都不希望享受这种自由。请允许我顺便插一句：我甚至觉得，人类因自由两字而上当受骗是否已经太多了一些？正因为自由被视作最崇高的感情之一，所以，相应的失望也算是崇高的了。好多次，在杂耍戏园子里，还没轮到我上场的时候，我常常看空中飞人怎样在屋顶高处的秋千上表演。他们摆动自己的身子，晃来晃去，向空中跳去，扑进对方的手里，这一个用牙齿咬住那一个的头发。我就想道：“这样的自我约束居然也算人类的自由。”这对神圣的大自然母亲该是多大的讽刺！要是让人猿看到这种表演，戏园子的墙壁不给他们笑坍才怪呢。

不，我所需要的并不是自由。我只要有个出路，右边、左边，随便什么方向都成；我再也没有别的要求；即使这个出路到头来仅仅是个幻想，那也无妨；我的要求很低，失望起来也不致太惨。我要出去，随便上哪儿去都成！反正不能一动不动地蹲着，举着胳膊，死在一堵木板墙之前。

今天我看得很清楚，没有内心深处的平静，我是永远也找不到出路的。而且实际上，我后来所获得的一切都要归功于船上头几天内心的平静。

但是我之所以能够平静还得归功于船上的水手。

不管怎么说，他们骨子里都是好人。我今天一回想起老在我半梦幻状态的头脑中回响的他们那沉重的脚步声，还是觉得十分愉快。他们有这样一个习惯，不管做什么事，都是越慢越好。比如说，一个人打算擦眼睛，他把手慢慢地举起来，活像那是一副千斤的担子。他们的玩笑开得很粗野，可也很痛快。他们的笑声总混杂着咳嗽声，听起来很怕人，其实并没有什么。他们嘴里总有东西要吐，至于吐出去落在什么地方却从来不管的。他们老是埋怨我把跳蚤传给他们；然而他们并不真生气；他们知道我那一身长毛能藏跳蚤，而跳蚤总是要跳的；这在他们仅仅是个常识问题。逢到不值班，他们往往围成半圆形坐在我周围；他们不大说话，只是彼此间哼上几声，一味抽烟斗，伸直四肢躺平在柜子上；只要我稍微有点动作，就大拍膝盖；时不时还有人找根棍子来给我搔痒。如果今天有人邀请我再到船上游弋一番，我肯定要拒绝，但是，同样肯定的是，我在中舱度过的岁月的回忆倒也不全是可憎可厌的。

我在这些人当中得到了平静，这是我不想逃走的最主要原因。现在回想起来，我当时仿佛也隐隐约约地感觉到，我要么是找到出路，要么是死，可是逃走并不是我的出路。我现在弄不清楚逃走是否真的可能，不过我相信当时一定有可能，对于人猿这永远是可能的。今天，我的牙齿咬硬壳果时都得多加小心了，可是那会儿，我准能逐渐把笼子的门锁咬穿。我并没有这样做。这对我又有什么好处呢？只要我刚把头探出去，他们就会重新抓住我，把我关进更坚固的笼子去的；也许我可以钻到别的动物堆里，不致受到注意，譬如说，钻到蟒蛇中去，它们就在我对面，不过它们会把我缠得闷死过去的；就算我真的溜上甲板，跳出船舷，我只会在深深的海洋里晃动一小会儿，接着就沉下去。这一切都是无望的努力而已。当时，我可没有像今天这样以人的思想方式把事情想得一清二楚，不过在周围环境的影响之下，我行动起来仿佛都是想好了似的。

其实我并没有想好；不过，我一声不响把什么都看在眼里。我瞧着这些人走来走去，老是这几张脸，老是这些动作，我甚至还常常觉得，这些都是同一个人。这样来说，这个人或者这些人是可以自由自在地走来走去的了。一个崇高的目标朦朦胧胧地升起在我的面前。没有人答应过我，假如我变得和他们一模一样，我笼子上的铁条就可以撤走。人们对这种显然不可能的偶然事件是不会许愿的。可是，如果真的做到了，那么，得到的结果事后回想起来恰好与事先所设想的不谋而合。现在，我对这些人本身已经没有太大的兴趣。假如我当时决定献身于争取前面提到的那种自由，我当然情愿选择深深的海洋，而不愿走这些人沉重的脸色所提示的出路。总而言之，我根本还没想到这些事情，就已经把他们观察了很久；事实上，完全是由于大量观察，终于使我走上这条明确的道路。

要模仿这些人真是易如反掌。头几天，我就学会了吐唾沫。我们常常互相唾脸，唯一的区别就是我事后把脸舐干净，而人却不这样。很快，我抽起烟斗来就像个老枪了：每逢我用大拇指压压烟袋窝，整个中舱就响彻一片赞赏的哄笑声；不过，很久之后我才分清塞满烟丝的烟斗与空烟斗之间有什么不同。

最叫我头疼的是荷兰杜松子酒，光是这玩意儿的气味就叫我作呕。我尽量强迫自己学着喝，我用了好几个星期才总算克服了嫌恶之感。说也奇怪，水手对我这方面的内在矛盾比其他的事都更关心。

我记忆中已无法把水手一个个区分开来了，不过反正有一个人老是上我这儿来，有时独自一个人，有时和朋友们一起，白天来，晚上也来，不管什么时辰都来；他总是手里拿着瓶子在我面前摆好姿势教导我。他不了解我。他要猜透我身上的谜。他总是慢慢地拔开瓶塞，瞧瞧我，看我有没有跟着他做；我承认我总是万分热烈地注视着他的，甚至注意得过了分；世界上没有别的老师能找到像我这样努力模仿人类的学生。

他拔开瓶塞后就将瓶子举到嘴边；我的眼睛一直盯到了他的下巴；他就点点头，对我很满意，又把瓶子放到唇边；我因为自己茅塞渐开而心醉神迷，一边尖叫，一边到处乱搔乱挠；他欢叫起来，倾侧瓶子喝了口酒；我死命地想亦步亦趋，一着急，在笼子里撒了泡尿，这又使他大为满意；这以后，他伸直擎着酒瓶的胳膊，蓦地往回收，一口气把酒喝干，然后用夸张的姿势向后一靠，好让我学起来容易一些。我做得过于认真，已经累垮了，再也无法跟他做下去，只是软绵绵地靠在铁栏上；而他呢，又揉揉肚子，笑了笑，从而完成了全套理论性的示范表演。

学过理论就开始实践。我不是已经被理论的教育弄得精疲力竭了吗？的确是的；我已经极度地精疲力竭了。但我本是生就的劳碌命啊。我终于还是接受了别人递给我的瓶子，仿佛我很能喝似的；我颤抖地拔去瓶塞子；这个成功的动作总是逐渐灌输给我以新的力量；接着，我简直是惟妙惟肖地照老师刚才的榜样，举起瓶子，放到唇边，然后——然后就厌恶地，极端厌恶地把瓶子往地上一扔，虽然瓶子是空的，里面只有酒的气味。这使我的老师悲哀之至，但更悲哀的却是我自己；虽然我扔了瓶子，却还没有忘记用最优美的姿势揉揉肚子和笑上一笑，但是这并不能给师徒俩带来真正的安慰。

我的训练往往就在这样的局面中结束。真亏了我的老师，他并不生气；的确，有时他会用燃着的烟斗烫我的毛皮，以致有些我不易摸到的地方都冒烟了，可是他接着又用他那慈爱的大手把火扑灭；他并没有生我的气，他很明白我们都站在同一条战线上为消灭人猿的本性而斗争，而我这方面的任务是更为艰巨的。

有一天晚上，大概在举行什么庆祝典礼吧，留声机唱着，一个官员在水手中转来转去——就在这天晚上，趁大家没注意，我拿起一瓶不留心放在我笼子跟前的荷兰杜松子酒。这当儿，人们开始兴趣越来越浓地注视着我，就在这群参观者面前，我用最优美的姿势拔去瓶塞，毫不迟疑地把酒放上嘴唇，眉头没皱一皱，活像个老酒鬼，我滚动着眼珠，屏足了气，老老实实正正经经地把酒喝了个半滴不剩；接着又扔掉瓶子；这回可不是出于嫌恶了，而是作为一种艺术表演；诚然，这一回我忘了揉肚子；却做了另一件事。由于酒意的驱使，由于头脑在打转，我竟用人类的语言干脆而准确地发出了一声“哈喽”！就是这次突变把我送进了人类社会。马上，传来了回音：“听，他说话了！”这给我通体流汗的身子带来了抚慰。你们想，这对我的老师和我自己是一个多么巨大的胜利！

让我重复一遍：模仿人类对我来说并没有什么乐趣；我之所以模仿他们是因为我需要有个出路。即使是我刚才所说的那种胜利，我也没有取得多少。很快，我又失去了我的人的嗓音；过了好几个月才重新获得；我对杜松子酒的厌恶又出现了，而且愈来愈剧烈。不过我所选择的道路却永远走定了，毫无犹豫的余地。

当我在汉堡被交到第一个驯兽人手里的时候，我马上就明白在我面前只有两条路：要么就是进动物园，要么就是进杂耍戏园子。我丝毫也没有犹豫。我对自己说：要想尽一切办法进杂耍戏园子；动物园只不过等于一只新的笼子；一旦进了那儿，你就算完了。

因此，先生们，我就拼命地学习。啊，当你不得不学的时候，你是会拼命学的；当你需要找一条出路的时候，你是会拼命学的：你会不计一切代价地学。你会让鞭子来监督自己；有一点点小毛病就会把自己骂得狗血喷头。我的人猿脾气离开了我，一溜烟地逃得无影无踪，而我的启蒙老师自己却险些变成了人猿，他不得不立即停止执教而进了一家疯人院。好在他不久之后就给放出来了。

可是我的确累坏了许多老师，有几个甚至是同时给我累坏的。到了我开始对自己的能力有些信心的时候，到了公众对我的进程产生兴趣，我的未来开始变得光明灿烂的时候，我就自己聘请老师，我把他们安置在五间相通的房间里，自己不间断地从这间跳到那间，同时接受他们的教诲。

我的进步真是一日千里！知识的光辉怎样从四面八方渗入我那不断觉醒的脑子呀！我不想否认：我学习起来真是轻松愉快，左右逢源。我也必须承认：我没有夸大其词，当时不曾，现在更是没有。我用世上从来没有过的惊人的毅力，使自己达到了一个普通欧洲人的文化水平。

这件事本身也许不值一提，然而正是它，帮助我走出了樊笼，替我开辟出一条道路——人类的道路。有一句德国俗话真是至理名言：走最难走的路。我正是这样做的，我走的正是最难走的路。我的路已经走完了，只除了争取自由，但这本来不是我所选择的目标。

当我回顾我的发展道路、检阅我的成绩时，我既不妄自菲薄，但是也不志得意满。我双手在裤袋里一插，桌子上有的是酒，在摇椅上半躺半卧，望着窗外；要是来了参观者，我就以得体的礼节不卑不亢地接待他。我的经理坐在外面的接待室里；我一按铃，他就进来听候我的吩咐。我几乎每晚都演出，我的成就可以说得上登峰造极。当我深夜从宴会、科学界的招待会和社交集会回家时，总有一只半驯服的小黑猩猩坐着等我，我又像一只人猿那样，从她那里得到安慰。要是在白天，我看着她就受不了；因为她眼睛里有那种半开化野兽的凶光；别人看不出来，我可看得出，这是我无法忍受的。

不管怎样，总的来说，我还是达到了预定的目的。人们不能说我的努力是没有价值的。况且我不是在呼吁什么宽大为怀的判决，我只是在传播知识，我只不过是做了个报告。对你们诸位亦复如此，可敬的科学院院士们，对于你们，我也仅仅是做了一个报告。

李文俊　译

这篇小说写于1917年5—8月间，同年10月首次发表在月刊《犹太人》上。

饥饿艺术家

近几十年来，人们对饥饿表演的兴趣大为淡薄了。从前自行举办这类名堂的大型表演收入是相当可观的，今天则完全不可能了。那是另一种时代。当时，饥饿艺术家风靡全城；饥饿表演一天接着一天，人们的热情与日俱增；每人每天至少要观看一次；表演期临近届满时，有些买了长期票的人，成天守望在小小的铁栅笼子前；就是夜间也有人来观看，在火把照耀下，别有情趣；天气晴朗的时候，就把笼子搬到露天场地，这样做主要是让孩子们来看看饥饿艺术家，他们对此有特殊兴趣；至于成年人来看他，不过是取个乐，赶个时髦而已；可孩子们一见到饥饿艺术家，就惊讶得目瞪口呆，为了安全起见，他们互相手牵着手，惊奇地看着这位身穿黑色紧身衣、脸色异常苍白、全身瘦骨嶙峋的饥饿艺术家。这位艺术家甚至连椅子都不屑去坐，只是席地坐在铺在笼子里的干草上，时而有礼貌地向大家点头致意，时而强作笑容回答大家的问题，他还把胳臂伸出栅栏，让人亲手摸一摸，看他多么消瘦，而后却又完全陷入沉思，对谁也不去理会，连对他来说如此重要的钟鸣（笼了里的唯一陈设就是时钟）他也充耳不闻，而只是呆呆地望着前方出神，双眼几乎紧闭，有时端起一只很小的杯子，稍稍啜一点儿水，润一润嘴唇。

观众川流不息，除他们以外，还有几个由公众推选出来的固定的看守人员。说来也怪，这些人一般都是屠夫。他们始终三人一班，任务是日夜看住这位饥饿艺术家，绝不让他有任何偷偷进食的机会。不过这仅仅是安慰观众的一种形式而已，因为内行的人大概都知道，饥饿艺术家在饥饿表演期间，不论在什么情况下都是点食不进的，你就是强迫他吃他都是不吃的。他的艺术的荣誉感禁止他吃东西。当然，并非每个看守的人都能明白这一点的，有时就有这样的夜班看守，他们看得很松，故意远远地聚在一个角落里，专心致志地打起牌来。很明显，他们是有意要留给他一个空隙，让他得以稍稍吃点儿东西；他们以为他会从某个秘密的地方拿出贮藏的食物来。这样的看守是最使饥饿艺术家痛苦的了。他们使他变得忧郁消沉；使他的饥饿表演异常困难；有时他强打精神，尽其体力之所能，就在他们值班期间，不断地唱着歌，以便向这些人表明，他们怀疑他偷吃东西是多么冤枉。但这无济于事；他这样做反而使他们一味赞叹他的技艺高超，竟能一边唱歌，一边吃东西。另一些看守人员使饥饿艺术家甚是满意，他们紧挨着笼子坐下来，嫌厅堂里的灯光昏暗，还用演出经理发给他们使用的手电筒照着他。刺眼的光线对他毫无影响，入睡固然不可能，稍稍打个盹儿他一向是做得到的，不管在什么光线下，在什么时候，也不管大厅里人山人海，喧闹不已。他非常愿意彻夜不睡，同这样的看守共度通宵；他愿意跟他们逗趣戏谑，给他们讲他漂泊生涯的故事，然后又悉心倾听他们的趣闻，目的只有一个：使他们保持清醒，以便让他们始终看清，他在笼子里什么吃的东西也没有，让他们知道，他们之中谁也比不上他的忍饿本领。然而他感到最幸福的是，当天亮以后，他掏腰包让人给他们送来丰盛的早餐，看着这些壮汉在熬了一个通宵以后，以健康人的旺盛食欲狼吞虎咽。诚然，也有人对此举不以为然，他们把这种早餐当作饥饿艺术家贿赂看守以利自己偷吃的手段。这就未免太离奇了。当你问他们自己愿不愿意一心为了事业，值一通宵的夜班而不吃早饭，他们就会溜之乎也，尽管他们的怀疑并没有消除。

人们对饥饿艺术家的这种怀疑却也难于避免。作为看守，谁都不可能夜以继日、一刻不停地看着饥饿艺术家，因而谁也无法根据目睹的事实证明他是否真的持续不断地忍着饥饿，一点漏洞也没有；这只有饥饿艺术家自己才能知道，因此只有他自己才是对他能够如此忍饥耐饿感到百分之百满意的观众。然而他本人却由于另一个原因又是从未满意过的；也许他压根儿就不是因为饥饿，而是由于对自己不满而变得如此消瘦不堪，以致有些人出于对他的怜悯，不忍心见到他那副形状而不愿来观看表演。除了他自己之外，即使行家也没有人知道，饥饿表演是一件如此容易的事，这实在是世界上最轻而易举的事了。他自己对这些也从不讳言，但是没有人相信。从好的方面想，人们以为这是他出于谦虚，可人们多半认为他是在自我吹嘘，或者干脆把他当作一个江湖骗子，断绝饮食对他当然不难，因为他有一套使饥饿轻松好受的秘诀，而他又是那么厚颜无耻，居然遮遮掩掩地说出断绝饮食易如反掌的实情。这一切流言蜚语他都得忍受下去，经年累月他也已经习惯了，但在他的内心里这种不满始终折磨着他。每逢饥饿表演期满，他没有一次是自觉自愿地离开笼子的，这一点我们得为他做证。

经理规定的饥饿表演的最高期限是四十天，超过这个期限他决不让他继续饿下去，即使在学界有名的大城市也不例外，其中道理是很好理解的。经验证明，大凡在四十天里，人们可以通过逐步升级的广告招徕不断激发全城人的兴趣，再往后观众就疲了，表演场就会门庭冷落。在这一点上，城市和乡村当然是略有区别的，但是四十天是最高期限，这条常规是各地都适用的。所以到了第四十天，插满鲜花的笼子的门就开了，观众兴高采烈，挤满了半圆形的露天大剧场，军乐队高奏乐曲，两位医生走进笼子，对饥饿艺术家进行必要的检查、测量，接着通过扩音器当众宣布结果。

最后上来两位年轻的女士，为自己有幸被选中侍候饥饿艺术家而喜气洋洋，她们要扶着艺术家从笼子里出来，走下那几级台阶，阶前有张小桌，上面摆好了精心选做的病号饭。在这种时刻，饥饿艺术家总是加以拒绝。当两位女士欠着身子向他伸过手来准备帮忙的时候，他虽是自愿地把他皮包骨头的手臂递给了她们，却不肯站起来。现在刚到四十天，为什么就要停止表演呢？他本来还可以坚持得更长久，无限长久地坚持下去，为什么在他的饥饿表演正要达到最出色程度（唉，还从来没有让他的表演达到过最出色的程度呢）的时候停止呢？只要让他继续表演下去，他不仅能成为空前伟大的饥饿艺术家——这一步看来他已经实现了——而且还要超越这一步而达到常人难以理解的高峰（因为他觉得自己的饥饿能力是没有止境的），为什么要剥夺他达到这一境界的荣誉呢？为什么这群看起来如此赞赏他的人，却对他如此缺乏耐心呢？他自己尚且还能继续饿下去，为什么他们却不愿忍耐着看下去呢？而且他已经很疲乏，满可以坐在草堆上好好休息休息，可现在他得支立起自己又高又细的身躯，走过去吃饭，而对于吃，他只要一想到就要恶心，只是碍于两位女士的面子，他才好不容易勉强忍住。他仰头看了看表面上如此和蔼，其实是如此残酷的两位女士的眼睛，摇了摇那过分沉重地压在他细弱的脖子上的脑袋。但接着，一如往常，演出经理出场。经理默默无言（由于音乐他无法讲话），双手举到饥饿艺术家的头上，好像他在邀请上苍看一看他这草堆上的作品，这值得怜悯的殉道者（饥饿艺术家确实是个殉道者，只是完全从另一种意义来讲罢了）；演出经理两手箍住饥饿艺术家的细腰，动作非常小心翼翼，以便让人感到他抱住的是一件极易损坏的物品，这时，经理很可能暗中将他微微一撼，以致饥饿艺术家的双腿和上身不由自主地摆荡起来；接着就把他交给那两位此时吓得脸色煞白的女士。于是饥饿艺术家只得听任一切摆布；他的脑袋耷拉在胸前，就好像它一滚到了那个地方，就莫名其妙地停住不动了；他的身体已经掏空；双膝出于自卫的本能互相夹得很紧，但两脚却擦着地面，好像那不是真实的地面，它们似乎在寻找真正可以着落的地面；他的身子的全部重量（虽然非常轻）都落在其中一个女士的身上，她气喘吁吁，四顾求援（真想不到这件光荣差事竟是这样的），她先是尽量伸长脖子，这样至少可以使饥饿艺术家不碰到她的花容。但这点她并没有做到，而她的那位较为幸运的女伴却不来帮忙，只肯战战兢兢地执着饥饿艺术家的一只手——其实只是一小把骨头——举着往前走，在哄堂大笑中，那位倒霉的女士不禁哇的一声哭了起来，只得由一个早就站着待命的仆人接替了她。接着开始就餐，经理在饥饿艺术家近乎昏厥的半眠状态中给他灌了点流汁，同时说些开心的闲话，以便分散大家对饥饿艺术家身体状况的注意力，然后，据说饥饿艺术家对经理耳语了一下，经理就提议为观众干杯；

乐队起劲地奏乐助兴。随后大家各自散去。谁能对所见到的一切不满意呢？没有一个人。只有饥饿艺术家不满意，总是他一个人不满意。

每表演一次，便稍稍休息一下，他就这样度过了许多个岁月，表面上光彩照人，扬名四海。尽管如此，他的心情通常是阴郁的，而且有增无减，因为没有一个人能够认真体察他的心情。人们该怎样安慰他呢？他还有什么可企求的呢？如果有个好心肠的人对他表示怜悯，并想向他说明他的悲哀可能是由于饥饿造成的。这时，他就会——尤其是在经过一个时期的饥饿表演之后——用暴怒来回答，那简直像只野兽似的猛烈地摇撼着栅栏，真是可怕至极。但对于这种状况，演出经理自有一种他喜欢采用的惩治办法。他当众为饥饿艺术家的反常表现开脱：说饥饿艺术家的行为可以原谅，因为他的易怒性完全是由饥饿引起的，而这对于吃饱了的人并不是一下就能理解的。接着他话锋一转就讲起饥饿艺术家的一种需要加以解释的说法，即他能够断食的时间比他现在所做的饥饿表演要长得多。经理夸奖他的勃勃雄心、善良愿望与伟大的自我克制精神，这些无疑也包括在他的说法之中；但是接着经理就用出示照片（它们也供出售）的办法，轻而易举地把艺术家的那种说法驳得体无完肤。因为在这些照片上，人们看到饥饿艺术家在第四十天的时候，躺在床上，虚弱得奄奄一息。这种对于饥饿艺术家虽然司空见惯、却不断使他伤心丧气的歪曲真相的做法，实在使他难以忍受。这明明是饥饿表演提前收场的结果，大家却把它解释为饥饿表演之所以结束的原因！反对这种愚昧行为，反对这个愚昧的世界是不可能的。在经理说话的时候，他总还能真心诚意地抓着栅栏如饥似渴地倾听着，但每当他看见相片出现的时候，他的手就松开栅栏，叹着气坐回到草堆里去，于是刚刚受到抚慰的观众重又走过来观看他。

几年后，当这一场面的目击者回首这件往事的时候，他们往往连自己都弄不清是怎么一回事了。因为在这期间发生了那个已被提及的剧变；它几乎是突如其来的；也许有更深刻的缘由，但有谁去管它呢；总之，有一天这位备受观众喝彩的饥饿艺术家发现他被那群爱赶热闹的人们抛弃了，他们宁愿纷纷涌向别的演出场所。经理带着他又一次跑遍半个欧洲，以便看看是否还有什么地方仍然保留昔日的爱好；一切徒然；到处都可以发现人们像根据一项默契似的形成一种厌弃饥饿表演的倾向。当然，冰冻三尺非一日之寒，现在回想起来，当时就有一些苗头，由于人们被成绩所陶醉，没有引起足够的重视，没有切实加以防止，事到如今要采取什么对策却为时已晚了。诚然，饥饿表演重新风行的时代肯定是会到来的，但这对于活着的人们却不是安慰。那么，饥饿艺术家现在该怎么办呢？这位被成千人簇拥着欢呼过的人，总不能屈尊到小集市的陋堂俗台去演出吧？而要改行干别的职业呢，则饥饿艺术家不仅显得年岁太大，而且主要是他对于饥饿表演这一行爱得发狂，岂肯放弃。于是他终于告别了经理——这位生活道路上无与伦比的同志，让一个大马戏团招聘了去；为了保护自己的自尊心，他对合同条件连看也不屑看一眼。

马戏团很庞大，它有无数的人、动物、器械，它们经常需要淘汰和补充。不论什么人才，马戏团随时都需要，连饥饿表演者也要，当然所提条件必须适当，不能太苛求。而像这位被聘用的饥饿艺术家则属于一种特殊情况，他的受聘，不仅仅在于他这个人的本身，还在于他那当年的鼎鼎大名。这项艺术的特点是表演者的技艺并不随着年龄的递增而减色。根据这一特点，人家就不能说：一个不再站在他的技艺顶峰的老朽的艺术家想躲避到一个马戏团的安静闲适的岗位上去。相反，饥饿艺术家信誓旦旦地保证，他的饥饿本领并不减当年，这是绝对可信的。

他甚至断言，只要准许他独行其是（人们马上答应了他的这一要求），他要真正做到让世界为之震惊，其程度非往日所能比拟。饥饿艺术家一激动，竟忘掉了时代气氛，他的这番言辞显然不合时宜，在行的人听了只好一笑置之。

但是饥饿艺术家到底还没有失去观察现实的能力，并认为这是当然之事，即人们并没有把他及其笼子作为精彩节目安置在马戏场的中心地位，而是安插在场外一个离兽场很近的交通要道口。笼子周围是一圈琳琅满目的广告，彩色的美术体大字令人一看便知那里可以看到什么。要是观众在演出的休息时间涌向兽场去观看野兽的话，几乎都免不了要从饥饿艺术家面前经过，并在那里稍停片刻，他们本来是要在那里多待一会儿，从从容容地观看一番的，只是由于通道狭窄，后面涌来的人不明究竟，奇怪前面的人为什么不赶紧去观看野兽，而要在这条通道上停留，使得大家不能从容地观看他。这也就是为什么饥饿艺术家看到大家即将来参观（他以此为其生活目的，自然由衷欢迎）时，就又颤抖起来的原因。起初他急不可待地盼着演出的休息时间；后来当他看到潮水般的人群迎面滚滚而来，他欣喜若狂，但他很快就看出，那一次又一次涌来的观众，就其本意而言，大多数无例外地是专门来看兽畜的。即使是那种顽固不化、近乎自觉的自欺欺人的人也无法闭眼不看这一事实。可是看到那些从远处蜂拥而来的观众，对他来说总还是最高兴的事。因为，每当他们来到他的面前时，便立即在他周围吵嚷得震天价响，并且不断形成新的派别互相谩骂，其中一派想要悠闲自在地把他观赏一番，他们并不是出于对他有什么理解，而是出于心血来潮和对后面催他们快走的观众的赌气，这些人不久就变得使饥饿艺术家更加痛苦；而另一派呢，他们赶来的目的不过是想看看兽畜而已。等到大批人群过去，又有一些人姗姗来迟，他们只要有兴趣在饥饿艺术家跟前停留，是不会再有人妨碍他们的了，但这些人为了能及时看到兽畜，迈着大步，匆匆而过，几乎连瞥也不瞥他一眼。偶尔也有这种幸运的情形：一个家长领着他的孩子指着饥饿艺术家向孩子们详细讲解这是怎么一回事。他讲到较早的年代，那时他看过类似的但盛况无与伦比的演出。孩子呢，由于他们缺乏足够的学历和生活阅历，总是理解不了——他们懂得什么叫饥饿吗？——然而在他们炯炯发光的探寻的双眸里，流露出那属于未来的、更为仁慈的新时代的东西。饥饿艺术家后来有时暗自思忖：假如他所在的地点不是离兽笼这么近，说不定一切都会稍好一些。像现在这样，人们很容易就选择去看兽畜，更不用说兽场散发出的气味，畜生夜间的闹腾，给猛兽肩担生肉时来往脚步的响动，喂食料时牲畜的叫唤，这一切把他搅扰得多么不堪，使他老是郁郁不乐。可是他又不敢向马戏团当局去陈述意见；他得感谢这些兽类招徕了那么多的观众，其中时不时也有个把是为光顾他而来的，而如果要提醒人们注意还有他这么一个人存在，从而使人们想到，他——准确地说——不过是通往厩舍路上的一个障碍，那么谁知道人家会把他塞到哪里去呢。

自然是一个小小的障碍，一个变得越来越小的障碍。在现今的时代居然有人愿意为一个饥饿艺术家耗费注意力，对于这种怪事人们已经习以为常，而这种见怪不怪的态度也就是对饥饿艺术家命运的宣判。让他去就其所能进行饥饿表演吧，他也已经那样做了，但是他无从得救了，人们从他身旁扬长而过，不屑一顾。试一试向谁讲讲饥饿艺术吧：一个人对饥饿没有亲身感受，别人就无法向他讲清楚饥饿艺术。

笼子上漂亮的美术字变脏了，看不清楚了，它们被撕了下来，没有人想到要换上新的；记载饥饿表演日程的布告牌，起初是每天都要仔细地更换数字的，如今早已没有人更换了，每天总是那个数字，因为过了头几周以后，记的人自己对这项简单的工作也感到腻烦了；而饥饿艺术家却仍像他先前一度所梦想过的那样继续饿下去，而且像他当年预言过的那样，他长期进行饥饿表演毫不费劲。但是，没有人记天数，没有人，连饥饿艺术家自己都一点不知道他的成绩已经有多大，于是他的心变得沉重起来。假如有一天，来了一个游手好闲的家伙，他把布告牌上那个旧数字奚落一番，说这是骗人的玩意儿，那么，他这番话在这种意义上就是人们的冷漠和天生的恶意所能虚构的最愚蠢不过的谎言，因为饥饿艺术家诚恳地劳动，不是他诳骗别人，倒是世人骗取了他的工钱。

又过了许多天，表演也总算告终。一天，一个管事发现笼子，感到诧异，他问仆人，这个里面铺着腐草的笼子好端端的还挺有用，为什么让它闲着。没有人回答得出来，直到一个人看见了记数字的牌儿，才想起饥饿艺术家来。他们用一根竿儿挑起腐草，发现饥饿艺术家在里面。“你还一直不吃东西？”管事问，“你到底什么时候才停止呢？”“请诸位原谅。”饥饿艺术家细声细气地说；管事耳朵贴着栅栏，因此只有他才能听懂对方的话。“当然，当然。”管事一边回答，一边用手指摸了摸自己的额头，以此向仆人暗示饥饿艺术家的状况不妙，“我们原谅你。”“我一直在希望你们能赞赏我的饥饿表演。”饥饿艺术家说。“我们也是赞赏的。”管事迁就地回答说。“但你们不应当赞赏。”饥饿艺术家说。“好，那我们就不赞赏。”管事说，“不过究竟为什么我们不应该赞赏呢？”“因为我只能挨饿，我没有别的办法。”饥饿艺术家说。“瞧，多怪啊！”管事说，“你到底为什么没有别的办法呢？”“因为我，”饥饿艺术家一边说，一边把小脑袋稍稍抬起一点，撮起嘴唇，直伸向管事的耳朵，像要去吻它似的，唯恐对方漏听了他一个字，“因为我找不到适合自己胃口的食物。假如我找到这样的食物，请相信，我不会这样惊动视听，并像你和大家一样，吃得饱饱的。”这是他最后的几句话，但在他那瞳孔已经扩散的眼睛里，流露着虽然不再是骄傲却仍然是坚定的信念：他要继续饿下去。

“好，归置归置吧！”管事说，于是人们把饥饿艺术家连同腐草一起给埋了。而笼子里换上了一只小豹，即使感觉最迟钝的人看到在弃置了如此长时间的笼子里，这只凶猛的野兽不停地蹦来跳去，他也会感到赏心悦目，心旷神怡。小豹什么也不缺。看守用不着思考良久，就把它爱吃的食料送来，它似乎都没有因失去自由而惆怅；它那高贵的身躯，应有尽有，不仅具备利爪，好像连自由也随身带着。它的自由好像就藏在牙齿中某个地方。它生命的欢乐是随着它喉咙发出如此强烈的吼声而产生，以至观众感到对它的欢乐很是受不了。但他们克制住自己，挤在笼子周围，舍不得离去。

叶廷芳　译

这篇小说写于1922年2月，同年10月首次发表在《新观察》(*Die Neue Rundschau*)上。

地 洞

我造好了一个地洞，似乎还蛮不错。从外面看去，它只露出一个大洞，其实这个洞跟哪里也不相通，走不了几步，便碰到坚硬的天然岩石。我不敢自夸这是有意搞的一种计策。不妨说，这是多次尝试失败后仅留的一部分残余。但我总觉得不要把这个洞孔堵塞为好。当然，有的计策过于周密，结果反而毁了自己，对此我比任何人都知道得更清楚。而由于这个洞孔引起人们的注意，发觉这里可能有某种值得探索的东西，这也确是勇敢的表现。但如果谁以为，我是怯懦者，仅仅因为胆怯才营造了这个地洞，这就看错我了。离这个洞口约千把步远的地方，有一处上面覆盖一层可移动的苔藓，那才是通往洞内的真正入口处。它搞得这样万无一失，世界上所能做到的安全措施也莫过于此了。诚然，也可能有什么人踩到那层苔藓，或者把它踩塌，那么我的地洞就暴露了。倘若谁有兴趣，也可能闯将进去——请格外注意，非有精于此道的稀有本领不可——把里面的一切进行永久性的破坏。这我是明白得很的。我现在正处于我的生命途程的顶点，就是在这样的时候，也几乎得不到一个完全安宁的时刻。盖着苔藓的那个幽暗的地方，正是我的致命之所在。我经常梦见野兽用鼻子在那里贪婪地来回嗅个不停，也许有人会认为，我满可以把洞口堵死，上面覆以一层薄薄的硬土，下面填上松软的浮土，这样我就用不着费多大气力，每次进出，只要挖一次洞口就行了。但那是不可能的事。为了防备万一，我必须具备随时一跃而出的可能性，为了谨慎行事，我必须随时准备冒生命的风险，可惜这样的风险太频繁了。这一切都得煞费苦心，而神机妙算的欢乐有时是促使人们继续开动脑筋的唯一原因。我必须做好随时能够冲出去的准备，有了高度的警惕性，难道我就不会受到完全突如其来的袭击了吗？我安安稳稳地住在我的家的最里层，与此同时，敌人却从某个什么地方慢慢地、悄悄地往里钻穿洞壁，向我逼近。我不敢说他的嗅觉比我更灵，很可能他对我就像我对他一样，知道得很少。但有些不顾死活的盗贼，不管三七二十一把地乱掘乱挖一通，由于我的地洞的范围广大，他们说不定在什么地方碰上我的许多途径中的一条，也未始不可能。

当然，我在自己的家里，自有谙熟所有途径和方向的长处，盗贼会很容易地成为我的牺牲品和美餐。但我正在变老，有许多同类比我更强，而且我的敌人多得不可胜数，我逃避了一个敌人，又落入另一个敌人之手，这种事情不是不可能的。唉，有什么事情不可能发生呢！但无论如何，我非有一个比较容易到达的、不费什么力气就可以出去的、完全敞开的出口做保障不可，这样就不至于在我没命地挖掘时（不管土层多薄），突然——天呀，保佑我！——感到后腿被追踪者的牙齿咬住了。而且威胁我的不仅有外面的敌人，地底下也有这样的敌人。我虽没见过，但传说中讲到它们，我是坚信不疑的。那是地底下的生物，传说中也说不清它们是什么样的。

甚至做了它们的牺牲品，还几乎没见过它们。它们来的时候，就在你站立的地底下——它们生活的世界——当你刚刚听到它们的爪子发出抓东西的响声的时候，你就没救了。遇到这种场合，与其说你在自己的家中，毋宁说你在它们的家中。在这种情况下，那条通往出口的通道也救不了我，可以说，那根本就不是救我的东西，而是毁我的东西。但它是一种希望，没有它我就活不下去。除了这条大道以外，还有几条很狭窄的、但相当安全的小道，它们使我与外界保持联系，向我提供自由呼吸的空气。这些路本来是鼹鼠筑成的，我因势利导，把它们引进了我的地洞里，我通过这些途径可以嗅得很远，使我得到保护。也有各种各样的小动物经由这些途径来到我跟前，成了我的食物。这样，我根本用不着离开地洞，就可以进行一些小小的狩猎活动，以维持一种简朴的生活；这是十分宝贵的。

我的地洞的最大优点是宁静。当然，这是没有准的。说不定什么时候突然中断，一切告终，也未可预料。不过就目前来说总算是宁静的。我可以在我的通道上蹑着脚走好几个钟头，有时听到个把小动物的声音，不一会儿这小动物也就在我的牙齿间安静下来了；或者泥土掉落的沙沙声，它告诉我什么地方需要修缮了；除此以外便是寂静。树林中的空气透进来，既暖和又清凉。有时我惬意地伸展身子，在通道上打起滚来。当秋天到来的时候，有这样一个住所可以安身，这对于一个渐近老年的人，算是美好的了。通道上每隔一百米的地方，辟一个圆形的小广场，在那里我舒舒服服地蜷曲着身子，一边休息，一边使自己暖和暖和。在那里我可以甜甜蜜蜜地睡上一觉，这是和平宁静的睡眠，是满足安全感的睡眠，是实现了建立安心之所的愿望的睡眠。不知是由于过去的习惯，还是这座家屋确实存在着足够的危险，唤起我的警觉，使我常常有规律地从酣睡中惊醒，肃然谛听着那日夜支配着这里的宁静，然后宽慰地微微一笑，旋即又舒展四肢，沉入更为香甜的梦乡。那些无家可归的可怜虫啊，他们在马路上、在树林中流浪，至多只能匍匐在堆积的树叶地下，或者与同类结伙，暴露在天地间的一切灾厄之中！我则躺在这各方面都安全的广场上——这样的广场在我的地洞里有五十几处之多——在瞌睡和熟睡之中来消磨那任我选定的时间。缜密地考虑极端危险的情况——不是直接的追踪，而是包围——在洞穴的近中心处修建了一个中央广场。在一切其他场合，都是极端紧张的脑力劳动多，体力劳动少，这个城郭则是我的艰巨的体力劳动的成果，比地洞里的所有别的部分都艰巨。有好几次，我由于身体疲乏不堪，濒于绝望，想弃绝一切；仰卧着翻过来，滚过去，诅咒这地洞并艰难地爬出洞外，任穴口洞开着。之所以这样做，是因为我不想再回去了，直到几小时或几天后我后悔了，回去一看，见地洞完好无损，我恨不得引吭高歌，并以发自内心的喜悦重新开始劳动。这个城郭的工程之所以增加了不必要（说不必要，因为地洞从那种无效劳动中并未得到真正的益处）的困难，是由于照计划安排所确定的这个场地恰恰土质很松，而且充满沙粒，因此必须把这地方的土层夯实，才能建造起美丽的大穹顶和圆形广场。从事这样一种劳动，我只能靠额头。所以，我不分白天黑夜，成千上万次地用前额去磕碰硬土，如果磕出了血，我就高兴，因为这是墙壁坚固的证明，而且谁都会承认，我的城郭就是用这样一种办法建成的。

我利用这个城郭来贮藏我的食物：凡是洞内抓获而目前还不需要的一切和外面猎获的全部，我统统把它们堆放在这里。场地之大，半年的食物都放不满。于是我把东西一件一件铺了开来，在其间漫步，同时玩赏着它们，悦目于其量之多，醉心于其味之杂。任何时候，只要我想看一看储藏品，都能一目了然，而且我还可以随时进行重新排列，根据不同季节，做出必要的预计和狩猎计划。有这样一些时候，由于洞里食物富足，我对饮食漠不关心，因而对这些出没的小动物根本不去理会，当然从别的理由考虑，这也许是欠慎重的。由于经常从事防御准备工作，使我原想充分利用地洞来进行防御的主张有了小幅度的改变和发展，于是我常常觉得以城郭为防御基地是危险的。地洞的复杂性确实也向我提供了采用多种防御办法的可能性。而我觉得将存粮稍加分散，利用某些小广场来分批贮藏，似乎更为周到些。于是我决定约每隔两个广场设一个预备储粮站，或者每隔三个设一个正储粮站，每隔一个设一个副储粮站，如此等等。再者，为了迷惑敌人，我划出几条道路不堆贮藏品，或者，各在它们通向主要出口的位置，挑选少数广场铺杂其间。自然，每一项这样的新计划都要求艰巨的搬运工作，我必须做出新的安排，然后就是来回搬东西。当然啰，我不用着急，可以慢慢地干，把珍贵的东西衔在嘴里搬运，高兴在什么地方歇一歇，就在什么地方歇一歇。遇到可口的东西就吃它几口，这是蛮不错的。糟糕的是，我每每从梦中惊醒，就仿佛觉得目前的这种粮食分贮法是完全失算的，它会招致严重的危险，非立即加以纠正不可，睡意和疲劳也在所不顾。于是我急忙就走，疾步如飞，连考虑一下的工夫都没有。为了实施这一新的、全新的计划，我不顾一切，凡是碰到嘴边的东西，就只管逮住，用牙齿咬着，拖呀，背呀，喘息着，呻吟着，踉踉跄跄地前进。只要对目前这种我感到过于危险的状况有任何些微的改变，我就心满意足了。直到睡意渐渐地消除，脑子完全清醒过来，我几乎不理解何以有这一番极度的紧张活动，对于被自己扰乱了的家里的和平长长地舒了一口气，重新回到我的卧所，由于新造成的劳累而立即睡着了。醒来时，作为这几乎像梦一般出现的夜间劳动的无可辩驳的证据，是牙缝间还挂着的一只耗子。此后又有一些时候，我觉得还是把所有的食粮集中于一个场地为上策。贮藏在小广场上对我会有什么好处呢？那里到底放得下多少东西呢？无论你拿什么放到那里去，都会堵塞道路，一旦有防务活动，奔跑起来，说不定反而成为我的障碍。再说，不把所有的储藏品集中在一起，因而不能对自己的财产一目了然，势必损伤自己的自尊心，这种想法固属可笑，却是难免。分成这么多摊，不会散失很多吗？我总不能老在纵横交错的通道上四处奔跑，以便看看是否一切仍然原封未动。分散贮藏的基本想法是对的，但必须有个前提：拥有好几个像我的城郭这样的场地。好几个城郭！一点不假！但是谁能够把它们建筑起来呢？在我的地洞建造的总计划中，现在也没有增添的余地了。我承认，这一点正是我的地洞的缺陷，就好比任何东西如果只有一种样品时，都有缺陷一样。而且我也承认，在建设整个地洞期间，我对于拥有几个城郭的要求在自己的意识中是模糊不清的，如果说我有过这一良好愿望，那就清清楚楚了。我没有按照那种要求去做，对于这项巨大的工程，我感到自己太弱了，甚至，我就是想象一下这项工程的必要性也感到自己太弱了。我以同样模糊的感觉聊以自慰，这在平常是难以做到的，但在这一场合我却做到了，这是一种例外，也可能是一种神的恩赐，因为保留我的前额以代替铁锤正是天意使然。现在我只拥有一个城郭，但觉得一个不够用的那种模糊感觉已经消失了。不管如何，我只得满足于一个。想用许多小广场来代替它是代替不了的。所以，当这种想法在我心中热起来的时候，我就又动手把各个小广场上的所有东西重新搬回城郭里。于是所有的场地和通道又空出来了，看见城郭里的肉类成堆，连最边远的便道都闻得到许多种肉类混杂的味道，我老远就能把它们一一辨别出来，而每一种味道都使我喜欢。有一阵子我对这一派气象真感到宽慰。这以后出现了一段和平时期。我利用这些太平时日，把我的卧所从外围慢慢地、一步一步地往里移，因而沉浸于越来越重的气味之中，以至于再也忍耐不住了。于是一天夜里我冲进城郭，从肉堆里挑出我所爱吃的上等品，扎扎实实、如醉如狂地饕餮大嚼一番，把肚子塞得饱饱的。这是幸福的时期，也是危险的时期；只要有人了解个中奥秘，充分利用这个时机，无须冒什么风险，就可轻而易举地将我毁灭，这与缺少第二三个城郭的弊害不无关系。我之所以受诱惑，正是由于食物集中堆在一起造成的。我正准备通过各种途径来抵御这种诱惑，保护自己，把粮食分散储藏在各个小广场上，也就是这类措施之一。可惜的是，它也像其他类似的策略一样，由于感到缺乏而引起更大的欲望，这欲望压住了理智，听凭欲望的驱使，任意改变防御计划。

这以后，在对地洞进行一些必要的修缮之后，我经常离开地洞——虽然只是很短的时间——去外面溜达，以便让自己冷静冷静，同时检查一下地洞是否坚固。要是长时间离开地洞，我会感到受惩罚似的难以忍受，但短时间出去走动走动，我以为也是很有必要的。每当我走近出口时，我总有一种庄严感。住在家里时，我是避免到那里去的，甚至连通向它的任何一条最小的岔道儿我都是不迈步的；再说到那一带去转悠也并不容易，因为我已经在那里建筑了一套完善的、小规模的迷津暗道；我的地洞就是从那里起始的，但当时我还不能指望能够如愿以偿地按照我的计划去完成，我开始半游戏似的从这个小犄角干起来，在迷津的建筑中，我第一次充分领略到劳动的愉快；这项迷津建筑在我当时看来是一切建筑之冠，但从今天的眼光看，说它气派太小，与整个地洞建筑不相称，该是比较公允的，虽然在理论上它也许堪称宝贵——“这是去我家的入口”，我当时讥讽地对那些看不见的敌人说，并仿佛看到了它们全部窒息在入口迷津里的景象——可是事实上，一种墙壁非常单薄的草率工事，对于认真进攻或者孤注一掷的亡命之徒是很难进行抵抗的。但我因此就应该把这一部分重建吗？我犹豫不决，大概要永远维持这样的现状了吧。且不说重建需要我付出巨大的劳动，而且也是一件人们能够想象的最危险的事情。在我刚开始挖筑地洞的时候，我是能够比较安心地在那里劳作的，那时风险并不比别的地方大多少。但在今天已经是不可能的事了，因为今天那样做就未免轻举妄动了，那就等于要把社会的注意力引向整个地洞上来。我感到高兴的是，眼下这一处女工程也具有一定的敏感性，比方说吧，一旦发生大规模的进攻，什么样的入口构造才能救我呢？在使进攻者迷惑、错愕、困扰这一点上，这个入口是可以应急的。但如果遇到真正大规模的进攻，那我就必须设法使用整个地洞的一切手段和身心的全部力量来对付——这是理所当然的啰。所以这个口子就让它维持原样不动好了。尽管地洞有着这样多的天然强加于它的缺陷，但毕竟是我亲手所创；虽然事后才认识到这些缺点，却认识得这样精确，那就让它保留着吧。但这并不是说，这个缺点没有经常地或者也许是始终使我感到不安。平时散步时，我都要避开地洞的这一部分，之所以如此，主要是因为我一看见它就感到不舒服，既然这个缺点已经在我的意识中发出噪声，我就不愿意让它总是在我的目光中浮现。那上面入口处的缺点是无法匡正了，但只要能够回避，我就尽可能不去看它。我只管朝着出口的方向走。虽然我与入口处之间隔着通道和广场，我依然感到我已经陷入一种巨大危险的氛围之中。有时候我好像觉得我的皮变薄了，不久就仿佛我只能以赤裸裸、光溜溜的肉身站立在那里，这时候，我的敌人以吼叫来欢迎我。说实在的，这样一种感觉足以致使出口本身失去对我的家屋的保护作用，但使我格外苦恼的，仍是入口的构造。有时我做梦，梦中我已经把它重建了，一夜之间以巨人般的力量，神不知鬼不觉、迅速而彻底地把它改造了，这下谁也攻不破了。我做梦的这一觉睡得比任何时候都香甜，醒来时我的胡子上还滚动着欢乐和宽慰的泪珠。

所以，如果我要外出的话，还得克服这条迷津给我肉体上造成的苦痛。而我有时一度迷失在自己的创造物中，因而显得这工程似乎还须不断奋斗下去，以便向我这个早就对它下了坚定不移的判断的人证明它的存在权利，这时候我又气恼又感动。接着我就来到青苔盖底下，在我留在家里这段时间，它与树林中毗连的地皮长在一起、互相衔接了，现在，只要我用头一顶，就可以到外边的天地去。这个小小的动作我已经很久没敢使用了，若不是今天又得克服入口的迷津，我一定会从这里折回，逛回家去。为什么呢？你的家闭关自守，固若金汤。你的生活安宁、温暖，良肴佳馔不断，你是无数通道、广场的主人，独一无二的主人。这一切你不希望牺牲，但有一部分你打算放弃，虽然你有信心把它们重新夺回来，但你有胆量下一个危险的、非常危险的赌注吗？对此有没有合适的理由呢？没有，在这类问题上不会有合适的理由。但接着我小心翼翼地掀起门盖，到了外面，又轻轻把它盖上，并赶紧跑离这个正在暴露的地点。

然而，我的本意并不是要在野外生活，虽然我不再憋在通道里行走了；而是要在大森林中狩猎，我感到身上有一种在地洞里没有任何地盘包括城郭——哪怕它再扩展十倍——让它施展的新的力量。外面的伙食也更好吃，狩猎固然比较困难，很少成功，但其收获从任何方面讲都是价值更高的。这一切我并不否认，并且懂得如何领略并享受它们。至少也得和别的动物一样，说不定比它们还强得多，因为我狩猎时，不像流浪汉那样轻率和绝望，而是目的明确，从容不迫。我也并不是非过野外生活不可，我知道，我的时间有限，不允许我永远狩猎下去，等到有人向我发出召唤，而我也愿意，并对这里的生活感到厌倦的话，我将不能抵御人家的邀请。这样的话，我就能够充分领略这里的时光，无忧无虑地度日。其实却不尽然，许多本来可以做到的事情并没有做到，地洞的事情忙得我团团转。我很快跑离洞口，不一会儿又赶回来。我在寻找一个合适的藏身之所，并守望着我的家门——这一回是从外面——一连几天几夜。让人家去说我傻好了，我可是有一种说不出的快乐，并从中得到安慰。于是我仿佛不是站在我的家门前，而是站在我自己的前面，觉得自己既能一边熟睡、一边机警地守护着自己，这未尝不是一种幸福。我有一定的长处，不仅能在睡眠时的那种只身无助和妄自轻信的状态中看得见夜间的精灵，而且同时能以完全清醒时的力量和沉着的判断力与它们在实际中相遇。我发觉很怪，情况并不像我通常所认为（并且只要下洞回到家里也许还会那么认为）的那样糟。从这一方面看是如此，从别的方面看也不例外，但尤其是从这一方面看来，这次外出确是必不可少的。

的确，我把入口处选在斜坡上是经过慎重考虑的。那里的交通情况——根据一周来的观察所得——确是熙来攘往，十分频繁。然而凡是能够居住的地方，恐怕都是这样的。再说，选在一个往来频繁的地方，由于频繁，大家跟着川流，这说不定比十分冷僻的地方更保险；在冷僻的地方反而会有精明的入侵者慢慢找了来。这里有着许多敌人，有着更多的敌人的帮凶，他们之间也互相争斗，在紧张追逐中从地洞旁边跑了过去。在这全部过程中，我没有看见任何人在靠近入口的地方搜寻过，这对己对敌都是一种幸运；否则，我会为了我的地洞着想不顾一切地朝他的喉咙扑过去。诚然，也出现过一些兽类，我不敢接近它们，只要远远预感到它们在，我便立即警觉，拔腿就跑。关于它们对地洞的态度，我本来实在是很难确定的。但当我不久回到家来，发现它们中没有一个在场，入口处也完好无损，于是我总算满意地放心了。也有一些幸福的时期，我很想对自己这样说：世界对我的敌意也许停止或者平息了吧，或者地洞的威力把我从迄今为止的毁灭性战斗中拯救出来了吧。地洞所起的保护作用也许比我以往所想象的，或者当我身临其境之际所能想到的还要大。有时甚至产生这样幼稚的想法：压根儿就不回地洞，而就在这里的洞口附近住下，专门观察洞口以打发日子，并不断想象着：假如我置身洞中，它能够多么坚固地保护我的安全；在这样的想象之中获得我的幸福。但幼稚的梦想很快就惊破了。我在这里所观察的到底是一种什么样的安全呢？我在地洞中所遇到的危险到底能不能根据我在外边得到的经验来判断呢？要是我不在地洞中，我的敌人到底能不能根据气味准确地嗅出我来呢？他们对于我肯定有几分嗅得出来，但完全嗅出那是不可能的。要是能完全嗅出，岂不经常成为正常危险的前提了吗？因此，我在这里所进行的试验只有一半或十分之一能够使我放心，而放松警惕又导致极度的危险。不，我所观察的与其说是我的睡眠（如我以为的那样），毋宁说是在坏家伙醒着的时候，我自己却在睡觉。也许他就混在那些疏忽大意地走过入口处的人们之中，无非像我这样，只想证实门户仍安然无恙，静候袭击，就走了过去。因为它们知道主人不在家里，或者也许它们清楚得很，主人就埋伏在附近灌木丛中，天真地守候着家门。而我呢，户外的生活已经厌倦了，遂离开我的观察哨，仿佛觉得无须再在这里学什么了，现在和将来都不必了。我愉快地向这里的一切告别，走下地洞，永远不回到外面去了，外界的事情听其自然吧，不再做无用的观察来阻止它们了。可是，这段时间，我一任自己看了入口上面所发生的一切，现在又用了极为惹人注意的办法下了地洞，而不知道在我的背后以及在按原来样子关好的入口的顶盖后面的整个周围将发生什么感到十分不安。起初，我曾在几个风雨大作的夜晚，试着把猎获物快速地掷进去。这一行动看起来是成功的，但是否真的成功，得等我自己进去以后方能知道，但那时对我来说已搞不清楚了，或者即便清楚，也已太晚。于是放弃了这项试验，不进里面去。我挖了一个——当然是距离真正的入口处足够远的地方——试验性的坑，其大小和我的身体相仿，也用一个青苔盖封口。我爬进坑里，把背后掩蔽好，认真等待着，计算出一天中长短不一的各个不同时刻，然后掀开青苔，爬了出来，记下我的各种观察，取得了种种好坏不一的经验，却找不到一种下地洞的一般法则或安全可靠的方法。因此，我至今还没有从真正的入口处下去过，而不久又不得不下去，这真使我焦躁不已。我并非完全没有到远方去恢复往日那种惨淡生活的念头，那种生活虽无安全可言，却是诸种危险无区别的连续，因而个别具体的危险就不明显，不必为之恐惧，这正是我的较为安全的穴居生活与其他地方的生活对照之下，不断启示给我的道理。诚然，这样一种念头是由于毫无意义的自由自在生活过得太久而产生的，也许是完全愚蠢的；现在地洞还属于我，只要再迈出一步，我就安全了。我摒除了一切犹豫，在大白天径直向洞门跑去，这次可一定得把门完全打开了吧。然而我却没能做到。我跑过头了！我特意倒进荆棘丛中，以惩罚自己，惩罚一种连我自己都不知道的罪过。但到头来我还是不得不承认，我的想法是对的，即不把我所有最宝贵的东西公开舍弃——哪怕只是短暂的，交给周围所有那些地上的、树上的和空中的飞禽走兽，则我要下去是不可能的。危险并不是想象的东西，而是非常实际的事情。那种兴致勃勃地跟着我来的，并非真正的敌人，倒很可能是某种身份清白而又不知好歹的渺小家伙，某种令人讨厌的小生物，它好奇地尾随着我，从而不知不觉地当了我的敌人的向导。或者不是那么一回事，说不定是——而这并不比别的情况好，在某些场合甚至是最糟的——说不定是跟我同一种类型的人，是地洞营造的行家，或者某个森林隐士，或者和平的热爱者，但也可能是个想不劳而获的粗野的无赖。假如现在它真的来了，带着肮脏的贪欲发现了入口，动手去掀苔藓，而且居然掀开了，跻身进去，拟巢而居，甚而至于弄到这种地步：有一瞬间他屁股正好对着我的脸儿，假如这一切真的发生，我就会像疯了一般，不顾一切地从后面向他扑去，把他咬个稀巴烂，咬成一块块，撕得粉碎，喝干他的血，并立即把他的尸骸拖到别的猎获物当中。但最要紧的是，我好不容易又重新回到了我的洞穴，这回甚至对迷津起了赞赏之意，可我首先得把我头顶上的苔盖盖好，然后安下心来休息，恐怕我全部的或部分的余生都要在这里度过了。然而事实上谁也没有来，我依然单独一人度日。我始终一心扑在各种困难的事情上，恐惧倒减轻了不少。我不再回避走近入口处了，在那里绕着圈子走动成了我最喜欢的活动内容，以至仿佛我自己成了敌人，窥视着顺利突入的良机。假如我有某个值得信赖的人，可以把观察哨的任务交给他，那我就可以放心地下去了。我会跟这个我所信赖的人约定，在我下去的时候，在下去以后的长时期内，严密观察形势，一旦发现危险迹象就敲打苔藓盖子，没有情况就不敲，这样我头顶上面的心腹之患便为之一扫而光，连一点残余都留不下，唯一留下的便是那个我所信赖的人了。难道他不要求报酬吗？最起码的，他连地洞也不想看一看吗？自动让什么人进我的地洞可是我的最大忌讳啊。地洞我是为自己，而不是为访问者而挖筑的，我想，我是不会让他进去的，哪怕他以让我能够进得地洞里面为交换条件，我也不会让他进去的。但我之所以压根儿不让他进去的原因是：让他独自下去吧，这绝无考虑之余地；我跟他同时下去呢，则他在我背后放哨给我带来的益处便成泡影了。那么信赖如何维持呢？在面对面的时候，我信赖他，假如我见不到他，假如苔盖把我们隔开，我还能同样信赖他吗？信赖一个人，在同时监视着他，或至少能够监视他的情况下是比较容易做到的，甚至远隔两地，多半也是可能的。但是从地洞的内部，亦即从另一个世界去完全信赖一个外面的什么人，我以为这是不可能的。甚至连这样一种疑问都是没有必要的，只要这样想一想就够了；在我下去期间或下去以后，人生道路上的无数偶然事件，都能阻碍所信赖的人履行他的义务，而他的任何一个最小的障碍都会给我造成不可估量的后果。总而言之，我无须抱怨找不到可以信赖的人，而只能孑然一身。这样，我肯定丧失不了什么利益，而且还可能使我避免损失。但堪信赖的，只有我自己和我的地洞了。这一点我早点想到就好了，对于我现在为之忙碌的事情也是早该虑及的，至少，在地洞的建筑开始阶段就应该实现一部分的。第一条通道应该这样设计才行：它需有两个彼此间隔适当距离的入口，这样，我经过各种不可避免的周折通过这个入口下去后，马上经由第一条通道跑到第二个入口，稍稍掀开一点为此目的而建造起来的苔盖，从那里以几天几夜的工夫试着观察情况。这看来是唯一正确的方法了吧。固然，两个入口使危险增加一倍，但这一忧虑此刻是不必要的，仅仅作为观察哨设想的那个入口做得很狭窄就行了。于是我一头扎进技术研究中，重温起一个完美无缺、万无一失的地洞建筑的旧梦，稍稍聊以宽慰。我悠然自得地闭上眼睛，眼前便浮现出那各种可能的图像，我可以在那里悄悄地、神不知鬼不觉地进进出出。

当我这样躺着，想象着以上各种情景时，对那些建筑方案给予很高的评价，但仅仅是从技术角度，而不是从实际效用角度出发的。这种不受阻拦的溜进溜出是什么意思呢？它意味着你心神不定，缺乏自信，意味着卑污的欲念，邪恶的个性，这个性面对地洞时还要坏得多。地洞仍然存在，只要向它完全敞开心扉，便可给予注入和平。现在我显然还在它的外面，正在寻找一种回去的可能性；为此，很想掌握必要的技术设施，但也许并不见得那么重要。如果把地洞仅仅看作一个想尽可能安全地爬进去的洞穴，那么像眼下这样神经质似的恐惧，岂不意味着大大贬低了地洞的价值了吗？的确，它也是一个安全的洞穴，或者应该是那样的洞穴，而当我设想我是处于危险之中时，那么我就要咬紧牙关，用意志的全部力量来证明这地洞不是别的，而仅仅是为拯救我的生命而存在的一个窟窿，它必须尽可能完美地完成这个明确地赋予它的任务，而别的一切任务我都给豁免了。可是现在的情况是这样：地洞在实际上——而处于巨大困境之中的人们是顾不上观察实际的，甚至在岌岌可危之际，也必须经过努力方能投以一瞥——虽然是相当安全的，但绝对是不够的，难道在其中什么时候停止过忧虑了吗？那是另一种的、更为骄傲、内容更为丰富的、深深压抑着的忧虑，可是它对于身心的消耗并不亚于生活在外面的时候所产生的忧虑。就算这个地洞仅仅为了我的生活保障而建造，就算我为此没有受别人的骗，然而付出的巨大的劳动与得到的事实上的保障相比，至少就我所能感觉到的和从中所能得到的利益而言，对我来说，是一件得不偿失的事情。承认这一点是极为痛苦的，但是面对前面的入口不得不这样做，这个入口现在把我——他的建造者和所有者——关在外面，不，让我在外面挣扎。但是地洞确也不仅是一个救命之窟。当我站在周围堆积着高高的肉类贮藏品的城郭之中时，纵览从这里伸展出去的十条通道，每一条都根据中央广场的地势或低或高，或直或曲，或宽或窄；条条宁静而空阒，它们各自以不同的方式把我引向同样宁静而空阒的各个广场——于是我心中关于安全的观念淡忘了，因为我清清楚楚地知道，这里是我的城堡，是我用手抓、用嘴啃、用脚踩、用头碰的办法战胜了坚硬的地面得来的，它无论如何也不能归任何人所有，它是我的城堡啊，我最终也要在这里安然地接受我的敌人的致命的一击，因为我的血渗透在我自己的这块土地里，是不会丧失的。在和平中半睡着，在愉悦中半醒着；经常在这些通道上度过这种美好时光，除此以外，怕是没有地方再有了；这些通道是为了我舒畅地伸展身子，孩子般地打滚，蒙蒙眬眬地躺着，甜甜蜜蜜地睡着，经过精心设计而建造的。那些小广场的每一个我都了如指掌，尽管彼此相像，但是我闭上眼睛也能根据墙壁的形状把它们辨别得一清二楚，它们和平地环抱着我，那种温暖，任何鸟儿在它的窝巢里都得不到。一切的一切宁静而空阒。

但是，既然是这样，那我又为什么踌躇呢？为什么我害怕入侵者甚于害怕永远不能返回我的洞穴的可能性呢？好了，现在这后一点谢天谢地成为不可能了，地洞对我意味着什么，搞清这个问题，压根儿是不必要的；我和地洞这样相依为命，不管我遇到多大恐惧，我都能泰然自若地留在这里，无须设法说服自己，打消一切顾虑，把入口打开。我只要清闲地等着就完全够了。因为没有任何力量能够把我们永远分开，无论如何，到最后我是肯定要下去的。但当然，到那时还需要多长时间呢？在这段时间里，在这里的上面，在那边的下面，将有多少事情发生呢？而我的责任在于：缩短这段时间，并立即着手从事必要的事情。

好了，我已累得想都不能想了，耷拉着脑袋，步履踉跄，半醒半睡，与其说在走路，毋宁说在摸索，这样才渐渐接近入口处，缓缓掀开苔盖，慢慢往下挪动身子，因为神思恍惚，让入口无故敞开了很久，及至想了起来，又上去把它关好。但为什么又爬到上面去呢？我只要把苔盖拉上就行了，好吧，我又下去，这回到底把苔盖给合上了。只有在这种状况下，只有在这种例外状况下，才能下洞穴。于是乎我躺在猎获物的堆垛之上，仰面是苔藓，周遭是血水和肉汁，总算开始睡上渴望的一觉了。没有东西打扰我，没有谁跟踪我。苔藓上面看来是平静的，至少直到现在是平静的，即使不平静的话，我想现在也不能对它进行监视了；我已换了地点，从上面的世界来到了我的地洞，我立即感觉到了它的作用。这是一个新的世界，具有新的力量在上面的那种疲惫不堪。在这里却没有。我是旅行回来的，累得几乎晕倒，我省视旧日的住处，着手积压着的修缮工作，匆匆巡视一下所有的场地，但首先是赶紧冲向城郭；这一切把我的劳累变成了不安与焦急。刚走进地洞那一瞬间，我仿佛死死地酣睡了一大觉。第一步工作是非常吃力的，任务十分繁重：猎获物须通过狭窄而墙壁单薄的迷津搬运。我竭尽全力向前推进，走是能走的，但我感到太缓慢。为了加快速度，我从肉垛上拉回了一部分肉块，然后从肉垛的上面跨过去，从它的中间穿过去，于是我的面前只剩下一部分了，把它们搬到前面去，就容易一些了。但是在一条堆满肉类的狭窄通路上，尽管只有我一个人，并不总是很容易通过的，以致有时我简直要被窒息在自己的贮藏品中，只有边走边吃边喝，才不致被肉块压伤。但运输完成了，我没有花太长时间就结束了这一工作，迷津被克服了。我站在一条正规的通道上喘了口气，通过一条联结支线，把猎获物搬到一条专为这类项目特设的中心大道，它以很大的坡度向下直通城郭。这下再没有工作可做了，这全部东西都由它自行往下滚动或流动。于是终于到了我的城郭了，我终于可以休息了。一切都没有改变，似乎并没有发生什么大不了的不幸，至于我一眼便发现的那些细小的破损不久即可修复。再有就是在此之前在各通道上的徜徉了，但这并不费力，等于跟朋友聊天，我过去常是这样做的，或者——我并不算老，但许多记忆已完全模糊了——是我听人这样说的。在我看到城郭以后，我就开始有意慢慢地走第二条通道，我有的是时间——在地洞里面我总是有的是时间——因为我在那边所做的一切都是重要的好事，并使我得到一定的满足。我从第二条通道出发，半路上中断了视察，转向了第三条通道，并遵循它折回城郭。这样，第二条通道显然还得重新再去，我就是这样又劳动又玩耍，自得其乐，独自发笑。工作很多，头绪纷繁，但永不脱离工作，不断增加着工作量。你们通道、广场和城郭啊，我为了你们而来，尤其是为了城郭的问题我连生命都在所不惜，可是长期以来，我却愚蠢得为生命而战栗，犹犹豫豫不敢回到你们当中。现在，我置身于你们当中了，危险又算得了什么呢！你们是属于我的，我是属于你们的，我们结合成一体了，有什么奈何得了我们呢。即使上面那些家伙已经迫近并准备好用嘴巴拱穿苔盖也不在乎了。而洞穴又以它的沉默和空阒来迎接我，证实着我所说的话。但是，一种懒洋洋的情绪向我袭来，在一个我最喜爱的广场上，我微微蜷曲着身子躺了下去，我还远没有把一切都视察完毕呢，但我要继续视察下去，直到最后，我不想在这里睡觉，只是经不起在这里躺一躺卧一卧的引诱，想试试看，在这里睡觉是否始终还像过去那样安稳。成了！可我一躺下就不想起来了，我就在这里进入了深沉的梦乡。

我大概睡了很久很久，直到最后实在睡足了，我才自然而然地开始醒过来，最后睡意一定是十分淡薄了，因为一种几乎无法听到的“嚯嚯”[①]的微弱响声把我唤醒了。我立刻明白，这是一种我过去太不注意、对它过分宽容的小东西，趁我不在，在什么地方钻通了一条新路，与我的一条旧路

---

① 嚯嚯：形容吹哨子的声音或蟋蟀叫的声音。

相交，风一吹就发出“嚯嚯”之声。好一个埋头苦干的家伙啊，而它的勤奋又多么叫人讨厌啊，我非得把耳朵贴在通道的墙上听一听，在墙根试着挖一挖，把骚扰的地点找出来不可，然后才能消除响声。此外，新挖的洞孔如果符合地洞的某项建筑要求，就作为新的通气孔，这对我也是需要的。但那些小东西我要比以前加倍严密注意，一个也不饶恕。

由于我对这类检查工作训练有素，说干就可以干起来，也无须多长时间即可完成，虽然手头有别的工作要做，但这是当务之急，我的每条通路都应保持宁静才是。这一种响声说起来并没有什么了不得；虽然我刚回来时这响声就早已存在，但我一点儿都没有听见；直到重新在家里完全安顿下来之后，也就是说只有当你用主人的耳朵去听的时候，才能听得到。而这种响声并非常有，中间有很长时间的间隔，那显然是气流受到阻碍时发出的。我开始检查，却找不到下手的地方，虽然挖了几个洞，但那是漫无目标地乱挖一气，当然不会有任何结果；挖的工程固然巨大，但白白花费的填堵和平整的工夫则更为巨大。我压根儿就没有接近过发出响声的地点，每隔一定的间歇，一会儿传来微弱的“嚯——嚯”的声音，一会儿又传来“呼——呼”的声音。这个，目前暂且不去管它，响声固然恼人，但我所认定的原因是无可怀疑的，所以声音几乎没有怎么提高。相反，倒有可能——迄今为止我显然从来没有等待过这么久——那小东西在继续钻小孔的过程中，这样一种响声会自行消失的。往往有这样的情况：一种偶然的机会使你毫不费力地找到骚扰的踪迹，而有目的有计划地去寻找却长久找不着。我这样安慰着自己，很想再到各条通道上去徜徉，看看那回来后还没有去看过的许多广场，其间也到城郭去转转。但不行啊，我得继续寻找才是。大好大好的时光被这伙小东西所耗费，它本来是可以利用在更好的场合的。在检查纰漏方面，通常吸引我的是技术上的问题，例如我的耳朵具有辨别任何细微差异的能力，能够绘形绘色地使我想象出产生响声的原因，而这原因是否符合实际，这回我很想搞个水落石出。只要这方面没有得出可靠的结论，我就没有足够的理由在这里感到安全。即使从墙上掉下的一粒沙子，不弄清它的去向我也不能放心。何况是这样的响声，它在这一方面绝不是无关紧要的事情。但重要也好，不重要也好，无论我怎样寻找，也没有发现任何东西，或者反过来说，发现的东西太多了。事情一定是恰恰发生在我那最喜爱的广场上！我一边这样想着，一边远远地离开那儿，几乎走到通往下一个广场的中间。这整个事儿简直是一种笑话，仿佛我想要证明，并非正好是我最心爱的广场才有这种骚扰，别的地方也有种种骚扰，于是我微微笑了起来，倾耳谛听着，但不久我就敛起笑容，因为果不其然，这里也有同样的"嚯嚯"声。这么说来什么也没有——有时我这样想——除了我以外，谁也听不见的，我的经过训练的耳朵显然是敏锐的，现在分明听得越来越清楚了，虽然事实上到处都有完全相同的"嚯嚯"声，跟我通过比较所证实的一模一样。只要站在通道之中，而不必耳朵贴墙，便可听得出来，那声音并不更大。

那场合，我非得用心，不，全神贯注才能时不时地听到一丝儿声响，不过，与其说是听到的，倒不如说是猜到的呢。但正是这相同的响声才叫我头疼，因为这跟我最初的推断不能吻合。假如我对发出响声的原因的推测是正确的，就是说响声确是从某一个场所——这场所是非找出不可的——以最大音量向周围发放，那么它必定越来越小。但如果我的解释是不准确的，那么别的解释是什么呢？也有可能存在两个发音的中心，直到现在我都是从距离中心很远的地方进行监听的，而当我一步步接近这个中心时，它的响声固然逐渐加强，而另一个中心的响声则渐次减弱，故传到耳朵里的两个中心音量的总和就老是一个样了。当我洗耳谛听的时候，我几乎以为听出了那与我新的推测相符的声音差别来，尽管那声音非常模糊不清。无论如何，我必须把检查区域在检查过的基础上大加扩展。于是我循着通道直达城郭，从那里开始监听——奇怪，这里也有同样的响声。哦，这是某些微不足道的动物趁我不在家的时候，放肆地掘洞所产生的声音。不管怎样，它们是不会有反对我的企图的，它们无非是致力于自己的工作罢了。只要中途不发生障碍，它们是要朝着既定的方向搞下去的。这一切我全明白，虽然并不理解它们何以要这样做，弄得我焦躁不安，扰乱了我的对于工作非常必要的理智；它们竟敢趋近我的城郭。但经我观察，迄今并未发现城郭周围的墙壁有被掘穿的情况。是由于城郭地处深奥范围广大呢，还是由于因广大而引起的强劲的气流把掘洞的家伙们吓住了呢？或者城郭的存在这一事实的本身使这些感觉迟钝的家伙闻之也不能不有所慑服呢？无论如何我不想去鉴别究竟是哪种原因使这些挖掘者踌躇不前的。动物受了强烈的气味的吸引，成群结队而来。这里本是我的可靠的狩猎场。但那时它们是从上面某个地方挖穿顶壁，进入通道的，虽然战战兢兢，却经不起强烈的引诱，终于从通道上跑了下来。现在呢，它们却在通道里钻洞。假如我至少完成了青年时期和壮年早期那些最重要的计划，或者说我有过实行那些计划的力量就好了，因为我并不缺乏意志。我最心爱的计划之一，是把城郭跟它周围的泥土隔开，就是说，城郭四壁留下约与我的身高相等的厚度，然后沿着城墙的外围，在那道可惜无法与泥土分开的墙基外面，挖一层腔室，其大小与城墙的体积相同。我总是不无理由地把它设想为我所能有的最上等的寓所。在这个圆形体的上面，我悬吊呀，攀缘呀，下滑呀以及翻滚呀，最后又站在地上。所有这一切游戏都是在城郭的本体上面做的，没有真正到它的室内去。现在能避开城郭就避开，能不进去看就不看，把看的快乐留在以后，不必因此而为之怅然，那是为了把它牢牢掌握在手里，不过假如仅仅拥有一条通往那里的普通的公开通道那是不大可能做到的；但好在可以为它放哨，这就补偿了看不见它的内部这一缺憾。要是让我在城郭和腔室之间选择一个为我的终身寓所的话，我一定要选择后者，宁可不断地上上下下巡逻，以守备城郭。这样一来墙壁里就不会有响声了，不会有东西向城郭大胆挖掘了；于是那里的和平有了保证，而我成了和平的守护者；我用不着怀着反感情绪去倾听小动物们的挖掘，而是带着我现在完全消失了的如痴如醉的情怀，沉浸在城郭的一片宁静的气氛之中。

但是这一切美妙的情景眼下毕竟还不是现实，我还得干，而我目前所干的也是和城郭直接相关的，我真要为之高兴，因为它鼓舞着我。事情越来越明显，这件起初看起来微不足道的工作，显然需要我全力以赴了。我现在所做的是全神贯注地细听城郭周围的墙壁，不论高处还是低处，也不论墙上还是地面，入口还是内里，我无处不听，而我所听见的到处是同样的声音。长久倾听这断断续续的声音，得付出多少时间、经历多少紧张的场面。只要你愿意自己欺骗自己，也可以从这当中得到一点小小的安慰，即城郭这地方与通道不同，由于它范围大，只要你耳朵一离开地面，便什么都听不到了。仅仅为了休息，为了保持冷静，我往往做这样的试验：聚精会神地听着，结果什么都听不见，这使我欣幸。可是，这到底是怎么一回事呢？用我最初那些说法来解释这种现象完全讲不通，但我所能设想的别的解释又不得不加以排斥。我所听到的，也许就是那种小畜生自己干活时的声音。但这是同所有的经验相矛盾的。凡是我从未听到过的，虽然它一直都存在，但我总不能突然一下就听到了。我在洞穴中对于骚扰的敏感性也许与年俱增，但听觉绝不会变得更敏锐。听不见它们的声音，这正是那些小畜生的本质特征。不然，我过去怎么容忍得了呢？哪怕冒着饿死的危险，我也恨不得把它们彻底铲除掉。但是我渐渐产生了这样的想法：这也许是一种我现在还不认识的动物，这不是不可能的。虽然我已经观察了很长时间，在下面生活我是够小心谨慎的，但世界是千变万化的，那种突如其来的意外遭遇从来就没有少过。然而那不会是个别的动物，必定是大群大群的吧，它们乘我不备突然侵入我的范围。这一大群听得见的小动物，其地位固然在那种小玩意之上，但超出很有限，因为它们干活的声音本身就很微弱。所以有可能是一些不熟悉的动物，它们成群结队地外出漫游，仅仅从这里经过一下，惊动了我，但它们的队伍不久便会过去。所以我只要等待便可以了。多余的工作是不会有的。可是，既然都是陌生的动物，为什么我见不到它们呢？我挖了好些陷阱，想逮它一只，但我什么也没有发现。我想，可能那是小而又小的动物，比我所认识的那种还要小得多，只是它们发出的响声却大得多。于是去检查挖出来的泥土，把土块抛入空中，让它们砸得粉碎，还是看不见噪声的制造者。我渐渐明白了，这样小规模地偶然挖几下，是不可能取得任何效果的，这种搞法，只不过在洞穴里的墙壁上挖了一些洞，手忙脚乱地这里挖一下，那里掘一通，连堵洞的工夫都没有，许多场地泥土成堆，阻碍道路，挡住视线。当然，这一切对我的妨碍并没有什么了不得，我现在既不能出外徜徉，也不能去各地巡视，更不能休息。我常常干着干着就在某个洞窟里睡着了，一只前脚的爪子扎进了上面的土层里，那是在半醒半睡的状态下想从那里抓下一把泥土来。我权且改变一下办法吧，今后就朝着响声的方向挖一个正规的大洞，摆脱任何理论，不找到响声的真正根源就不停止挖掘。一旦找到根源，只要我力所能及，我就要把它消除；倘若力不从心，我至少也掌握了确实的情况。这种确实的情况不是给我带来安宁，就是给我带来绝望。但安宁也罢，绝望也罢，二者必居其一；总有一种结果是无可怀疑的，而且是合乎情理的。这个决心一下，我的精神为之一爽。我迄今所做的一切，弊在操之过急；回到家来，心情激动，还没有摆脱上面世界所笼罩的那种不安全感，还没有与地洞里的和平气氛相融合，脱离洞穴中的和平生活那么久，神经变得十分过敏，只要遇到一点特殊现象，就会叫我惊慌失措。到底有什么呢？一种轻轻的“嚯嚯”声罢了，间隔好久才听得见，微不足道也，但我愿意承认它能使我成为习惯，不，那是习惯不了的。但目前不要与之针锋相对，我且观察一段时间再说，那便是：经常花几个钟头凝神谛听一番，耐心地把结果记录下来，但不能像我以前那样，听的时候耳朵挨着墙壁轻轻移动，而且差不多一听到有点什么动静就急忙挖掘起来，那样做原本并非想发现点什么，而是内心不安的一种必然举动罢了。今后不那样干了，这是我所希望的。但还是下不了决心——这是我闭上眼睛不得不承认的，虽然同时为此对自己光火——因为不安在我的心中颤动，仍像在此之前几个钟头一样，要不是理智抑制着我，很可能我会不论什么地方，不管在那里是否听到了什么，迟钝地、执拗地去挖掘，仅仅为了挖掘而挖掘，几乎就像那些小畜生那样，它们不是毫无意义地掘地，就是仅仅为了啃泥而挖土。合乎理智的新计划又吸引我，又不吸引我。计划本身是无懈可击的，至少在我是提不出异议的，据我理解，照它做去，肯定会达到目的。尽管这么说，我还是不相信这个计划，因为不相信，所以，我对于实行计划的结果可能带来的可怕性并不担心，对于结果的可怕性我也是不相信的；是的，我觉得，从最初发现响声以来就想到这样一个彻底的挖掘计划就好了，只是由于我信不过它，一直都没有付诸实施。尽管如此，今后我自然是要着手挖掘的。因为对我来说舍此没有别的办法，不过我不打算马上就开始，我将把这项工作稍稍往后挪一挪。如果理智应该重新受到尊重，那么它就应该得到完全的尊重，今后我不再一头扎进这一工作中去。无论如何我要事先弥补一下由于我的乱掘乱挖给地洞造成的损失；这需要花费不少时间，但这是必要的。新的开挖计划如果真的要达到某种目标，时间上它将会拉得很长；要是它达不到任何目标，它就会变得无休无止。不管如何，这项工作意味着更长久地远离地洞，环境不像上面世界那么恶劣，只要我愿意，我可以随时中断工作，回家来看看。要是不这样做，则城郭的风将向我吹拂，在我工作的时候围绕着我，但这仍然意味着远离地洞，把自己交给一种不可预料的命运。因此我想把地洞整顿好了再走，为了地洞的安宁而战的我，总不该让人说：是我自己把它搞乱，而又不立即把它恢复。于是我开始把泥土加以集中，送回到一个个洞孔中去。这是我的拿手活计啰，几乎还没有意识到，这种活计就已经干过无数次了，特别是最后这道夯实抹平工序——确实不是自夸，那是实情——我可以做得比谁都好。可这一回我却感到难了，我的注意力太不集中，干活时一再让耳朵贴着墙壁倾听，而刚刚提起来的土稀里哗啦地又掉回到土堆，我都不闻不问。最后这些完善性的工作，要求注意力更要集中，我却几乎干不了。留下一堆堆难看的疙瘩、碍眼的裂缝，更不用说，旧的墙壁的动摇是不能以这样草率的修修补补使其恢复原状的。这仅仅是一种权宜之计，我以此自慰。等我回来，恢复了和平，再做全面彻底的修缮，那时一切都将进行得很快，君不见，童话里就是一切都进行得很快的，这种慰藉也是属于童话世界的。最好当然是，现在马上把工作圆满地完成，这比老是把它中断，在通道上漫游，寻找新的声音来源要有益得多；寻找新的声音来源其实是轻而易举之事，随便找个地方，停下来听一听，仅此而已，我的毫无益处的发现还要多呢。有时候好像觉得响声没有了，很长时间寂然无声，这样的“嚯嚯”声往往是会听漏了的，因为自己的脉搏在耳朵里跳动得太厉害了，于是两种间隔时间正好相重，遂合而为一，顷刻间你就以为那“嚯嚯”声似乎永远消失了。这一来就不用再监听下去了，我高兴得跳了起来，整个生活为之改观，仿佛泉源突然打开了，从中流泻出来的是地洞的宁静。我没有急着去检验这一发现，而去找一个我能与之推心置腹的人倾谈一番，于是就直奔城郭而去，我一生为之奋斗的新生活终于苏醒了！我这才想起已经很久没有吃东西了，便从半埋在土里的粮食贮藏品中随便抽出些东西，狼吞虎咽起来。同时我利用这点吃饭时间，赶回那不敢全然置信的发现的地点，想再证实一下这件事的可靠性如何。我的这一举动不过是顺便为之，原想一带而过，谁料侧耳一听，立刻表明，我大错特错了：那老远的地方明白无误地响着

“嚯嚯”声。我恨不得把吃的东西统统吐出来，踩进地里去，回头继续工作吧。但到哪里去呢？全无头绪。有的地方像是需要，而这样的地方有的是，就着手干点什么吧，但动作机械得很，就好像看见监工来了，不得不做做样子。但这样的活没干多久，又出现新的情况。响声好像加强了，当然强不了多少，但这里的问题往往就发生在最细微的差别上，响声确实有了些许的加强，强到耳朵可以清晰地听得出来。而这种声音的渐强像是由于距离渐近之故，因为渐近，就听得更加清楚，仿佛可以目睹它走进来的脚步似的。我跳离墙壁，想居高临下看一看这一发现将引起的种种可能的后果。我产生一种感觉，好像我的地洞本来就不是为了防御进攻而建造的。防御的意图虽然是有的，但抛却一切生活经验，则进攻的危险以及由此产生的防御的设施对一个人来说仿佛都成为遥远的事情——或者，虽不遥远（这怎么可能），但在轻重缓急上，次于和平生活的设施，这类设施在地洞里是处处给予优先地位的。许多防御设施本来是可以在不干扰总体计划的情况下建立起来的，却是由于一种不可理喻的原因被耽误了。这些年我享尽幸福，幸福使我麻痹，虽有过不安，但幸福之中的不安是无关宏旨的。

现在要做的第一件事不外乎是，把地洞的建设放在防御及根据防御所设想的一切可能性上进行详细而周密的考察，制订出防御及所属的建设计划，然后像青年人那样，朝气蓬勃地立即开始工作。这是必不可少的工作，当然——顺便说一句，搞得太晚了点，但那是不可或缺的工作啊。然而，那种试探性的随地大挖其洞的做法，绝对不能搞了，那样做，原来的唯一目的是让自己的全部精力毫无防御意义地用于寻找险情上，干着一种杞人忧天的傻事，危险迟迟不来，而时时担心着它来。突然，我不理解以前的计划了，以前那样思路分明的计划，变得完全不可思议了。我又把工作撂下，也不去监听，此刻我不想去发现声音的加强了，我的发现已经够可观了。我把一切都撇开，只要把内心的抗辩平息下去，我就太平了。我又沿着我的条条通路到了更遥远的地方，从野外回来后我还没有到那里去看过，我的前爪还一点也没有碰到过，那里的宁静等待着我，我一到便被它完全笼罩了。我不想在那里耽搁着，匆匆穿了过去。我压根儿就不明白，我究竟在寻找什么，也许仅仅是为了拖延时间吧，我越走越迷路，以至来到迷津暗道。我很想在苔盖附近谛听一番，那遥远的事情——眼下是这样遥远——吸引着我的兴趣。我挤到上面去听了听，万籁俱静。这里多叫人称心如意呀，外边谁也不注意我的地洞，每个人都有跟我无关的工作，这正是我为之努力的结果。现在，在苔盖旁边几个钟头之久也听不到响声，这在我的地洞边缘也许是独一无二的场所了——这同地洞里的情况形成鲜明的对照，于是：昔日的危险之地反成了和平之乡，而城郭呢，却被卷进了吵闹的世界及其危险之中。尤为糟糕的是，这里其实也没有和平，这里的情况什么也没有改变，宁静也罢，吵闹也罢，危险一如既往潜伏在苔藓之上。不过我对于危险已变得感觉迟钝了，那是由于我的墙壁的“嚯嚯”声使我用心过甚之故吧。我是为此用心了吗？那响声越来越强，步步逼近。但我绕来盘去通过了迷津，来到入口通道的高处，躺在苔藓底下，这一来就几乎把家交给那“嚯嚯”声了，只要在这上面稍稍休息一会儿，我就心满意足了。让给了“嚯嚯”声？难道我对那响声的原因有了某种新的明确看法了吗？那响声不就是那些小玩意挖洞时产生的吗？难道这不就是我的明确的见解吗？这种见解我到现在似乎还没有放弃呢。假如这声音不是直接从它们的洞中发出的，那也是跟那些洞有某种间接关系的。即便跟它们毫无联系，那就说明从一开始什么蛛丝马迹也没有找到，只好等着，直到把原因找到，或者它自行暴露为止。眼下这会儿人们自然也可以虚构各种说法来戏谑，比如说远处某地方水漏进来了，而我所听到的“嘟嘟”声或“嚯嚯”声，原来就是漏水声。但这方面我是毫无经验可言的，姑且不谈了吧——地下水我是一开始就发现的，马上把它排引开了，此后这沙土地里就没有再发现水——之所以姑且不谈，因为那到底是“嚯嚯”声，不能当作水的声音。但是多多勉励自己平静是会有好处的，虽然想象力不会静止，而事实上我也那么认为——自己加以否认也是徒然——那声音就出自一种动物，不是许多动物，也不是小动物，而是一头大动物。也有一些反对的理由。那就是响声随处可闻，强弱始终相同，而且不分昼夜，有规律地传来。的确，最初我满以为那是许多小动物。但我在发掘时本来是会找到它们的，结果却什么也没有找到。剩下的唯一解释就是有一头大动物的存在了，同时也有似乎与这种解释相矛盾的说法，它所涉及的东西倒不是证明上述动物不可能存在，而是它们越出了一切可以想象的界线，变成耸人听闻的了。因此，我反对这一种说法。我排除了这种自欺欺人的东西。很久以来我就玩味着这样的想法：之所以老远也听得到那声音，就是因为那动物在迅猛地工作；它以人们在外面路上散步的速度，在迅速地钻掘前进，大地为之震颤，即使钻掘已经过去，那余震和工作本身的响声在远处汇成一片，我仅仅听到这行将消逝的余音，觉得到处听起来都是相同的。再者，那动物不是朝着我这个方向前进的，因此声音没有变化。多半它已有一项计划，其意向我不得而知，我只认为，该动物——我决不想断言它知道我的情况——正在我的周围绕圈子，自从我对它进行观察以来，它在我的地洞周围已经绕了好几圈了。声音的种类，“嚯嚯”声或“嘘嘘”声引起我许多想法。我若以自己的方法来刨地或掘土时，听起来却完全不同。我对“嚯嚯”声只能做这样的解释：动物的主要工具不是它的爪子（爪子大概仅作辅助用），而是它的嘴和鼻，且不说这两样东西有着巨大的力气，只看它们的锐利也是显而易见的。它钻地时兴许用鼻子朝地里猛力一撞，一大块土就掘起来了，这期间我什么也没有听见，是间歇吧，但接着又是一撞，并吸一口气。这吸气的动作就使地面发出噪声，这不光是它使了气力，而且还由于它的匆忙，它的劳动热情；这噪声在我听起来，就成了轻微的“嚯嚯”声了。它那不倦劳动的能力显然不是我所能理解的；也许那片刻的间歇就把短暂的休息包括在内了吧，可真正像样的休息似乎它还不曾有过。它夜以继日地挖掘着，始终气力十足，精神饱满，一心要赶紧完成它的计划，又拥有实现这一计划的一切能力。好家伙，这样一个敌人我想都没有想到过。但是，这头巨兽的特点且不提了吧，现在发生的那不过是我本来一直都在提心吊胆、随时准备对付的一件事：有人接近了。蹊跷的是，为什么这么长的时间里我能够一切平安无事，而且幸福度日呢？是谁控制着敌人的行动路线，使它们避开我的驻地，让它们拐了个大弯走了过去的呢？为什么这样长期地保护着我，而现在又让我受着这样的威胁呢？比起这一危险来，我一直思虑的那些小的危险又算得了什么！作为地洞的主人，我能有足够的力量来对付任何来犯者吗？我作为这样一个既宏大又脆弱的建筑物的主人，面对任何比较认真的进攻，我深知自己恰恰是没有防御能力的。主人的幸福感使我骄纵；地洞的脆弱性使我敏感。只要地洞受到伤害，我就会有切肤之痛，如同我自己受到伤害一样。而正是这一点我应该事先就预见到的，不应只为我个人的防御着想——就是在这方面我过去做得多么草率和无效——而应从地洞的防御着想。尤其需要事先筹划的是，当有人来进攻的时候，能把地洞的一个一个部分——尽可能把许多这样的部分——在极短时间里做到用土堵死，使它们与受威胁较轻的部分分割开来，通过大量泥土的堵塞和由此达到的卓有成效的分割，使得进攻者万万料想不到在这后面才是真正的地洞。还有，用泥土堵塞，不仅掩蔽了地洞，而且还能埋葬来犯者。诸如这样一些事情，我没有采取过任何步骤，这方面一丝一毫的工作也没做过，我以前轻狂得像个小孩，我以孩子般的游戏度过了我的成年岁月，甚至在设想危险的时候，也当作儿戏，对于真正的危险，我也没有认真地想过。我把事情耽误了，虽然这期间不断有情况向我发出警告。

堪与目前这样的情况相比的事情当然没有发生过，但在地洞初创时期，类似的事情却频频有之。所不同的主要就在那是初创时期……那时我还是个正式的小学徒，从事第一条通道工作，迷津的设计才有了一个初步的轮廓，我已挖出了一个小广场，但在大小的设计和墙壁的筑造方面却完全失败了；总之，一切就是这样开始的，那只能当作一种尝试，当作一种一不满意便立即报废而不足为惜的事情。有过这么一件事：在一次劳动间歇——平生劳动间歇的时间花费得太多了——时，我躺在我的许多土堆之间休息，忽然远处传来一种响声。像我这样的小伙子，听到这声音与其说害怕，毋宁说新奇。我撂下活儿，竖起耳朵来听，我总是就地谛听，并不需要跑到苔藓底下的高处，躺在那里去听，却什么也听不到。我在这里至少是听到了的，我能准确地鉴别出，那是挖掘的声音，同我这里的情形相仿，听起来比较微弱一些，但离这里有多远，我估计不出来。我也紧张过，不过通常是冷静、平和的。我想过：也许我进了别人的地洞了吧，它的主人现在正朝着我挖过来呢。假如我的这一想法属实，则我立即离开，到别的地方去营建，因为我从未有过占领欲或进攻心。不过，自然啰，我还年少，还没有一个地洞为家，我还能够做到冷静与平和。后来事态的发展过程也没有引起我真正激动过，只是要说清楚这过程的事情并不容易。如果那边的挖掘者听到了我在挖掘，真的向我这边推进，或者它中途又改变方向（像现在已发生的那样），那也无法确定，它是否真的在这样做，因为，这可以是由于我的劳动间歇使它失去了目标，也可以是由于它自己改变了意图。但说不定是我自己完全搞错了，此君根本就没有以我为直接目标；不过那声音倒确实加强了一会儿，仿佛那挖掘者越来越接近于我。那时我还是个小伙子，倘看见它突然从地里冒出来，也许是不会感到不快的。但这类事情什么也没有发生，挖掘声从某一点开始转弱了，听起来越来越轻微，挖掘者像是渐渐改换了最初的方向，及至突然中断，好像它现在下决心来了个一百八十度的大转向，背着我的方向往远处推移。在我重新开始劳动以前，还静静地听了很久。这一次警告是够明显的吧，但我很快就把它忘了，它对我的建设计划几乎没有产生过影响。

从那时到今天这一段正是我的壮年时期；但这期间不是看来什么也没有发生吗？劳动时我仍一直安排长时间的间歇，贴着墙壁谛听，发现那个挖掘者新近改变了主意，来了个向后转。它正旅行回来，它以为，这期间它给了我足够的时间做好迎接它的准备。然而从我这方面说，整理工作一切都不如当时，偌大的地洞毫无防御设施，而今我已不再是小学徒，而是资深建筑师了，我身上还留存的那点力量已无法支持我做出对敌行动的决断了。但不管我多么老，我似乎还希望活得比现在更老，老到在我的青苔底下的卧榻上一卧不起。因为在青苔底下其实我是忍耐不住的，只要一起来，就去狩猎，好像我在这里并不是休息，而是充满新的忧虑，于是又跑回下面的家里去。那么这以前情况是怎样的呢？“嘘嘘”声减弱了吗？没有，它变强了。我随便找了十个地方听了听，发觉我明显搞错了，“嘘嘘”声依然如故，丝毫未变。对面的情况仍是老样子，人家在那儿安闲自在，时间任由支配；而这里却每一瞬间都在振荡着监听者。于是，我又沿着漫长的道路回城郭去，我感到周围的一切都很激动，都凝望着我，但旋即又把视线移开，以免扰乱我。但又竭力想从我的表情上看出保卫家园的决心。我摇了摇头，我还没有那个决心呢。我去城郭也并不是为了在那里实施什么计划。我经过一个原来打算建立研究室的地方，我又把它检查了一遍，那可真是个好场所啊，那洞穴朝着有许多小气孔的方向，有了这些气孔，我的工作似乎会轻松许多。看来根本用不着挖得那么远，不必挖到响声的策源地，只需把耳朵贴在出气孔上监听就行。但考虑来考虑去，始终没有足够的勇气来鼓励我从事这一挖掘工作，这个地洞能给我带来安全保障吗？我的心情已经是这样：安全保障根本就不想要了。到城郭里挑它一块上等的去皮的鲜红的肉，拿着它一起钻进一个土堆里，那里无论如何该是宁静的吧，如果说这地洞里还存在真正的宁静的话。我舔了舔肉，咬了一口咀嚼着，不时想着远处那头正在行进的陌生动物。只要我还有可能，我何乐而不尽情享受一番自己的贮藏品？此举大概是我的计划中唯一切实可行的一项了吧。此外，我很想破那头动物的计划的谜。它是在漫游的途中呢，还是在营造它自己的地洞呢？如果它是在漫游，那么和它取得谅解也许是可能的。如果真的在朝我这边挖掘，就把我的贮藏品分一些给它。这样它准会离开这儿，继续往前走的吧。在土堆中我自然可以梦见各种各样的事情的，包括梦见和它取得谅解这件事，虽然我心中有数，诸如此类的事情是不可能见之于现实的，而且就在我们相遇的那一刹那，甚至就在我们仅仅感到彼此距离已很接近的那一瞬间，会立即互相——分不出谁先谁后——以一种新的异样的饥饿向对方扑过去，尽管双方肚子本来都是填得满满的。这种情况任何时候都是没有例外的，因为一个人即使在漫游途中，难道会由于一见地洞就改变他的旅行和未来的计划吗？但说不定那头动物在掘它自己的洞穴呢，要是这样，那么要取得谅解连做梦也不能了。纵使这头动物是这样特殊，它能够容忍其洞穴与别人为邻，则我的地洞也不能与之相容，至少一种咫尺相闻的近邻它是忍受不住的。现在，那动物好像明显地去得很远了，只要它哪怕继续往回走几步，那响声也会消失得无影无踪的吧，那样一来，昔日的美好生活都会恢复如初，因而此事就成为一种虽然不祥却颇为有益的经验，它将激发我进行各方面的改善。只要我获得安宁，没有危险直接威胁我，我一定还能做出各种像样的事情，庶几那头动物就是鉴于它自己在能力上具有巨大的潜力，才放弃了朝我这边来扩展它的洞穴的打算，转向别的方面去谋取补偿。这种事当然不是通过交涉所能达到的，而只有通过那动物自己的智力，或由我这方面施加压力。这两方面起决定作用的是，动物是否知道我，并且知道我的什么。这些事我思考得越多，就越觉得动物听到我工作的声音一说之不可能。尽管我难以想象，但它也许风闻到关于我的某种消息，那倒未始不可。但它不可能听到我的声音，这是毋庸置疑的。在我对它的事一无所知的情况下，它就不可能听得到我，因为我在这里是保持寂静的，没有人做到比我重返地洞时更寂静的了。后来，当我进行了一些探究性挖掘时，它听到了我也说不定，虽然我的挖掘方法是很少发出声音的；不过假如它听到了我，我也一定会有所觉察的，那它至少得经常停下工来谛听——但是一切始终毫无改变。

叶廷芳　译

这篇小说写于1922年至1924年，也就是卡夫卡生命的最后年月，当时已经写完，可惜结尾部分遗失了。1931年首次发表在勃洛德编选的卡夫卡短篇遗著集《万里长城建造时》中。

女歌手约瑟芬或耗子民族

我们的女歌手名叫约瑟芬。谁没有听过她的歌唱，谁便不会获得歌唱的魅力。谁都会被她的歌唱迷住，这一点，由于我们这一代什么音乐都不喜爱，因此格外值得赞誉。我们最喜爱的音乐，即宁静平和；我们的生活艰难，即使我们设法摆脱了日常生活的忧烦，我们也不可能使自己攀登如同音乐般的境地，这种境地距离我们往常的生活太远。但是我们不会因此而大发怨言；我们从未到过这种地步；我们认为自己最大的优点是某种务实的精明态度，这自然也是我们亟须的态度，我们不论遇到什么事，都惯于以精明的一笑来安慰自己，即使我们有朝一日理应要求得到来自音乐的幸福的时候，只是我们还从未有过这种要求。唯独约瑟芬是个例外；她热爱音乐，并且懂得怎样传播音乐；她是唯一的一个；如果她死了，音乐也会随之从我们的生活中消失，谁知道会消失多长时间。

我时常回顾并思索，这种音乐究竟是怎么回事。我们毫无音乐才能；我们理解了，或者至少自以为（因为约瑟芬否认我们有理解能力）理解了约瑟芬的歌唱，这又是怎么回事呢？最简单的回答也许是：她的歌唱实在太美了，就连最迟钝的感官也不会拒却。不过这种回答不能让大家满意。假如果真如此的话，那么大家一听到她的歌唱，就会立即觉得不同凡响，而且始终会有这样的感觉，仿佛从她的喉咙里发出的声音是我们从未听到过的，甚至是我们没有能力听到的，而唯有这个约瑟芬才能使我们听到，别个谁都没有这种能耐。然而依我看，情况恰恰不是这样，我没有这种感觉，也没有察觉到别个有类似的感觉。在知己者的圈子里，我们相互坦白地承认，就歌唱而言，约瑟芬的歌唱毫无不同凡响的特点。

这究竟是不是歌唱呢？虽然我们没有音乐才能，我们却有歌咏的传统；在我们这个民族的古代就有歌唱；传说里讲到，甚至歌曲还保存了下来，今天自然不再有谁会唱了。所以说，究竟什么是唱歌，我们毕竟略知一二，可是约瑟芬的唱歌实在不符合我们的这种约略的了解。那么，她真的在唱歌吗？会不会只是在吹口哨？吹口哨我们大家当然都熟悉，这是我们民族固有的艺术本领，或者更确切地说，根本不是本领，而是一种有特色的生活表现形式。我们大家都会吹口哨，自然谁也不会想到把它当作艺术来表现，我们吹口哨时，并不注意这一点，甚至没有觉察到这一点，许多同胞根本不知道吹口哨是我们这个民族的特征。假如约瑟芬当真不是歌唱，而只不过是吹口哨，也许，至少在我看来，她没有越出一般吹口哨的范围——她也许连通常吹口哨的气力都没有。相反，一个挖土工倒能一边干活，一边轻松自如地吹上一整天——假如当真如此，那么，约瑟芬的所谓艺术家的身份虽说要被取消，然而，这样才有理由去解开她为什么会具有巨大影响这个谜。

可是，她发出的声音又不仅仅是吹口哨。倘使你站在离她很远的地方侧耳倾听，或者最好是你有意识地去测试一下自己在这方面的判断力，比如让约瑟芬夹杂在别人中间唱几句，由你去辨别出她的声音来，这时你能听出来的，肯定只是一种平平常常的口哨声，至多由于纤细或柔弱而稍显突出罢了。但是，你若站在她面前，你就会感到她不只是在吹口哨了；总之，要了解她的艺术，不仅要听她唱，而且还要看她唱。即便这只是我们日常的吹口哨，那么，它的不同寻常之处就在于：她郑重其事地去做的却无非是一件最普通的事情。敲开一个核桃确乎不是艺术，因此也没有哪个敢于召集观众在他们面前敲核桃来娱乐他们。如果有谁居然这么做了，而且如愿以偿，那么这就不仅仅是单纯地敲核桃了。就算是敲核桃吧，可结果却会证明我们忽视了这种艺术，因为我们谁都会敲核桃，同时还证明，正是这位敲核桃的新手第一次使我们看到了敲核桃的真正诀窍，假如他敲核桃甚至不如我们中的大多数熟练，那效果反倒会更好呢。

或许这与约瑟芬的唱歌类似；同样的特长，在她身上我们就欣赏。若是在我们自己身上，我们是不会去欣赏的；在这一点上，她跟我们的意见完全一致。有一次正巧我在场，不知哪个提醒她——这自然是经常会有的事情——注意全民族都在吹口哨，尽管他话说得很婉转，但对约瑟芬来说这已经太过分了。她当时露出的那样狂妄自大的冷笑，是我以前从未见过的；本来分外娇柔的她，即使在我们这个不乏这类女性的民族里，也算得上是突出的，但是在当时却显得格外卑劣；顺便提一下，她自己也非常敏感地立即觉察到了，便连忙加以克制。总而言之，她矢口否认自己的艺术同吹口哨有任何瓜葛。对于持相反意见的人，她嗤之以鼻，还可能怀恨在心。这不是一般的虚荣心，因为反对她的一派（我也一半属于这一派），钦佩她的程度肯定不下于多数群众，但是约瑟芬不仅仅要大家钦佩，而是要大家严格按照她规定的方式钦佩她，对她来说，单单钦佩是一钱不值的。总之，如果你坐在她面前，就会理解她；只有在你远离她的时候，才会反对她；当你坐在她面前时，你便懂得：她在这儿发出的口哨声并不是吹口哨。

由于吹口哨纯属我们不假思索的习惯，你也许会认为，约瑟芬的听众里也会有哪个吹起口哨来；她的艺术使我们快活，而当我们快活的时候就会吹口哨；但她的听众从不吹口哨，而是像耗子一般悄然无声，仿佛我们得到了盼望已久的、至少由于我们自己吹口哨而无法得到的宁静平和，我们沉默着。使我们销魂的，是她的歌唱呢，还是她那细弱的小嗓子周围的肃穆的宁静呢？有一次发生过这么一件事：正当约瑟芬歌唱的时候，有个傻女孩也天真烂漫地吹起了口哨。而这与我们听到的约瑟芬的歌声竟然一模一样；前面是虽然熟练却仍旧怯生生的口哨声，听众中则是那个不由自主的孩子的口哨声；要把两者加以区别，简直是不可能的；不过我们立即向这个小捣蛋发出一片嘘声和嘲哨声，她便不再出声了，尽管根本不必这样做，因为当约瑟芬得意扬扬地吹起口哨，忘乎所以地张开双臂，把脖子伸得长得不能再长的时候，这个小女孩自会又羞又怕地住声的。

她一贯如此，每件小事，每件意外的事情，每样别扭事，比如正厅前排嘎吱一声响，咬一下牙齿，灯光晃了一下眼睛，她都认为恰好能提高她演唱的效果：她认为自己是在唱给聋子听呢；尽管听众并不缺乏热情，鼓掌喝彩，可她认为，她早就不指望会有什么知音了。她觉得有种种干扰反倒更好；稍做斗争，甚至不必斗争，仅仅用对阵就能战胜外来的、与她的歌唱的纯洁性相对立的种种干扰，这有助于唤醒大众，虽然不能教会他们理解，却也能使他们学会肃然起敬。

小事尚且能给她如此的帮助，大事就更不用说了。我们的生活很不平静，每天都带来惊异和忧虑，希望和恐惧，谁若不能日日夜夜得到同伴的支持，他便不可能承受这一切；即使得到支持也常常相当艰难；有时原来该由一个去承担的重负，甚至能把成千分担者的肩膀压得颤颤巍巍的。这时，约瑟芬认为她的良机到了。她早已站在这里，这个纤弱的家伙，胸脯以下抖动得尤其厉害，令人不禁要为她担心，仿佛她在使出浑身的劲来歌唱，仿佛她把不直接有助于歌唱的一切，把每一份力，几乎把点滴的生机都使了出来，仿佛她被榨干了，被抛弃了，唯有善良的神灵保护着她，当她如此付出整个身心，忘情于歌唱时，仿佛一丝冷风吹过就能使她一命归天似的。但是，在目睹此情此景的时候，我们这些所谓的反对派却习惯于对自己说："她连吹口哨都不会呢；她得费这么大的劲儿，却不是为了歌唱——我们说的不是歌唱——而是为了吹出几声个个都会吹的口哨声来。"在我们看来就是这样，然而，如上所说，这是一种虽说不可避免但又转瞬即逝的印象。我们很快也就淹没在大众的热情里了，他们身子挨着身子，暖乎乎地挤在一起，屏息谛听。

我们这个民族几乎总是在忙碌活动，经常目的不很明确地到处奔波。要把他们聚集到自己周围来，约瑟芬多半只有一个办法，那就是后仰着小脑袋，半张着嘴巴，眼睛向上瞧，摆出一副即将歌唱的姿势。她随时随地都可以这样做，不一定要在让别个老远就看得见的地方，任何一个偏僻的、一时高兴选中的角落都行。她要歌唱的消息马上就会传开，大家立刻蜂拥而至。但有时也会发生故障，约瑟芬最喜欢在激动不安的时候歌唱，那时，多种麻烦和困难的事情正好迫使我们到处奔波，即使大家都非常愿意去听，那也不能像约瑟芬所希望的那样迅速集合，于是，她站在那儿摆足功架，但过了好久，听众却寥寥无几——她自然会大发脾气了，使劲跺脚，破口大骂，完全不像个少女，她甚至还咬牙。即使这样的行径也无损于她的名声；大家非但丝毫不遏制她的过分要求，反而极力迎合她；派信差去召集听众；这可是瞒着她干的；然后就可以看到，在周围各条路上布置了岗哨，向来者示意，让他们加快步子；这一切不断进行着，直到最后凑齐了相当数量的听众。

究竟是什么促使这个民族为约瑟芬这样卖力呢？比起关于约瑟芬究竟算不算在歌唱那个问题来，这个问题不见得容易回答，而且这两个问题是密切相关的。假如断言这个民族正是由于约瑟芬的歌唱才无条件地顺从她，那就可以取消这个问题，把它跟第二个问题合并。但情况恰恰不是这样：我们这个民族几乎不懂得什么叫无条件的顺从；这个民族喜欢遇事就耍点无恶意的小聪明，稚气十足地嘁嘁喳喳，扯些算不得罪过的闲话，活动活动嘴皮子，这样一个民族无论如何不会无条件地顺从的，约瑟芬恐怕也感觉到了这一点，她竭力拔高她那小嗓门与之做斗争。

这种泛泛而论自然得有个限度，这个民族还是顺从约瑟芬的，只不过不是无条件罢了。比如他们没有能力嘲笑约瑟芬。大家可以承认：约瑟芬身上有若干可笑之处；而笑本来一向与我们有缘；尽管我们生活中有种种不幸，但我们在某种程度上始终善于微微一笑；但是我们不嘲笑约瑟芬。我常常有这样的印象，这个民族是这样理解他们与约瑟芬的关系的：这个小东西，脆弱，需要爱护，在某些方面是出类拔萃的，按照她本人的意见是由于她的歌唱而出类拔萃，她是托付给这个民族照管的，因此必须好好照顾她；至于原因是什么，谁也不清楚，但实际情况看来就是如此。既然受托照顾她，就不能嘲笑她；若是嘲笑她，就是辜负信托，亵渎义务；我们中间最恶的会说：“看见约瑟芬就笑不起来了。”这可算作对约瑟芬的最大的恶意了。

总而言之，这个民族照顾约瑟芬，就像父亲照顾孩子，孩子向父亲伸出小手——谁也说不清，这是请求呢还是要求。也会有这样的意见，认为我们这个民族没有能耐尽这种父亲的义务，但实际上它尽着这些义务，至少在照顾约瑟芬上堪称楷模；在这方面，作为整体的民族所能做到的，是任何个体所做不到的。民族与个体之间力量的差别自然是巨大的，这个民族有足够的力量把被保护者拉到自己身边来温暖她，而她也可以受到充分的保护。当然大家不敢对约瑟芬讲这些事情。“谁要你们的保护。”她会说。“对，对，你不在乎。”我们心里这样想。此外，当她违抗时，实际上也不是真正的违抗，而只是一派孩子气和孩子式的感谢罢了，而父亲的态度是随她去。

随之而来的还有另一个问题，它更难由这个民族同约瑟芬的关系来做解释。那就是约瑟芬的想法恰恰相反，她认为是她在保护这个民族。也即她的歌唱能把我们从政治的或经济的逆境中解救出来，它的作用就在于此，她的歌唱即使不能除灾，那至少也能给我们力量去承受不幸。她并没有这样讲出来，也没有换成别的说法讲出来，她一般很少说话，在喋喋不休的一群人当中，她是沉默寡言的，但是她的闪烁的目光却表达出来了，从她紧闭的嘴上——我们这儿很少能有闭嘴缄默的，她却可以——可以知道她的那种想法。每当坏消息传来时（在有些日子里，这种消息接连传来，还掺杂着假的和半真半假的），她会立刻挺身而出，而往常她总是无精打采地几乎站不起来；这时她挺直身子，伸长脖子，想要像牧羊人在暴风雨来临前察看羊群似的，把她的同类全收眼底。诚然，孩子们也会以他们那种没教养的野劲提出类似的挑战，但是约瑟芬这样做时不像孩子们那么没有道理。自然喽，她拯救不了我们，也给不了我们力量，装扮成这个民族的救星是轻而易举的，因为这个民族吃惯了苦，毫不顾惜自己，当机立断，视死如归，只是由于长期生活在好勇斗狠的气氛中，只是表面上显得怯懦罢了。此外，这个民族既繁殖力强而又大胆——我是说，事后装扮成这个民族的救星是轻而易举的，这个民族始终还在设法自救，尽管要做出牺牲，牺牲之大，是历史学家也触目惊心的——而我们一般来说是完全忽视历史研究的。然而我们恰恰在危急时刻会比平时更加专心地倾听约瑟芬的声音，这也是事实。即将临头的威胁使我们变得更安静，更谦恭，更顺从约瑟芬的指挥；我们乐意聚集在一起，挤作一堆，特别是因为促使我们这样做的机缘与折磨我们的大事完全无关；仿佛我们是在战斗前夕匆匆共饮一杯和平酒——是的，必须抓紧时间，可惜约瑟芬经常忘记这一点。这不太像歌唱演出，而像一次民众聚会，虽说在这个集会上，除了前面轻轻的口哨声之外，四下里一片沉寂；这一时刻实在太严肃，谁也不想再嚼舌了。

当然，这样一种关系决不会使约瑟芬满意的。她的地位从未明确过，因此她总是神经质地感到不快，尽管如此，她却因为受自信心的迷惑而看不到某些事情，而且不必费大劲就能使她忽视更多的事情；总有一群谄媚者在活动，并起到了这种作用，而且是有效的作用——但是仅仅让她在一个群众集会的角落里歌唱，可有可无，不受重视，尽管这并不算贬低她，她肯定也不会甘心把自己的歌唱奉献出来的。

但是她也不必如此，因为她的艺术并非不受重视。尽管我们牵挂着完全不同的事情，场内的寂静也根本不是单单为了听歌唱，有的根本不抬头，而是把脸埋进旁边那个的毛皮里，看来约瑟芬在台上是白费力气了，然而——不可否认——她的口哨声却不可避免地多多少少灌进了我们的耳朵。这口哨声响起时，所有其他的人都沉默无言，于是，它就像全民族向每个成员发出的信息；约瑟芬尖细的口哨声周围是正在做困难的决断的我们，这如同我们这个可怜的民族生存在充满敌意的世界的混乱之中似的。尽管约瑟芬坚持着，这声音微不足道，这歌唱毫无成就，但她仍坚持着，并且传到了我们的耳边，这也许是值得回想的。在这种时候，如果有一个真正的歌唱艺术家出现在我们中间的话，我们肯定是不能容忍的，我们会一致认为在这种时候表演简直是乱弹琴，并加以拒绝。但愿约瑟芬没有认识到，我们愿意听她唱歌这事实，证明她的歌唱并非歌唱。她大概是通过直觉感到了这一点，否则，她又为什么极力否认我们是在听她歌唱呢？但她又一再地歌唱，不理会这种感觉。

不过，她总还可以聊以自慰的是，我们确实在某种程度上在听她歌唱，可能类似于听一位歌唱艺术家的演唱；约瑟芬达到了一个歌唱艺术家在我们这里费尽力气也达不到的效果，这些效果又偏偏产生于她的功夫欠缺的技巧。这恐怕主要与我们的生活方式有关。

我们这个民族的成员没有青年时代，也几乎没有童年时代。虽然一再提出这样的要求：应当保证让孩子们得到特殊的自由，特殊的爱护，让他们有权利稍微自在些，稍微胡闹几下，多少玩一玩，应当承认孩子们有这些权利，并且帮助实现这些权利；这些要求提出来了，几乎个个都赞成，没有比这些要求更应该得到赞成的了，但是在我们的现实生活中，没有比这些要求更不能兑现的了，大家赞成这些要求，尽力满足这些要求，但随即又一如往昔。我们的生活就是这样，一个孩子刚学会跑几步，刚能稍稍辨别四周环境，就得像成年者那样照料自己；我们出于经济上的考虑而分散居住的地区过于辽阔，我们的敌人过多，危机四伏，防不胜防——我们无法使孩子们逃避生存竞争，不然他们就会过早被淘汰而夭折。在这个可悲的原因之外，自然还有另一个重要的原因：我们这个族类繁殖力非常强，每一代都不计其数，一代排挤一代，儿童没有时间当儿童。在其他民族，儿童会受到尽心的照料，人们会替儿童办起学校，儿童，民族的未来，天天从学校里蜂拥而出，然而，在较长的一段时间内，天天从学校里蜂拥而出的，始终是同一批儿童。我们没有学校，每隔极短的时间，便从我们的民族中涌现出人群的儿童，简直数不清。他们还不会吹口哨的时候，便快活地发出吱吱细声；他们还不会跑的时候，便打滚，挤来挤去滚个不停；他们还看不见的时候，便合伙笨拙地把一切都拽走，我们的儿童啊！不像在那些学校里，总是同一批儿童，不，我们的儿童一而再、再而三地更新，没完没了，没有间断，一个孩子刚出世，他便不再是孩子了，在他的后面已经有新的孩子的脸，数目众多，匆匆出世，欢欢喜喜，红彤彤的，难以分辨。尽管这是好事，尽管别的族类因此而妒忌我们，我们就是无法给孩子们一个真正的童年。

这自有其后果。我们这个民族渗透着某种扑不灭也除不掉的孩子气；这同我们最大的优点——可靠的讲究实际的思维方式，恰恰是矛盾的。有时我们的行为愚蠢到极点，跟孩子干傻事一模一样，没有意义、浪费、慷慨、轻率，而所有这些行径常常是为了开一个小小的玩笑。我们因此而得到的乐趣自然及不上孩子的乐趣，但其中必定还有那么一点成分。约瑟芬向来从我们民族的这股孩子气中得到好处，占了便宜。

然而，我们的民族不仅有孩子气，它在某种程度上还未老先衰。童年与老年的概念在我们这儿与在其他民族那儿不一样。我们没有青年时期，我们一下子就变为成年，而成年阶段又太长，因此某种厌倦和失望的心情又在我们这个民族的从整个来说是如此坚强和充满希望的性格中留下了不小的痕迹。我们缺乏音乐才能或许与此有关；我们太老成，搞不了音乐，音乐的激情与亢奋与我们的艰难不合拍，我们疲惫不堪地拒绝音乐；我们退而吹口哨；偶尔吹几声口哨，我们就心满意足了。

我们中间有没有音乐天才，谁也说不准，但是即使有的话，想必也早在他们的才能得到发展之前，就被我们这种性格的同胞扼杀了。相反，约瑟芬却可以随心所欲地吹口哨或者唱歌，随她怎么说都行；她吹口哨并不打扰我们，而且正适合我们，我们完全能受得了；要是其中包含了点儿音乐成分的话，那也是微乎其微的；这保持了某种音乐传统，但是丝毫也没有加重我们的负担。

但是，约瑟芬给这个如此情绪的民族带来的不只是这些。在她的音乐会上，特别是形势严重的时候，只有那些小伙子才对这位女歌手感兴趣，只有他们惊奇地瞪眼瞧着她怎样噘起嘴唇，从小牙齿缝里吹出气来，欣赏着她自己发出的声音，又轻下来，并且利用放低声音重新把她那越来越费解的演唱推向新的高潮，可是，大部分听众只顾自己沉思。这是一目了然的。这个民族在斗争的间歇里做着梦，仿佛各自的四肢都松开了，仿佛不得安宁者终于可以舒舒服服地躺在这个民族的温暖的大床上摊开手脚伸展一下身子了。约瑟芬的口哨声进入这个或那个的梦乡；她称之为珠落玉盘，我们则称之为声如裂帛；但是无论如何此时此地这声音可谓恰到好处，而在其余的场合就不成，一如音乐就几乎从未有过这份机缘。她的口哨声里含有一些我们短暂而惨淡的童年情景，含有一去不复返的幸福，但也反映出一些日常的现实生活，含有生活中小小的、不可理解又确实存在并且不可抑制的欢欣。这一切不是以洪亮的声调，而是以轻柔的、耳语般的、亲切的、有时有点沙哑的声音表达出来的。这自然是吹口哨。怎么会不是呢？吹口哨是我们民族的语言，只不过有些同胞终生吹口哨而不知道这一点，但在这里吹口哨却摆脱了日常生活的桎梏，并且也使我们得到了短暂的解脱。诚然，我们不想错过这样的演出。

但是，这同约瑟芬所断言的她在这样的时刻给了我们新的力量云云，却有很大的距离。当然这是对一般公众而言，对约瑟芬的谄媚者来说又当别论。“怎么会不是这样呢，”——他们厚颜无耻地说——“对于听众云集的现象，尤其在危机临头时听众云集的现象，还能做别的解释吗？这种情形有时候甚至妨碍了采取充分而及时的措施来防备危机。”最后这句话不幸倒是说对了，然而并不能给约瑟芬增添光彩，更不用说再补充这样一个情况，即这些集会突然遭到敌人的冲击，我们的若干同胞不得不因此而丧命，那么，应负完全责任的便是约瑟芬，甚而至于很可能就是她的口哨声把敌人招引来的，可是她却始终待在最安全的地方，并且由她的追随者保护着，头一个悄悄地迅速溜走了。这一点本来是众所周知的，然而当约瑟芬下一次任其所好在某时某地演唱，大家照旧匆匆赶去。可以这样说，约瑟芬几乎是不受法律管束的，她可以为所欲为，即使让全民族遭殃，她也会得到宽恕的。假如是这样的话，那么约瑟芬的要求也就完全可以理解了，是的，从这个民族给予她的这种自由中，从这种特殊的、除她而外谁都得不到的、完全违背法律的馈赠中，在某种程度上可以看出，如约瑟芬所说，这个民族并不了解她，而是无能地对她的艺术表示惊异，感到自己不配欣赏，并给约瑟芬造成了痛苦，于是他们便企图以一种近乎绝望的努力来补偿她的这种痛苦，而且正如她的艺术超出了他们的理解能力那样，他们也把约瑟芬和她的愿望都置于他们的管辖之外。然而，这是完全的错误的做法，也许这个民族的个别成员会轻易地拜倒在约瑟芬脚下，但是整个民族是不会无条件地向谁投降的，它同样也不会拜倒在她的脚下的。

很久以来，大概从她开始艺术生涯的那天起，约瑟芬就力争要大家照顾她，让她歌唱，免去她的任何工作；就是说让她不必去为每天的面包操心，也不必去参加与我们的生活竞争有关的一切活动，而这些想来应该交给整个民族去负担。一个轻信者——也确有这种轻信者——单单根据这种要求的特殊，根据能够想出这种要求的精神状态，就会得出结论说，这种要求有其内在的合理性。我们的民族却得出了不同的结论，并且心平气和地拒绝了她的要求。他们也并不费力去反驳她列举的理由。比如说，约瑟芬提出紧张的劳动有害于她的嗓子，虽说劳动时花的力气比歌唱时花的力气小多了，但毕竟会使她在演唱之后得不到充分休息的机会。为下一次演唱养精蓄锐，她歌唱时必须竭尽全力，可是在还需劳动的情况下，她即使尽力也从未达到她的最佳状态。公众听她争辩，权当耳旁风。这个很容易受感动的民族有时候也会无动于衷的。他们有时会斩钉截铁地拒绝，连约瑟芬都大吃一惊，于是她装作服从，乖乖地干她那份活儿，尽其所能地唱好歌，但这只不过是片刻工夫，接着她又抖擞起精神重新投入战斗了——看来她在这方面有着无穷的力量呢。

现在清楚了，约瑟芬力争的并不是她嘴上所说的要求。她很明智，她不怕干活，逃避劳动在我们这儿是不曾听说的，即使批准了她的要求，她肯定也不会过一种不同于以前的生活，劳动一点也不妨碍她的歌唱，她的歌唱当然也不会变得更美。她所力争的，只是要大家公开地、明确地、永久地、打破一切先例地承认她的艺术。尽管她几乎在任何事情上都能达到目的，可是这件事她始终办不到。或许她从一开始就应该把进攻的目标指向另一个方向，或许她现在已经明白了自己的失策，但她现在无法回头了，退却意味着背叛自己，她必须坚持要求，否则就得垮台。

倘若如她所说的那样，她确有敌人的话，那么，她的敌人满可以幸灾乐祸地袖手旁观这场斗争，无须自己动手。但事实上她并没有敌人，即使有谁在某些场合指责她，这种斗争也不会使任何一个感到高兴的。那原因是，这个民族在这样的场合会表现出一种严峻的法官似的姿态，这平常在我们这儿是极其罕见的。尽管你可以赞成在这种场合下采取这种态度，可是当你想到，有朝一日这个民族也会对你自己采取类似的态度时，你就丝毫不会感到高兴。无论是这个民族的拒绝，还是约瑟芬的要求，问题都不在于事情本身，而在这个民族竟能以这样一副铁石心肠来对待一位同胞，而以往这个民族却是慈父般地，甚至是慈父所不及地，简直是低声下气地关怀这位同胞，相形之下，就显得更加无情了。

在这个问题上，假如整个民族换成某个成员的话，那就可以设想，这个个别成员会一直对约瑟芬提出的一个接一个逼人的要求做出让步，直到最后结束这种让步为止；他做出了过多的让步，同时却坚信让步总会有个真正的限度；更何况，他之所以做出不必要的让步，只是为了加快事情的进程，只是为了纵容约瑟芬，促使她得寸进尺，提出越来越多的新的要求，直到她真的提出这最后的要求；这时他自然一劳永逸地一口拒绝了，因为他早已准备好了。然而，实际情况完全不是这样，这个民族不需要要这种手腕。此外，它对约瑟芬的尊敬是发自内心的，是经受了考验的，何况约瑟芬的要求的确过高，每个天真的孩子都能告诉她会有怎样的结果；尽管如此，约瑟芬对这件事的看法还是包含了那种揣测，即这个民族在要手腕，因此她在遭到拒绝的痛苦之上又加上了一层怨恨。

即使她这样揣测，她却并不因此而害怕斗争。最近斗争甚至还加剧了；迄今为止，她只是进行舌战，而现在她开始采取别的手段了，她认为这样更有效，我们却认为这对她自己会更危险。

有些同胞认为，约瑟芬之所以变得这样急不可耐，是因为她感到自己正在衰老，声音不行了，因此在她看来，现在是为得到承认而进行最后斗争的关键时刻了。我可不相信。如果真是这样，约瑟芬就不称其为约瑟芬了。对她来说，不存在什么衰老的问题，她的声音也不会不行。如果她提出什么要求的话，那并非由于外部原因，而是出于内在逻辑。她要争得放在最高处的桂冠，绝不是因为这桂冠眼下恰巧挂得低了一点儿，而是因为它确实挂在最高处；倘若她有这样的权力，她还会把它挂得更高些。

对外界困难的蔑视当然并不妨碍她使用最卑劣的手段。在她心目中，她的权力是不容置疑的；至于她的权力是怎样得来的，那又有什么关系呢！尤其是在她眼里的这个世界上，采取体面老实的办法偏偏行不通。大概由于这个原因，她甚至把争取权力的斗争从歌唱方面转移到另一个对她说来不太重要的领域。她的追随者将她的话到处散播，据说她自认为完全有能耐，能凭她的歌唱使这个民族的各个阶层，直至隐蔽得最深的反对派都感到真正的乐趣；不过这不是指这个民族所认为的真正的乐趣（因为它断言，它向来从约瑟芬的歌唱中感受到了这种乐趣），而是指约瑟芬所要求的那种乐趣。不过她还说，她不能假充高尚，也不能迎合低级趣味，所以她只能原来怎么唱就怎么唱。至于她为摆脱劳动而进行的斗争，那又是另一回事了，虽然这一斗争也是为了歌唱，但是她没有直接用歌唱这个珍贵的武器去进行这一斗争。因此，凡是她所使用的手段都是十分有效的。

比如流传着这样的谣言：如果不对约瑟芬让步的话，她就要减少唱装饰音。我对装饰音一窍不通，在她的歌声中也从未听出过有什么装饰音。约瑟芬却要减少装饰音，暂时不完全去掉，只是减少而已。据说她已经实际进行这种威胁了，我可是听不出她现在的演唱同她从前的演唱有什么区别。整个民族也一如既往地倾听着，并没有对装饰音发表任何意见，也没有改变他们对约瑟芬的要求所持的态度。此外不可否认，约瑟芬的想法犹如她的形体，有时也有些不俗之处。比如她在那次演出之后宣布，下次她将重新加上所有的装饰音，仿佛她先前关于装饰音的决定对于公众来说是过于严厉或者过于突然了。但是，下一次演唱会后，她又改变了主意，终于决心再也不唱了不起的装饰音了，除非大家做出一个有利于她的决定，否则她决不再唱。而这个民族呢，把所有这些声明、决定、改口都当作耳旁风，犹如一个陷入沉思的成年人不理睬一个小孩的饶舌，尽管态度和蔼，但孩子的话一句也进不到他的耳朵里去。

约瑟芬却不肯罢休。比如她不久前又声称，在干活时碰伤了脚，站着歌唱有困难；可是因为她只会站着唱，所以现在只好缩短演唱时间。尽管她一瘸一拐，让她的追随者搀扶着，却谁也不相信她真的受了伤。即使我们承认她弱不禁风，我们是个劳动的民族，约瑟芬也是我们这个民族的一员。要是我们擦破点皮就要一瘸一拐，那么整个民族就会没完没了地瘸着走道了。尽管她像个跛子似的让人扶着，尽管她比以前更经常地以这副可怜相露面，这个民族仍旧感激地听她唱。一如既往地兴高采烈，并不因为缩短时间而大惊小怪。她不能老是瘸着腿，于是又想出别的点子来了，她借口累了，心情不好，身子虚弱。这下我们除听音乐外还能看演戏了。我们看到约瑟芬背后的追随者怎样央求她，请她唱。而她也很愿意唱，但又唱不了。他们安慰她，拍她的马屁，几乎把她抬到事先找好的演唱地点。最后，她莫名其妙地流着眼泪总算让步了，可是正当她想要凭借显然是最后的毅力开始唱时，她显出一副弱不禁风的样子，两条胳膊不像往常那样前伸，而是有气无力地垂在身边，使人感到好像短了一截似的——正当她想要开始唱的时候，却又不行了，恼怒地一扭头，就瘫倒在我们眼前了。不过她又挣扎着站了起来，唱了，在我听来与以前没有很大不同；听觉灵敏，能分辨出细微差异的，也许会从中听出一点儿不寻常的激情来，这当然是件好事。唱到最后她甚至不像开始那样疲倦了，她迈着矫健的步子退场了，如果可以这样形容她那一溜烟的小跑的话，她不要追随者的任何帮助，用冷冷的目光扫视着那些毕恭毕敬地给她让路的群众。

那都是过去的事了，可是最近的一次，该她登台演唱的时候，她却失踪了。不仅她的追随者在找她，许多同胞也投入了寻找工作，但纯属徒劳；约瑟芬失踪了，她不愿意唱，她再也不愿意人家请求她唱，她这次是彻底离弃我们了。真奇怪，她怎么会打错算盘，这个精明的家伙，竟会如此失策，甚至让大家觉得，她根本就没有打过什么算盘，只不过是在听凭命运的摆布，而在我们的世界里，她的命运要算是非常悲惨的命运了。她主动放弃歌唱，自动破坏了她征服民心而到手的权力。真不知她怎么会获得这种权力的，其实她很少了解民心。现在她躲起来了，不再唱了，而这个民族却那么平静，看不出任何失望的表情，镇定自若，真是四平八稳的群众，尽管外表给人以假象，实际上他们天生只知道馈赠，从来不会接受馈赠的，哪怕是约瑟芬的馈赠；这个民族在继续走它的路。

约瑟芬可不得不走下坡路了。离她吹出最后一声口哨，然后变得阒然无声的日子已经相去不远了。在我们这个民族的永恒的历史中，她不过是一段小小的插曲而已，而这个民族终将弥补这个损失。对于我们来说，这将不是件容易事；集会怎么会变得鸦雀无声的呢？自然啰，约瑟芬在时，集会不也是静悄悄的吗？难道她的真实的口哨声要比回忆中的更响亮、更生动吗？难道她在世时的口哨声当真强似回忆中的口哨声吗？难道不是这个民族以其聪明智慧把约瑟芬的歌唱抬得这样高吗？而那原因正是由于这种歌唱是不可缺少的。

我们也许根本不会失去很多东西，约瑟芬倒是会幸运地消失在我们这个民族无数英雄的行列里，摆脱了尘世的烦恼，而按照她的看法，凡是出类拔萃者都得经受这种尘世的烦恼；由于我们并不推动历史，因此她不久就将像她所有的兄弟一样，升华解脱，并被遗忘。

汪建 译

这篇小说写于 1924 年 3 月，是卡夫卡最后一部作品，同年 4 月首次发表在《布拉格新闻》的“复活节副刊”上。